沉默的告別

No sin could be greater than a sin that cannot be rectified, the sin you never get to confess.

A NOVEL

THE LIFE WE BURY

ALLEN ESKENS

亞倫・艾斯肯 著

趙丕慧 譯

我要把這本書獻給我的妻子喬莉，她是我最信任的顧問，也是我最好的朋友。我也要把這本小說獻給我的女兒蜜凱拉，她總是讓我有源源不絕的靈感。還有我的父母佩特和比爾·埃斯肯斯，謝謝他們給我上的許多人生的重要課題。

1

我記得那天走向車子時心裡揮之不去的恐懼感，大難當頭的感覺像波浪一樣繞著我的頭旋轉，拍打著黑夜，散作一圈圈的漣漪。是會有人把這種感覺稱作惡兆，是某種內心的第三隻眼繞過時間曲線預見了未來，可我從來就不信這一套。不過我承認，有時候在我回顧那天時我會好奇：假如命運真的在跟我附耳低語——假如我知道那一趟會改變那麼多的事情——我會不會換一條比較安全的路？我會在右轉處左轉嗎？抑或是我仍然會直接走上引我去見到卡爾．艾佛森的那條路？

我的明尼蘇達雙城隊排定在那個涼爽的春天晚上跟克利夫蘭印第安人隊爭奪中區冠軍，不用多久標靶球場的燈光就會點亮明尼蘇達州的西邊地平線，萬丈光芒會射入夜空，可我不會到現場看球。門票又是我這個窮大學生負擔不起的一樣東西。我得在莫麗酒吧看門，檢查駕照，遏制酒醉鬧事的客人，趁機偷瞄一眼吧檯上方的電視轉播——雖然不是我的生涯選擇，卻能付房租。

說來也奇怪，我的高中升學就業輔導老師在我們的面談中從來沒提過「大學」這個詞，也許是她能從我的二手衣物上聞到濃濃的無望；也許是她聽說了我年滿十八之後就立刻在一家叫皮德蒙特的廉價酒吧打工。也可能是——我覺得這一點最有可能——也許她知道我的母親是誰，覺得江山易改本性難移。不管是什麼原因，我都不怪她不認為我是念大學的那塊料。說真的，我在昏暗的酒吧裡比在大理石地板的學術殿堂裡要自在得多，我老是在走廊上走得踉踉蹌蹌，活像是我穿錯了鞋子。

那天我跳上車——是一輛有二十年車齡的本田雅哥，換檔，從校園向南走，匯入卅五號州際公路上的尖峰車流，破爛的日本音響播放著艾莉西亞·凱斯的歌。我來到了穿城的大街，伸手到乘客座去掏摸我的背包，終於找到了那張寫著那個老人之家地址的紙。「別說老人之家，」我跟自己咕噥。「是退休村或資深公民中心之類的。」

我在瑞奇菲爾郊區的複雜道路上行進，終於找到了山景莊的入口，也就是我的目的地。雖然號稱是山景莊，卻完全看不到山，而且也一點都沒有名稱給人的那種壯闊華麗。建築的前方是一條繁忙的四線道馬路，後方正對著一棟搖搖欲墜的老舊複合式公寓的尾端。不過對整個山景莊來說，名稱恐怕還是最有喜氣的地方了，它的磚牆灰濛濛的，長了一條條的青苔，七零八落的灌木叢沒人修剪，每一扇紗窗的木框上都覆著黴菌，是那種氧化銅的顏色。整棟建築蹲踞在地基上，活像個虎背熊腰的足球前鋒，而且一樣嚇人。

我一走進大廳，迎面就聞到消毒水和尿液的刺鼻氣味，害得我的眼睛都濕了。一個老婦人坐在輪椅上，假髮歪歪扭扭的，瞪著我的後面，好像是在期待某個很久以前的追求者會從停車場出現，把她一把抱走。我經過時她露出微笑，卻不是對我而發的。我並不在她的世界裡，就像她記憶中的幽魂也不存在於我的世界中一樣。

我在走到櫃檯之前先停了停，最後再聽一遍一直在我的耳朵裡唸個不停的懷疑，任性地想叫我在還來得及之前退掉那門英文課，換成比較實用的課，像是地質學或是歷史。一個月前，我離開了在明尼蘇達州奧斯丁的家，像個逃家去加入馬戲團的小男孩。不必跟我母親吵架，不給她改變我的想法的機會。我只收拾了一個袋子，跟我弟說我要走了，再給我媽留了張字條。等我趕到大學的註冊組後，那些像樣的英文課全都額滿了，所以我就選了一門傳記課，課程需要我去訪問一位徹頭徹尾的陌生人。內心深處我知道我在大廳裡徘徊兩邊太陽穴冒出的黏膩汗珠是因為作業的緣故，這份作業我已經拖得太久了。我就是知道這份作業會很慘。

山景莊的櫃檯人員是個女的，一張國字臉，臉頰豐盈有力，頭髮綁得很緊，兩眼深陷，給人一種勞改營獄卒的感覺。她上半身向前傾，問我：「有什麼事嗎？」

「有，」我說。「我是說，希望妳能幫忙。經理在嗎？」

「我們這裡謝絕推銷。」她說，瞇著眼睛看我，一臉暴躁。

「推銷？」我刻意輕笑了一聲，伸出兩手，像在哀求。「女士，」我說，「叫我向山頂洞人推銷火柴我都沒辦法。」

「你不是這裡的住戶，也不是訪客，而且你也絕對不是員工。那你會是什麼人？」

「我的名字是喬．塔伯特，是明尼蘇達大學的學生。」

「所以呢？」

我瞧了眼她的名牌。「所以……珍妮特……我想跟妳的經理談一談我必須做的一項計畫。」

「我們沒有經理，」珍妮特瞇著眼說。「我們有位主任，隆恩格連太太。」

「不好意思，」我說，努力保持愉快的假面。「我可以跟妳的主任談一談嗎？」

「隆恩格連太太非常忙，現在又是午餐時間——」

「我只耽誤她一分鐘。」

「你何不先跟我說說看你的計畫，我再來決定值不值得去打擾隆恩格連太太。」

「這是一份我的學校作業，」我說。「我的英文課作業。我得訪問一位老人——我是說一位長輩，然後幫他寫自傳。就，說一說生命中的波折，為什麼他們會變成今天這樣。」

「你是作家？」珍妮特上上下下打量我，活像可以從我的外表上看出端倪來。我挺直五呎十吋（約一七八公分）的身高。我二十一歲了，已經認命不會再長高了——真是謝謝喬・塔伯特一世，管你是死到哪裡去了。對，沒錯，我是在當保鑣，不過我不是你們通常在酒吧門口看到的大塊頭；說真的，以保鑣而論，我是屬於那種弱雞型的。

「不，不是作家，」我說。「是學生。」

「而他們要你為學校寫出一整本書來？」

「不是，有的要寫，有的只擬出大綱，」我帶著微笑說。「有些章節必須完整，像是開頭和結尾，還有所有重要的轉捩點。不過主要是摘述。這個寫作計畫滿大的。」

珍妮特皺了皺塌鼻子，搖搖頭。然後，顯然是相信了我不是來推銷的，她拿起了電話，壓低聲音。沒多久就有一位穿著綠色套裝的女人從櫃檯後面的走廊過來，站到了珍妮特的旁邊。

「我是隆恩格連主任，」女人說，頭抬得筆直，好像是頂著一只茶杯。「有什麼我能幫得上忙的？」

「我希望有。」我做個深呼吸，重新再說一遍。

隆恩格連太太忖度著我的解釋，一臉困惑，然後說：「你為什麼會到這裡來？你沒有父母或是祖父母可以訪問嗎？」

「我沒有親戚。」我說。

這不是實話。我母親和弟弟就住在雙子市南邊兩小時車程的地方，但就算是到我媽家停留個一會兒都會像是走進荊棘叢裡。而我沒見過我父親，完全不知道他還活不活在地球上。我倒是知道他的名字。我母親用他的名字來給我取名，天才得以為喬．塔伯特一世或許會良心不安，多留一陣子，說不定就會娶了她，賺錢養家和小喬伊二世。結果沒成功。媽在我弟弟傑若米出生時故技重施——結果還是一樣。我從小到大都得一直解釋我母親的名字是凱西．尼爾森，我的名字是喬．塔伯特，我弟弟則叫傑若米．奈勒。

至於我的祖父母，我只見過我媽的父親，我的比爾外公——我很愛他。他是個話不多的人，卻只需要靠一個眼神或是點頭就能叫你注意，他是個剛強與溫和兼具的人，但是兩種特質並不是一層層分開的，而是像羽毛一樣互相疊覆。有些日子我會想起他，在我需要他的智慧來處理生活中的起起落落時。不過有些晚上，尤其是雨水敲打窗櫺，浸入了我的下意識，他就會到我的夢裡來——而最後我一定會突然從夢中驚醒，整個人坐直，全身冷汗，兩手發抖，忘不掉看著他死的那一幕。

「你知道這裡是護理之家吧?」隆恩格連太太說。

「所以我才會來這裡啊,」我說。「你們這裡的人有的過了很精采的一生。」

「這倒是真的。」她說,俯身靠著隔開我們的櫃檯。我能看到她眼角的皺紋,她的嘴唇也像乾涸的湖床一樣。我也能從她說話時的口氣隱隱聞到威士忌酒味。她繼續壓低聲音說:「這裡的居民會住在這裡是因為他們沒辦法照顧自己。大多數的人不是有阿茲海默症就是失智症,或是別的精神疾病。他們連自己的孩子都記不得,其他的小事就更不記得了。」

這點我倒沒有想到。我發覺我的計畫出現了裂縫。我雖然想寫一篇戰爭英雄的傳記,可要是那位英雄什麼也不記得,那我還寫個啥?「你們難道沒有還沒失憶的人?」我問,可憐巴巴的,連我自己聽起來都受不了。

「我們可以讓他去找卡爾。」珍妮特忽然說。

隆恩格連太太狠狠瞅了珍妮特一眼,活像是她的完美謊言被豬隊友給戳破了。

「卡爾?」我問道。

隆恩格連太太雙臂抱胸,向後退了一步。

我窮追不捨。「誰是卡爾?」

珍妮特看著隆恩格連,尋求許可,等她點頭,就換成珍妮特向前靠著櫃檯了。「他叫卡爾・艾佛森,是個被判刑的罪犯,」她說,像個在說八卦的女學生。「矯正署三個月前把他送過來的,他們給他假釋,因為他得了癌症快死了。」

隆恩格連太太氣呼呼地說：「顯然胰臟癌可以完美地取代刑事矯治。」

「他是殺人犯？」我問道。

珍妮特東張西望，確定沒有人會偷聽。「三十年前他姦殺了一個十四歲的女孩子，」她低聲說。「我在他的檔案裡看到的，他殺了她之後，還想要毀屍滅跡，在他的工具棚裡把她燒成灰。」

強暴犯加殺人犯。我來到山景莊本來是要尋找英雄的，卻找到了一個惡徒。他絕對會有故事可說，可是我會想要寫嗎？我的同學會交出一份阿嬤在泥地上生產，或是阿公在飯店大廳看到約翰·狄林傑❶的故事，我卻會交出一篇強暴殺害女孩子，而且還想要在工具棚燒毀屍體的人的故事。訪問一個殺人犯，這個想法起初我並不能接受，可是仔細再想想，我就心動了。這份作業我已經拖太久了，九月都快結束了，再幾個星期我就得交作業了。我的同學都已經跨在馬上衝上賽道了，我的老馬還在馬廄裡吃草呢。卡爾·艾佛森一定得是我的訪問對象——只要他同意。

「我願意訪問艾佛森先生。」我說。

「那人是禽獸，我可不會讓他逮著機會大吹特吹，」隆恩格連太太說。「我知道身為基督徒不該這麼說，可是那個人最好就是乖乖待在房間裡等死。」隆恩格連太太自己都因為自己說的話而瑟縮，這些話或許可以在心裡想，卻絕對不能說出來，尤其是還當著陌生人的面。

「咳，」我說，「要是我能寫他的故事，也許……我也不知道……也許我可以讓他承認他自

❶約翰·狄林傑（John Dillinger, 1903-1934）是美國大蕭條時期中極活躍的一名銀行搶匪。

己的錯。」我畢竟還是個推銷員，我在心中默想。「再說了，他有權有訪客，對吧？」

隆恩格連太太一臉煩惱。她別無選擇。卡爾在山景莊並不是犯人，他是居民，跟別人同樣有權利會客。她放開手臂，按在櫃檯上。「我得要詢問他是否願意會客，」她說。「他來這裡的兩個月裡，只有過一次訪客。」

「我可以自己去問卡爾嗎？」我說。「也許我能——」

「是艾佛森先生。」隆恩格連太太糾正我，急於恢復她的權威。

「對。」我聳個肩道歉。「我可以向艾佛森先生說明我的作業，也許——」

我的手機鈴聲響了。「不好意思，」我說。「我還以為關機了。」我把手機從口袋裡掏出來，耳朵都紅了，一看是我母親的號碼。「對不起，」我說，背對著珍妮特和隆恩格連太太，假裝是需要隱私。

「媽，我現在沒空，我——」

「喬伊，你非來接我不可。」我母親對著手機吱吱叫，酒醉的遲鈍舌頭讓她的話很難聽懂。

「媽，我得——」

「他們銬住我了。」

「嗄？誰——」

「他們逮捕我了，喬伊……他們……那些混蛋。我要告他們。我會找個最壞的臭律師。」她對旁邊的某個人大喊。「你聽見了你……混蛋！我要你的編號。我會讓你被開除。」

「媽，妳在哪裡？」我說得又大聲又慢，想拉回我媽的注意力。

「他們給我上了手銬，喬伊。」

「妳旁邊有警察嗎？」我問。「我能跟他說話嗎？」

她不理我，又飛快轉到另一個念頭了。「要是你愛我，你就會來救我。我是你媽，他媽的。他們銬了……給我滾過來……你從來就不愛我。我就……我不……我應該自己割腕。沒有人愛我。我快到家了……我要告他們。」

「好、好，媽，」我說。「我會去救妳，可是我需要跟警察說話。」

「你是說混蛋先生？」

「對，媽，混蛋先生。我需要跟混蛋先生說話。把電話給他一下，然後我就會來救妳。」

「好，」她說。「喂，混蛋，喬伊要跟你說話。」

「尼爾森太太，」警察說，「妳應該聯絡律師，不是妳兒子。」

「嘿，混蛋警察，喬伊要跟你說話。」

警察嘆口氣。「是妳自己說要打給律師的，妳需要利用這個機會打給律師。」

「混蛋警察不想跟你說話。」媽對著手機打嗝。

「媽，跟他說我拜託他。」

「喬伊你得——」

「可惡，媽，」我低聲吼她，「跟他說我拜託他。」

一分鐘的靜默，然後，「好嘛！」我媽把手機拿遠了，我聽不太清楚。「喬伊說拜託。」

長長的一陣停頓，但是那位警察接過了電話。「喂？」

我趕緊平靜地說話：「警官，很抱歉發生這種事，可是我有個弟弟是自閉症，他跟我媽住在一起。我需要知道我媽今天會不會被釋放，因為如果不會，我就得去照顧我弟。」

「嗯，事情是這樣子的。你母親因為酒後駕車被捕。」我能聽見我母親在後面又哭又罵。「我把她帶到摩爾郡執法中心酒測。她說她有權在酒測之前打給律師，所以她是應該要利用這個機會聯絡律師的，而不是打給你叫你來救她。」

「我懂了，」我說。「我只是需要知道她今天晚上會不會獲釋。」

「答案是不。」警察的回覆很簡短，以免我母親聽到她的命運。我也配合他。

「那她會去戒酒治療嗎？」

「會。」

「幾天？」

「兩三天。」

「然後她就會被釋放？」我問。

「不會。」

我想了想。「戒酒之後就坐牢？」

「是的，直到第一次出庭。」

媽聽見了「出庭」，又吼叫了起來。酒醉加上疲憊，她的話聲高低起伏、模糊不清。「可惡喬伊……過來這裡。你不愛我……你不知感恩……我是你媽。喬伊，他們……他們……過來這裡。把我弄出去。」

「謝謝，」我對警官說。「我真的很感激你的幫助。還有祝你們能順利處理我媽。」

「也祝你順利。」他說。

我掛斷了電話，轉身就看到珍妮特和隆恩格連太太都看著我，活像我是個學走路的小娃娃剛剛才知道狗是會咬人的。「對不起，」我說。「我母親……她狀況不好。我今天不能去找卡爾——呃，艾佛森先生了。我還有別的事情要處理。」

隆恩格連太太的眼神柔和了下來，嚴厲的表情變成了同情。「沒關係，」她說。「我會跟艾佛森先生說你的事情。把你的姓名和電話留給珍妮特，我會通知你他是不是願意見你。」

「我真的很感激，」我說。在一張紙上寫下了我的聯絡方式。「我的手機可能會暫時關機，所以如果我沒接電話，就留言給我，讓我知道艾佛森先生怎麼說。」

「我會的。」隆恩格連太太說。

離開山景莊一個街區之後，我開進停車場，使盡全力抓緊方向盤，猛烈搖晃。「王八蛋！」我大吼大叫。「王八蛋！王八蛋！王八蛋！妳為什麼就不能放過我！」我的指關節白了，我全身發抖，憤怒一波波湧上。我做個深呼吸，等著喉嚨的刺痛消退，等著視線清晰。然後，等我平靜下來了，我才打電話給莫麗，通知她我今天不能去上班。她不高興，但是可以體諒。我掛斷電話後，把手機拋在乘客座上，開始駕車南下，去找我弟弟。

2

大多數的人聽都沒聽過明尼蘇達州的奧斯丁市，聽說過的人也是因為午餐肉，這種鹽醃豬肉罐頭不會腐敗，餵飽了世界各地的士兵和難民。那是荷美爾食品公司（Hormel Foods Corporation）的招牌產品，也讓我的家鄉多了一個「午餐肉鎮」的名號。奧斯丁甚至還有間博物館，專門宣揚午餐肉的偉大。如果這樣還沒能讓奧斯丁印上一個監獄刺青的話，那還有罷工。罷工發生在我出生的四年前，可是在奧斯丁長大的孩子對大罷工熟悉的程度就像別的孩子對路易斯與克拉克遠征❷或是獨立宣言一樣。一九八〇年代早期經濟蕭條，肉品業大受影響，於是荷美爾就要求工會減薪，當然那就像是要了工人的命，於是罷工就開始了。糾察線上的推擠導致了暴動，而暴動吸引了媒體，有一家電視台的採訪小組墜機，直升機掉在艾倫岱爾附近的玉米田裡。州長最後派出了國民兵，可那時暴力和敵對已經給小鎮留下了痕跡，有的人還會說賦予了它的性格。我只覺得是一道醜陋的傷疤。

跟所有城鎮一樣，奧斯丁也有它的優點，不過大部分的人看不到好的一面。鎮上有公園，有

❷路易斯與克拉克遠征（1804-1806）是美國首次由東岸橫越西岸的往返考察活動，領隊是美國陸軍的路易斯上尉及克拉克少尉。

一座游泳池，一間不錯的醫院，一所加爾默羅修道院，自己的機場，而且和羅徹斯特的妙佑醫療中心也只有一箭之遙。市裡還有一所社區大學，我在那兒修過一些課，同時還兼兩份差。三年裡我存了足夠的錢，也積累了夠多的學分，讓我能轉到明尼蘇達大學念二年級。

奧斯丁也有十三間酒吧，這還不包括飯店和俱樂部裡的。用兩萬三千人——差不多是這個數字——的人口來計算，奧斯丁在大明尼蘇達區的酒吧與人口比例可是數一數二的高。我對這些酒吧很熟悉，每一家我都進去過。我還是個小鬼頭的時候就踏進了第一家酒吧，大概最多是十歲吧。我母親把我留在家裡照顧傑若米，她則出門去喝個一兩杯。我比弟弟大兩歲，而他有自閉症——所以他非常的文靜——媽覺得我的年紀可以當保母了。

那晚，傑若米坐在客廳的扶手椅上看他最愛的電影《獅子王》，我得寫地理作業，所以我就把自己關在他跟我共用的小臥室裡。我記不清楚這些年來我們共用的大部分房間，卻記得那一間：牆壁薄得像蘇打餅乾，漆著和所有公立游泳池一樣的鮮藍色油漆。隔壁房間最輕微的動靜都能聽得到，包括《獅子王》的歌曲，傑若米放了一遍又一遍。我坐在上鋪——這張上下鋪是二手貨，彈簧都壞了，我們的床墊直接碰到三葉板——我摀著耳朵，想要擋住噪音，卻阻止不了那個重複不停的音樂穿透我到處是孔洞的注意力。我不確定接下來的部分是真的或是我出於愧疚而潤色過的，反正我叫傑若米把音量調小，我發誓他反而調得更大聲。是可忍孰不可忍。

我衝進客廳，把傑若米從椅子上推下去，害他重重撞到牆壁。這一撞把牆上的一張相片也撞歪了，那是三歲的我抱著小貝比傑若米的照片。相框從釘子上鬆脫，掉了下來，就砸在傑若米的金色頭顱上，玻璃碎成了一百片尖刺。

傑若米拂開手臂和腿上的玻璃之後就看著我，一片玻璃直直插在他的頭頂上，像個過大的硬幣卡在一個過小的小豬撲滿上。他瞇著眼睛，不是因為生氣，而是困惑。傑若米極少直視我的眼睛，可是那天他瞪著我，好像是就快要解開一個深奧的謎了。

然後，冷不丁的，他好像是找到了答案，他的眼神柔和了，視線飄向他手臂上越來越多的血珠。

我從浴室抓了一條毛巾，小心地拔掉了他頭上的玻璃，幸好插得不是我想像中那麼深；我用毛巾把他的頭毛住，拿抹布擦掉他手臂上的血，等著流血停止。十分鐘後，傷口仍然在滴血，白毛巾也出現了大塊大塊的鮮紅色。我把毛巾重新包住傑若米的頭，拉起他的一隻手按住毛巾，就跑出去找我母親了。

媽不需要留下麵包屑我就能找到她。我們的汽車停在雙併屋的車道上，兩只輪胎是扁的，所以媽一定是在走路可到的範圍。這樣就只有兩家酒吧要找了。當時我並不覺得我媽把我一個人丟下來照顧有自閉症的弟弟，而且也沒說她去哪裡有什麼不對，我也不覺得我本能就知道要去酒吧找她有什麼奇怪的。不過，小時候我覺得正常的事情在我現在回顧起來就是完全不正常的。我一下子就找到了她，在奧德賽酒吧裡。

酒吧裡空蕩蕩的倒是出乎我意料。我老是想像我母親大步走去加入一堆漂亮的人兒，說說笑笑，像電視廣告裡一樣跳舞。可是這個地方的鄉村音樂卻從便宜的喇叭裡播送出來，地板不平，充斥著窩囊的庸俗味。我一眼就看到了我母親，在跟酒保聊天。起初我看不出她的表情是生氣或關心，但是她回應的方式是一把揪住我的胳臂，差點就捏出我的血來，把我拖出了酒吧。我們快步走回公寓，發現傑若米在看電影，一手仍按在頭上的同一個位置。媽一看見浸血的毛巾就發飆了。

「你們到底是做了什麼！耶穌基督。這是怎麼弄的！」她揭開了毛巾，拉著傑若米的胳臂把他拽起來，拖著他進浴室，把他拖進了空浴缸裡。他的金髮被血浸透了。她把帶血的毛巾丟進洗手槽，走到客廳去擦拭鏽褐色的地毯上的三小滴血滴。

「你還非得要拿我的好毛巾不可，」她大吼大叫。「就不能抓個抹布。看看地毯上的血。我們可能會拿不回押金。你就不能停下來先想一想嗎？不，你從來不想。你就只會添亂，爛攤子還得我來收拾。」

我走進浴室，一半是為了躲開我母親，一半是陪著傑若米免得他嚇到。不過他不會嚇到，他從來就不會嚇到。就算有，他也從來不會表現出來。他看著我，一張臉對別人來說會是毫無表情，但是我卻能從他的眼睛後面看見我的背叛造成的陰影。無論我有多努力想要忘掉那一晚，把它埋葬在某個很深的地方，讓它死去，傑若米抬頭看著我的回憶卻依然栩栩如生。

傑若米現在十八歲了，可以一個人在公寓裡待上幾個小時了，但是幾天卻不行。那晚我把車停在媽的公寓車道上，雙城隊和印第安人隊還正打得難分難解，在第三局鏖戰。我用鑰匙開門，發現傑若米在看《神鬼奇航》，他現在最愛的電影。他只驚訝了一秒，就又回頭看著我們之間的地板。

「嘿，老弟，」我說。「我的小弟好不好啊？」

「哈囉，喬。」他說。

傑若米開始念中學時，學區指派給他一位教學助理，叫海倫．波林哲。她懂自閉症，了解傑若米需要模式和規律，偏好獨處，對於肢體碰觸很反感，以及他沒有能力了解超出基本需要以及非黑即白的指示。波林哲太太竭力想把傑若米從他的闇黑世界中拉出來，我母親卻鼓勵他要安安靜靜的。這種角力持續了七年之久，波林哲太太贏多輸少。等他中學畢業，我這個弟弟可以進行類似對話的活動，即使他在我們說話時得很費力才能看著我。

「我還以為你在學校。」傑若米說，以嚴謹的斷音節奏說話，彷彿他是把每一個字都仔細地放在運輸帶上。

「我回來看你。」我說。

「喔，好。」傑若米回頭看電影。

「媽打電話給我，」我說。「她有個聚會，有一陣子會不在家。」

對傑若米說謊很容易，他天生就相信別人，所以沒辦法了解什麼是欺騙。我不是為了什麼見不得人的目的才騙他的，那只是我對他解釋事情的方式，不必牽扯到複雜的細節。我母親第一次被強制戒酒時，我就想出了她有聚會的這種謊話。之後，她每次跑到什麼印第安賭場或是到某個男人家過夜，我就會用這個藉口。傑若米從來不多問，不好奇為什麼有的聚會得持續幾個小時，有的則是好幾天，從來不好奇為什麼這些聚會來得這麼突然。

「這次的聚會時間比較長，」我說。「所以你要跟我住幾天。」

傑若米不看電視了，反而張望著地板，眉毛上方出現了一條細細的皺紋。我看得出他是在凝聚和我視線相對的力量，這種事對他來說是很費力的。「也許我還是留在這裡等媽回來。」他說。

「你不能留在這裡。我明天得去上課。我得帶著你，到我的公寓去。」

我的回答不是他想聽的，我看得出來，因為他不再努力正眼看著我了，這表示他的焦慮在升高。「也許你可以住在這裡，早上去上課。」

「我的課在大學裡，距離這裡兩個小時。我不能住在這裡，小弟。」我語氣平靜，卻很堅定。

「也許我自己一個人留在這裡。」

「你不能住在這裡，傑若米。媽叫我來帶你。你可以住在我在學校裡的公寓。」

傑若米開始用左手大拇指揉搓右手的指關節，他每次想不通什麼的時候就會做這個動作。

「也許我可以在這裡等。」

我坐在傑若米的旁邊。「一定會很好玩的，」我說。「就只有你跟我。我會把放映機帶去，你想看什麼電影都可以。你可以把袋子全都裝滿電影。」

傑若米笑了。

「可是媽要好幾天才會回來，我需要你來我的公寓，好嗎？」

傑若米用力想了一會兒，然後說：「也許我可以帶《神鬼奇航》？」

「沒問題，」我說。「一定會很好玩的。我們可以當作是冒險。你可以是傑克船長，我是比爾．透納。你覺得怎麼樣？」

傑若米抬起頭來，用他最愛的橋段模仿傑克船長說：「這一天你永遠不會忘記，因為你差一點就抓到了傑克船長。」然後傑若米哈哈笑，笑得臉頰都紅了，我也跟著笑，跟傑若米每次說笑話時一樣。我抓了幾個垃圾袋，拿一個給傑若米裝影碟和衣服，確定他帶的分量夠撐一陣子，以防媽沒能交保。

我駛出車道時，心裡衡量著我的工作和課程，努力想找出能讓我留意傑若米的空檔。但是有幾個令人不安的問題卻一直掠過腦海。傑若米要怎麼適應我的公寓這個陌生的環境？我哪裡有時間和金錢去把我媽保釋出來？我又是怎麼會變成了這個不正常家庭的一家之主的？

3

返回雙子城的路上，我看著焦慮在我弟弟的眼睛後面來回踱步，他的眉毛和額頭一會兒緊皺一會兒放鬆，忙著消化發生的事情。里程數越來越多，傑若米也越自在，最後他接受了我們的冒險，深深吐出一口氣，很像是我看過狗在放下戒心向睡神降服時嘆氣。傑若米——那個把頭躺在我們的上下鋪的下鋪，跟我共用房間、衣櫃、五斗櫃十八年的男孩子——又跟我在一起了。直到一個月之前，我們兩個連一兩晚都沒分開過，後來我去念大學，把他留給一個在混亂中泅游的女人。

就我的記憶所及，我媽是個脾氣陰晴不定的人——前一分鐘還在客廳又笑又跳舞，下一分鐘就在廚房裡摔盤子——我覺得是典型的躁鬱症。當然沒有醫生正式診斷過，因為我母親死也不肯尋求專業協助，反而是摀著耳朵過日子。好像只要她沒聽到別人說出這三個字來，真相就不存在。又加上一瓶接著一瓶灌廉價伏特加——這是她自己給自己開的藥方，可以壓制內在的尖叫，卻助長了外在的瘋狂——那你就知道我母親是什麼樣子了。

不過她並沒有一直那麼糟。早些年，我母親的情緒還會有天花板，不會讓鄰居和保護兒童單位找上門來。我們甚至還有些好時光。我記得我們三個去科博館，去文藝復興慶典，去山谷園遊樂園。我記得我不會兩位數乘法，她還教我寫數學作業。我有時會發現我們之間越來越高的圍牆上出現了裂縫，我記得她跟著我們一塊笑，甚至還寵愛我們。我努力回想的話，會記得在世界不壓著她的背時，她是一個溫暖柔和的母親。

可是在我的比爾外公過世的那天之後就全變了樣。那天我們的小小三人組被一種狂野的坐立不安籠罩，彷彿他的死切斷了能給我母親穩定的救命繩索。在他死後，她放開了她僅存的一點限制，隨著情緒的浪潮漂流。她更常哭，更常亂叫，只要生活讓她負荷不了就發飆。她似乎下定了決心要找出她人生中更黑暗的邊緣，並且全心接納，當作什麼新的正常。

打人是她第一個改變的規矩。雖然是循序漸進的，但是最後她的腦袋像茶壺一樣沸騰，她就會打我耳光。後來我年紀比較大了，對耳光也不那麼敏感了，她就調整目標，改打我的耳朵。我恨極了她那樣。有時她會利用工具，像是木湯匙或是鐵絲蒼蠅拍的握柄。我念七年級時有一次還因為我的角力服沒能遮蓋住我大腿上的鞭痕就被她強制關在家裡，沒能參加錦標賽。這些年她都沒把傑若米拖進我們的戰爭裡，偏好把怒氣都發洩到我身上。可是日子一長，她也對他失控了，對他又吼又罵。

然後有一天她太過分了。

我十八歲了，高中畢業了，回家來發現我母親醉得特別兇，拿著網球鞋痛打傑若米的頭。我把她拽進她的臥室裡，把她丟在床上。她爬起來就要打我。我抓住她的兩隻手腕，把她轉過去，再拋到床上。她又向我衝過來兩次，每一次都是臉朝下被我摔在床上。最後一次之後，她停下來喘氣，然後就昏過去了。隔天早晨，她就像個沒事人一樣，好像完全不記得自己發瘋的事，好像我們的小家庭並沒有瀕臨裂解的邊緣。我也不揭穿她，但是我知道——我知道她已經到了可以名正言順打傑若米的地步。我也知道一旦我離家去念大學，情況很可能會變得更糟。一想到這裡我的胸口就痛。於是，我母親在昏死過去之後假裝一切沒事，我也把我的想法都深深埋葬在心底，藏在塵封不動的地方。

可是那晚我們前往我的公寓時，人生是美好的。傑若米跟我一面聽著雙城隊比賽——至少我在聽。傑若米雖然聽見了，卻有聽沒有懂。我跟他聊天，幫他解說賽事，但是他極少回應。就算他回應了，也像是剛從別的房間過來一樣，完全在狀況外。等我們離開卅五號州際公路，接近校園時，雙城隊在第八局下半力壓克利夫蘭，奔回四分，以六比四領先。每次得分我都歡聲怪叫，傑若米也學著我叫，因為我的興奮而笑。

抵達之後，我帶著傑若米上二樓到我的公寓去，他的手裡拎著垃圾袋。我們剛好趕上打開電視看著雙城隊擊出致勝的一球。我高舉雙手要跟傑若米擊掌，但是他卻緩緩轉個圈瀏覽我的小公寓。廚房和客廳佔據了同一空間的左右兩端，臥室只放得下一張雙人床，而且我的公寓沒有浴室，浴室在外面。我看著傑若米掃瞄公寓，眼睛一再瞧過同樣的空間，好像下一眼就可能會發現一扇隱藏的浴室門。

「也許我需要上廁所。」傑若米說。

「來，」我說，一面揮手叫傑若米。「我帶你去。」

我的浴室就在我對門。老房子是在一九二〇年代建造的，原始設計是為了容納那些新舊世紀交替的大家庭，他們生孩子的速度比嬰兒的死亡率還要快。一九七〇年代老屋改建，一樓變成了一間三房公寓，樓上那層則是兩間單人房，只有一間有衛浴設備。所以登上狹窄的樓梯，右手邊是我的公寓，左手邊的門就是我的浴室，而正對著平台的門就是那間套房。

我把傑若米的牙刷和喜歡的牙膏從垃圾袋裡拿出來，穿過走道進了浴室，傑若米跟在後面，小心保持著距離。「這是浴室，」我說。「要是你得上廁所，就把門鎖上。」我教他如何鎖門。

他沒進去浴室，反而站在走道上隔著一段安全距離察看。「也許我們應該回家。」他說。

「我們不能回家，小弟。媽去聚會了，記得嗎？」

「也許她現在回來了。」

「她沒回來，她要兩三天才會回來。」

「也許我們應該打電話給她問一下。」傑若米又開始用兩隻大拇指揉搓指關節，我能看出他因為焦慮而微微發抖。我很想要按住他的肩膀讓他平靜下來，但是這麼做反而會讓他的反應更差。傑若米的自閉症就是碰不得。

傑若米轉身對著樓梯，忖度著它的陡峭程度，一隻拇指更用力壓著手背，像揉麵團一樣揉著指關節。我走過去擋住樓梯口。他比我高兩吋，重二十磅；在他滿十四歲那年他就比我高比我重了，連長相都贏過我：他的金髮像北歐人那麼捲，而我的金髮看來髒兮兮的，要是不用髮膠，就會像是頂了一頭乾草；他的下巴方正，一邊臉頰還有孩子氣的酒渦，我的下巴則乏善可陳；他笑起來兩隻藍眸就像大海那麼閃亮，而我的則像很淡的咖啡。可儘管他在體格上樣樣都勝過我，他仍然是我的「小」弟弟，所以容易受我影響。我站在矮他一級的樓梯上，兩手按著他的二頭肌，輕輕把他往後推，讓他的注意力從樓梯上挪開，回到我的公寓上。

在我後面，我聽見樓梯口的玄關門打開又關上，接著是女性的腳步聲。我聽出是她，因為這一個月來我每天都會聽到她經過我的門口。我只知道她是L・納許，還是從她的信箱上貼的膠帶知道的。她有五呎兩吋高（約一五七公分），一頭黑色短髮像是水從石頭上濺開一樣飛揚不馴。她的眸色深，鼻子小巧，整個人散發出一種別煩我的清冷氣質。她跟我在走道或是樓梯上擦身而過很多次，每次我想跟她聊幾句，她都會禮貌地微笑，得體地應對，卻從不留步——總是能繞過我的打斷而不顯得粗魯。

她在樓梯上停住，看著我抓著傑若米的手臂，用身體阻擋他離開。傑若米也看到L・納許了，就不再移動，眼睛盯著地板。我讓到一旁給她過去，樓梯間的牆限制了她走過去的空間，她經過時她的沐浴乳和爽身粉味道拂過我的鼻端。

「嗨，」我說。

「嗨，」她回應我，朝我們的方向挑高一道眉毛，走完剩下的幾步到了她的房間門前。我想再說點什麼，所以就脫口說出了跳進腦子裡的第一個愚蠢的想法。

「不是妳想的那樣，」我說。「我們是兄弟。」

「是喔，」她把鑰匙插進鎖眼裡轉動。「我相信傑佛瑞・達默[3]也是用這種說法。」她進了房間，關上了門。

她的譏刺讓我啞口無言。我也想要反唇相譏，可是我的腦袋卻像生鏽了一樣。傑若米不像我一樣看著Ｌ・納許。他默默站在樓梯頂，不再揉搓指關節。他的焦慮過去了，眼中的頑固變成了疲憊，現在早就過了他的就寢時間了。我帶他進浴室，讓他刷牙，再回房間，我把老舊的電視推進去，讓他可以用播放機看電影，然後我抓了一條毛毯，躺在沙發上。

我能聽到傑若米在看電影，熟悉的對話和音樂讓他漸漸入睡，忘了處處陌生的新環境。儘管發生了樓梯口的那段插曲，我還是不得不欣賞傑若米的適應力。他的作息只要有一丁點的變化，像是換了新牙刷或是早餐的穀片品牌不對，都可能會害他失控。可他現在在這裡，在這間他從沒見過的公寓裡，比他稱之為家的公寓小了一半，連浴室都沒有，他卻在一張沒有上鋪的床上睡著了。

我稍早的時候關掉了手機，以免我媽給我奪命連環叩，但現在我把手機從口袋裡掏出來，開機，查看未接來電。有二十一通是從五〇七這個地區碼號打來的，絕對是我母親從戒酒中心打的。我的耳朵中自動響起她怪我關掉手機、把她丟在戒酒中心和監獄裡的叫罵聲——儘管在這件事情上根本由不得我作主。

❸ 傑佛瑞・達默（Jeffrey Dahmer, 1960-1994）是一名美國性侵犯及連續殺人犯，在一九七八到一九九一年間性侵並殺害肢解了十七名男性。

語音信箱裡的頭九則都是我母親留的。

「喬伊，我不敢相信你會這樣子對你的親生母親——」〔刪除〕

「喬伊，我是做了什麼要遭這種罪——」〔刪除〕

「我知道我不是個好母親——」〔刪除〕

「喬伊，你要是不接電話，我就——」〔刪除〕

「對不起，喬伊。我真希望我死了算了。也許就——」〔刪除〕

「你以為你是什麼了不起的大學生——」〔刪除〕

「兔崽子，給我接電話——」〔刪除〕

「喬，我是山景莊的瑪麗．隆恩格連。我打來是要告訴你我和艾佛森先生談過了你的計畫……他同意跟你見面討論。他要我澄清他並不樂意。他想先跟你見個面。你明天可以打給珍妮特，安排適合的時間。我們不喜歡在用餐時間打擾住戶。所以，打給珍妮特。拜拜。」

我關掉手機，閉上眼睛，嘴角泛出輕小的笑容，消化這個奇怪的反諷：我可能很快就可以訪問一個殘暴的殺人犯，他毫不猶豫就終結了一個年輕女孩的性命，而且在明尼蘇達州最惡劣的監獄裡存活了三十幾年，然而我卻並不害怕跟他談話，反倒是害怕再看見我自己的母親。不過，我能感覺到我的背上有一股風，我寧願相信是一陣好風，希望能讓我在英文課上拿到好成績。我的船帆既然吃飽了風，我說不定能彌補作業起步太晚的缺憾。我躺在沙發上，一點也沒想到這陣風也可能是毀滅性的。那晚我終於睡著之後，我真的安心得相信我和卡爾．艾佛森見面不會有什麼反效果，相信我們的相遇會讓我的人生變得美好——變得輕鬆。現在回想起來，說我天真還算是太輕描淡寫了。

4

卡爾．艾佛森被捕時並沒有穿鞋子。我會知道是因為我找到了他的一張照片，光著腳，被帶著經過一處燒毀的棚屋殘骸，走向一輛等候的警車。他的手在背後被銬住，肩膀向前拱，一位便衣刑警抓著他的一邊二頭肌，另一邊由一名警員抓住。艾佛森穿著一件純白T恤和藍色牛仔褲。他波浪似的黑髮一側壓扁，好像警察是剛把他從床上拖下來的。

我是在明尼蘇達大學的威爾遜圖書館找到這張照片的，是收藏在玻璃牆資料庫裡，幾千份報紙都被收進了微縮片裡，有些年代久遠，可以追溯到美國革命時期。圖書館別的區塊的架子上收藏的都是英雄和名人的故事，資料庫卻不同，它存放的是報上的文章，由那些把鉛筆架在耳朵上，還有胃潰瘍的人寫的，寫的是一般的老百姓——沉默無聲的人民。他們作夢也想不到他們的故事能夠留存幾十年，甚至是幾百年，而且會被我這樣的人讀到。資料庫有一種禮拜堂的感覺，幾百萬條生靈被收進微縮片裡，像是用小小的罐子裝香，等著某人來釋放，讓人再度感覺到、品味到、呼吸到，即使只是短短的片刻。

我先是在網路上搜尋卡爾．艾佛森這個名字，出現了幾千條的結果，卻只有一個網站有一份公文摘要，提到某個上訴法庭對他的案子的判決。那些法律術語我一個也不懂，但是它給了我一個命案發生的時間：一九八〇年十月二十九日，也給了我被害女子的縮寫名：C．M．H。這些資料足以在報紙上找到報導。

接下來的階段我進行得很快，我不能不講效率，因為我弟弟的意外出現，而且我也不止一點點的挫敗，又多了一件事得操心。我發現自己想著傑若米，擔心他在我的公寓裡怎麼樣。我在想我媽的保釋聽證會能不能趕在星期五前，星期五我得去莫麗的酒吧工作，不想把傑若米一個人丟在家裡。我需要在週末之前把他送回奧斯丁。要是我再曠職，莫麗肯定會開除我。

早上我去上課之前把傑若米叫醒了，幫他倒了穀片，把電視拉回到客廳裡，教他如何使用遙控器。傑若米十八歲了，所以並不是他不能自己倒穀片，只是陌生的公寓可能會害他變得迷糊，他會寧可挨餓也不願去打開陌生的櫥櫃尋找食物。我考慮要蹺課，可是我因為一直拖延計畫已經損失太多時間了。我把傑若米喜歡的幾個影碟擺出來，跟他說我兩個小時後就會回來。我希望他一個人消磨短短的兩小時不會有事，可是每分鐘過去，我的不安卻越來越重。

我走進縮影片架子，找到了一九八〇年十月二十九日的《明尼蘇達論壇報》，插進閱讀機裡，掃瞄頭版，沒有。我移向下面的幾頁，還是沒有命案的新聞，就算有命案，也沒有一個是十四歲的少女，或是縮寫名是C．M．H的。我看完了整份報紙，卻一無所獲。我向後靠著椅子，一手耙過頭髮，快要覺得判決的日期是寫錯了。忽然間我豁然開朗。報紙會在隔天才刊登。我再往下看隔天的報紙，一九八〇年十月三十日的頭條新聞是長達半頁的和約，由宏都拉斯和薩爾瓦多簽定的，而底下就是我一直在找的新聞，一名少女在明尼蘇達州東北部遭到殺害後焚屍。補充報導上還附了一張火場照片，消防車對著一個像是棚屋的建築噴水，棚屋大約像是一間只能停放一輛汽車的車庫。火焰直竄出屋頂達十五呎高，可見得攝影師是在消防車剛開始灌救的時間拍下的。報導寫著：

皮爾斯街大火發現人類屍骸

明尼蘇達警方正在調查一具焦屍。這具焦屍是昨天在東北部的文登公園附近的一處燒毀的工具棚裡找到的。消防人員在下午四點十八分接到通報，東北區的皮爾斯街一九〇〇街區起火，消防人員趕到時發現工具棚陷入火海。警方撤離了附近的居民。消防隊長約翰．弗萊斯說調查員在清查殘骸時發現了瓦礫堆中有一具焦屍。屍體的身分仍未查出。警方並不排除是他殺。

報導還有幾段，沒有什麼重要的細節，只是敘述了估計的損失和鄰居的反應。

我印出了這一頁，再往下看隔天的報紙。在追蹤報導中警方確認了找到的焦屍是十四歲的克莉絲朵．瑪麗．海根。屍體燒毀嚴重，警方懷疑她在歹徒縱火之前已經死了。燒毀的棚屋就在克莉絲朵跟她母親丹妮兒．海根、她繼父道格拉斯．拉克伍德以及她的繼兄丹．拉克伍德同住的屋子隔壁。克莉絲朵的母親丹妮兒告訴記者他們在聽說了棚屋殘骸中找到屍體後不久就發覺克莉絲朵失蹤了。警方調用了牙醫的病歷證實了克莉絲朵的身分。報導最後說三十二歲的卡爾．艾佛森被帶去問話。艾佛森住在克莉絲朵家隔壁，克莉絲朵陳屍的棚屋就是他的。

在這篇報導的旁邊我找到了一張照片，是那名警察拘捕光著腳的卡爾．艾佛森。我用閱讀器的調節器放大了照片，兩名警察穿外套戴手套，而艾佛森則是T恤牛仔褲。穿制服的警員視線放在攝影師的後方，從他哀傷的眼神來看，他可能是看著克莉絲朵．海根的家人，因為他們見證了逮捕殺害並焚毀他們女兒的禽獸的過程。那名便衣刑警張著嘴，下巴微微歪斜，好像在說話，可能是對著卡爾．艾佛森在吼什麼。

照片中的三個人裡，只有卡爾．艾佛森正面看著鏡頭。我不知道我是以為會在他的臉上看到什麼。犯下殺人罪之後你會是什麼態度？你會抬頭挺胸經過你縱火焚屍的那間焦黑的棚屋殘餘嗎？你會戴上事不關己的面具走過殘骸，就像是要到轉角的商店去買牛奶一樣？還是說你會因為恐懼而坐立難安，知道你會被抓，知道你已經吸光了最後一口自由空氣，會在牢籠中度過後半輩子？我放大了卡爾．艾佛森的臉，放大了他盯著攝影師的眼睛，我沒看到得意，沒看到強自鎮定，沒看到恐懼。我只看到了迷惑。

5

老公寓裡有一種陰魂不散的味道。我小時候就發覺它會影響來我母親公寓作客的人，就在半秒鐘內，腐敗的味道撲上他們的臉，他們的鼻子抽動，不停眨眼，下巴收縮。我小時候覺得那股霉味是所有的家都有的味道。不是芳香蠟燭或是現烤麵包，而是骯髒的運動鞋和沒洗的杯盤。等我上了中學，我發現每次有人來到門口，我就會難堪地別開臉。我發誓我長大以後有了自己的公寓，我會找一間散發出老木頭而不是老貓味道的。

結果，憑我的預算可沒有那麼容易。我住的三層公寓有古老的地下室，濕氣會滲透木板向上擴散，讓整棟屋子瀰漫了刺鼻的濕土味和腐爛木頭的臭味。一走進共用的前門氣味是最強烈的，而我們的信箱就拴在牆上。走進玄關，到我房間的樓梯在右手邊，左邊的門後是主樓層公寓，住了一家希臘人，姓柯斯塔。有時濃郁的烹飪香料味道會從門縫滲透出來，混合了地下室的臭味，讓人的感官招架不住。

我很注意保持公寓潔淨，每週會吸一次地板，每一餐後都會洗碗；我甚至還撢過一次灰塵。我絕對不是一個有潔癖的人，我只是不肯讓我的公寓臣服在它天然的混亂無序裡。我甚至還買了一台空氣清淨機，它會放送出蘋果和肉桂香，每天歡迎我回家。但是那天我走進門吸引我的注意的並不是愉悅的人工空氣清淨機，而是傑若米坐在我的沙發上，旁邊還坐著那個我只知道她叫

L．納許的女生，而他們在一起吃吃笑。

「這才叫諷刺呢。」L．納許說。

「這才叫諷刺呢。」傑若米跟著說。然後他和L．納許又一塊哈哈大笑。我知道這是傑若米的《神鬼奇航》裡的台詞，是傑若米最喜歡的幾個之一。他們在一塊看電影。傑若米照老習慣坐在正對電視的沙發中央，兩腳踩著地板，背部直直地靠著椅背，兩手握成拳，放在大腿上，有需要時就能煩躁不安地揉搓。

L．納許坐在沙發一角，兩腿交叉，穿著牛仔褲和藍色毛衣。跟著傑若米大笑時，深色的眼珠輕盈地轉動。我從沒見她笑過，只見過她在我們在走道上經過時嘴角向上揚一揚。但是現在她的笑容讓她變了一個人，彷彿她長高了，還是髮色變了之類的。她的臉頰上出現酒渦，嘴唇好像更紅更軟，襯著一口白牙。媽媽咪喲，她很俏麗。

傑若米跟L．納許抬頭看我，活像我是打斷了睡衣派對的家長。「哈囉？」我說，聲調透露了我的疑惑。其實我是想說：「傑若米，你是怎麼把L．納許弄進我的公寓裡來，而且還坐在我的沙發上的？」

L．納許必定是看出了我臉上的疑惑，因為她自動說明情況。「傑若米不太會弄電視，」她說。「所以我就過來幫忙。」

「不會弄電視？」我說。

「也許電視有問題。」傑若米說，表情又恢復了一貫的淡漠。

「傑若米按錯鍵了，」L．納許說。「他誤按了輸入鍵。」

「也許我只是按錯了鍵。」傑若米說。

「對不起，小弟，」我說。我自己也按錯過幾次，意外地把DVD換成了VCR，結果電視轟的一聲送出吵死人的靜電，傑若米一定嚇壞了。「那他是怎麼……我是說誰……」

「也許是莉拉修好的。」傑若米說。

「莉拉。」我說，讓這名字停在我的舌尖一會兒。原來L指的是莉拉。「我是喬，而妳顯然已經見過我弟弟傑若米了。」

「對，」莉拉說。「傑若米跟我已經是好朋友了。」

傑若米回頭去看電視，不再注意莉拉，把她當成是他後面的牆壁了。我就跟個白痴一樣——這種狀況在女性面前尤其嚴重——我決定下一步是拯救莉拉，甩開傑若米，請她到餐桌去坐，用我的機智和魅力來迷倒她，讓她拜倒在我的腳下。起碼計畫是這樣的。

「妳很意外我不是連續殺人犯嗎？」我說。

「連續殺人犯？」莉拉抬頭看我，一臉迷惑。

「昨天晚上……妳……嗯，罵我是傑佛瑞．達默。」

「喔……我忘了。」她露出半個笑容，而我則慌忙換個新的話題，因為我的幽默沒能發揮作用。「那妳不修理電視的時候都在做什麼？」

「我是明尼蘇達大學的學生。」她的話緩緩從口裡流出，清楚地表明她很清楚我知道她是學生。我們在樓梯上經過許多次，手裡都拿著課本。然而，儘管我的開場白很蹩腳，我還是得把它當作是有進步，因為我們這是第一次真正在交談。我經常會算好進出公寓的時間，為了和她偶遇——至少是不會讓人心裡發毛的那種——可就像我沒辦法讓陽光和陰影融合一樣，我也沒辦法讓她跟我說話。但現在我們卻在交談，一切都因為傑若米按錯了鍵。

「謝謝妳幫他忙，」我說。「我真的很感激。」

「鄰居嘛。」她說，同時作勢起身。

她要離開了；我不想讓她走。「讓我表示一下我的感激之情，」我說。「也許我可以請妳出去吃個飯什麼的。」我的話一出口就重重往下墜。

莉拉用一隻手包住了另一隻手，聳了聳肩，說：「沒關係。」她的親切就像是玩具沒電了一樣，眼睛不再輕盈，酒渦也不見了。就像是我說的話讓她厭煩。「我該走了。」她說。

「妳不能走。」

她動手要開門。

「我是說妳不應該走，」我說，語氣之急切超出了我的本意。「我有責任要有恩報恩。」我朝門口移動，半擋住她的路。「妳起碼應該留下來吃午餐。」

「我有課。」她說，繞過我旁邊，肩膀微微擦過我的胳臂。然後她停在門口，起碼是我覺得她停了。也許她是在重新考慮我的邀請。也許她是在玩弄我。或是，也許——有可能——我的想像力在耍我，人家根本就沒有停下來。而我當然是選擇了莽撞行事，死纏爛打。

「至少讓我陪妳走回去。」我說。

「才八呎遠。」

「應該是十呎，」我說，跟著她走上過道，帶上了門。我蹩腳的善意取笑一點效果也沒有，所以我就換個方法，拿出真誠的態度來。「我真的很感激妳為傑若米做的事，」我說。「他可能會有點……怎麼說，跟小孩子一樣。是這樣的，他有……」

「自閉症？」她說。「我知道。我有個表弟也一樣，他跟傑若米很像。」莉拉向前傾，一手轉動她的公寓門把。

「妳今晚何不跟我們兩個一塊吃飯？」我說，不管什麼委婉客氣了。「讓我表示一下謝意。我要做義大利麵。」

她走進了公寓，轉頭迎視我，表情瞬間嚴肅。「聽著，喬，」她說。「你似乎是個好人，可是我並沒有在找人吃晚餐。現在沒有。我現在什麼也不想找。我只想要——」

「好，好，我了解。」我打斷了她的話。「我是覺得還是該問一問。不是為了我，是為了傑若米，」我騙她。「他不喜歡離開家，而且他好像喜歡妳。」

「真的假的？」莉拉微笑道。「你就為了要幫我煮一餐就這樣利用你弟弟？」

「鄰居嘛。」我回以一笑。

她作勢關門，卻遲疑了，在考慮。「好吧，」她說，「就一頓晚餐，就這樣——為了傑若米。」

6

我走進山景莊的大門，接待員珍妮特這一次對我微笑了。我事前打電話來確認過艾佛森先生的用餐和休息時間，幫了我一把。她叫我大約兩點過來，我乖乖照做，穿過大門時就等著會撞上一道曼秀雷敦的味道牆。那個歪戴假髮的老婦人仍然在入口把關，在我經過時壓根就沒多瞧一眼。我離開公寓之前，先把傑若米安頓在沙發上，播放了他的電影，再教他一遍該按遙控器上的哪些按鍵，不該按哪些。如果一切順利——而且艾佛森同意要當我的受訪對象——我大概可以弄出我的作業的背景資料。

「嗨，喬。」珍妮特站了起來，繞過櫃檯。

「我的時間抓得還可以嗎？」我問。

「非常好。艾佛森先生昨晚睡得不好。胰臟癌實在是活受罪。」

「那他可以……」

「他現在好了。大概有點累。他腹部的疼痛有時會加劇，我們就得要給他鎮靜劑，讓他能休息個幾小時。」

「他沒有做放射性治療，或是化療之類的嗎？」

「是可以做吧，不過到這個階段做了也沒用。化療最多也只能讓他多拖些時日，他說他不要。也難怪他。」

珍妮特陪我走向休閒區，指著一個坐在輪椅上的男人，輪椅獨自停在後排的一扇大窗前。「他每天都坐在那裡，盯著窗外，也不知道是在看什麼，根本就沒什麼好看的。他就只是坐在那裡。隆恩格連太太覺得他會看得入迷是因為沒有鐵欄杆會遮擋到風景。」

我半以為卡爾．艾佛森是個禽獸，被皮帶綁在輪椅上，以便保護四周的居民，或是像無惡不作的瘋子一樣有一雙冰冷犀利的眼睛，或是像什麼黑道大哥一樣氣場駭人；結果卻全部都不是。卡爾．艾佛森應該是六十五、六歲，我沒算錯的話。可是我看著這個男人，覺得是珍妮特搞錯了，帶我找錯了人。他的頭頂只有稀稀疏疏幾綹灰髮披垂下來，憔悴的臉頰瘦得見骨；皮膚薄，因為黃疸而略帶黃色，脖子細瘦皺縮得我單手就能握住。他脖子上的頸動脈有一道很大的傷疤，小臂灰白，完全沒有脂肪或是肌肉，只看到骨頭上的肌腱。我半以為我可以像小孩子拿著一片葉子對著陽光一樣，把他的一條胳臂拎起來，就能看見每一條血管和毛細管。要不是我早知道，我會以為他的年紀將近八十歲。

「第四期，」珍妮特說。「最嚴重的情況。我們會盡量讓他舒服，不過我們能做的也有限。他可以用嗎啡，可是他不肯，說他寧可痛也要能保持清楚的頭腦。」

「他還有多久？」

「要是他能撐到聖誕節，那我就賭輸了，」她說。「我有時會為他難過，可是接著我就想起他是誰——他做的事。然後我就想到那個被他殺害的女孩子，還有她錯過的所有事情：男朋友，談戀愛，結婚，生孩子。她如果沒死，孩子應該就跟你一樣大了。只要我覺得他可憐，我就會去想那些事。」

電話響了，把珍妮特引回櫃檯。我等了一兩分鐘，希望她會回來，幫我們介紹。後來沒等到她，我就戰戰兢兢接近那個殺人犯卡爾．艾佛森的殘軀。

「艾佛森先生？」我說。

「嗄？」他把注意力轉回來。他原來一直在看一隻茶腹鳾從一棵枯死的短葉松樹幹上往下蹦跳。

「我是喬．塔伯特，」我說。「隆恩格連太太跟你說過我會來？」

「啊，我的訪客……來了，」卡爾說，半像說話半像呢喃，咻咻的吸氣聲把一句話斷成兩截。他朝附近的一張扶身椅點個頭。「你是學者啊？」

「不是，」我說，「不是學者，只是學生。」

「隆恩格連跟我說……」他緊緊閉上了眼睛，讓一陣疼痛過去。「她說你想要寫我的故事。」

「我的英文課需要交一份傳記作業。」

「那，」他說，揚起一道眉，向我探身，表情一本正經。「最明顯的問題就是……為什麼是我？我怎麼會有……這份榮幸？」

「我覺得你的故事令人注目。」我想到了什麼就說出了口，聽起來很不真誠。

「令人注目？怎麼說？」

「不是隨便哪一天都能遇到一個……」我停住了口，尋找著一個禮貌的方式來結束句子：殺人犯，強暴兒童犯？這種說法太露骨了。「……一個坐過牢的人。」我說。

「你沒說實話，喬。」他說，每個字都小心翼翼地配速，以免又需要停下來喘氣。

「嗄？」

「你對我會有興趣不是因為我坐過牢，而是因為海根命案。所以你現在才會跟我談話。你可以說出來。是對你的成績有幫助吧？」

「我確實是有過這種想法，」我說。「那種事……殺死一個人，我是說，嗯，這種事不是每天都會遇到。」

「說不定比你以為的還多呢，」他說。「光是這棟建築裡就有十個或十五個人殺過人。」

「你覺得在這棟建築裡還有另外十個殺人犯？」我說。

「你說的是殺人還是謀殺？」

「有差別嗎？」

艾佛森先生看著窗外，沉吟著這個問題，與其說是在找答案，不如說是在考慮要不要告訴我。我盯著他的下巴肌肉收縮了兩次。「有，」他說。「有差別。我兩樣都做過。我殺過人……我也謀殺過人。」

「區別在哪裡？」

「區別在於希望太陽升起和希望太陽不要升起。」

「我聽不懂，」我說。「什麼意思？」

「你當然不會懂，」他說。「你怎麼會懂呢？你只是個孩子，一個大學生，把爸爸的錢花在啤酒和女孩子上，忙著讓成績能過關，好讓你可以多幾年不必去找工作。你現在最大的煩惱大概就是要不要在星期六之前約會。」

這個形容枯槁的老人的活力出乎我的意料，而且坦白說，也惹火了我。我想到公寓裡的傑若米，一支電視遙控器就可能會導致危機。我想到了我母親，在坐牢，開口就哀求我幫忙，閉口就詛咒我不該生下來。我想到了我念個大學如履薄冰，隨時都可能因為經濟拮据而休學，我好想把這個老不死、愛批評的混蛋從輪椅上揪起來。我感覺到怒火在胸中越燒越旺，但是我做個深呼吸，冷靜下來，這是我每次被傑若米弄得焦頭爛額時學會的。

「你根本就不了解我，」我說。「你不知道我經歷過什麼事，或是我必須面對什麼。你不知道我走到今天有多辛苦。你愛不愛說你的故事都隨便你，那是你的權利，不過別以為你有權批評我。」我努力壓制住站起來就走的衝動，死命抓著椅臂。

艾佛森瞧了瞧我變白的指關節，再看著我的眼睛。一抹隱約的笑意，最多不過像是雪地上的一道閃光，掠過他的臉，他的眼睛贊同地眨了眨。「很好。」他說。

「好什麼？」

「好在你知道在聽完別人的故事之前就批評是完全不對的。」

我看出了他想要我學的一課，但是我太生氣了，不想回應。

他往下說：「我大可以把我的故事說給隨便哪個人聽。我在牢裡時常收到一些人的信，他們想利用我的人生來大賺一票。我從來不回應，因為我知道我可以把相同的資料給一百個作家，而他們卻會寫出一百種不同的故事來。所以要是我要把我的故事告訴你，要是我告訴你一切的真相，那我就需要知道你是誰，你不是只為了輕鬆拿高分的什麼小混蛋，你會跟我老老實實的，而且會公公正正的說我的故事。」

「你知道，」我說，「這只是一份作業。除了我的老師之外，不會有別的人看。」

「你知道一個月有幾小時嗎？」卡爾問，像是天外飛來的一句話。

「我相信我可以算得出來。」

「十一月有七百二十小時。十月和十二月各有七百四十四小時。」

「好。」我說，希望他能解釋他的離題。

「知道嗎，喬，我可以用小時來計算我的一生。要是我要把其中的幾小時花在你身上，我需要知道你不會浪費我的時間。」

我倒沒想到這一點。珍妮特說卡爾活不過聖誕節，九月只剩下一週，那卡爾就只有三個月可活了。我在腦子裡粗略計算，恍然大悟。如果珍妮特沒說錯，那麼卡爾・艾佛森就只有不到三千小時的生命了。「你說得有道理。」我說。

「所以我要說的是：我會跟你實話實說。我會回答你提出的每個問題。我會是俗話說的一本打開的書，但是我需要知道你不會浪費我有限的時光。你也得對我實話實說，我只要求這麼多。

你做得到嗎？」

我想了想。「你會百分之百誠實？什麼也不隱瞞？」

「百分之百誠實。」卡爾伸出手來跟我握手，簽定協議，我接受了。我能感覺到卡爾的手骨在他薄薄的皮膚下突起，我像是握住了一袋彈珠。「那，」卡爾說，「你何不先說說你媽或是你爸？」

「這麼說吧，我媽一點也靠不住。」

卡爾瞪大眼睛，等著我繼續。「誠實，記得嗎？」他說。

「好。說實話嗎？我媽現在正在奧斯丁的一家戒酒中心，應該明天會出來，然後她會去坐牢，等待酒駕開庭。」

「嗯，聽起來她也有故事可說。」

「我可不會說。」我說。

艾佛森先生點頭表示了解。「那你爸呢？」

「沒見過。」

「祖父母？」

「我外婆在我媽十幾歲的時候就死了，我外公在我十一歲時去世的。」

「他是怎麼死的？」卡爾的發問不假思索，就跟打哈欠一樣自然，但是他卻誤踩了我最深的創痛。他打開了一段我不肯進行的交談，即使是跟我自己。

「我們要談的不是我，」我說，語氣尖銳，在我和艾佛森先生之間割開了一大條裂縫。「也不是我外公。而是你。我是來聽你的故事的，忘了嗎？」

卡爾向後靠，思索著我，而我則趁機把每一個表情都洗掉。我不想讓他看出我眼中的慚愧或是我緊繃著的下巴上的憤怒。「好吧，」他說。「我不是有意要揭你的痛處。」

「沒有，」我說。「你沒有碰到我的痛處。」我盡量表示出我的反應只是因為中度的不煩耐。然後我朝他丟出問題，以便轉移話題。「那，艾佛森先生，讓我問你一個問題吧。」

「請。」

「既然你只有幾個月可活了，你為什麼同意要把時間花在跟我談話上？」

卡爾在椅子上挪了挪，凝視著窗外，看著對面公寓陽台上晾的毛巾以及發出閃光的烤肉架。我看到他的食指在椅臂上來回劃動，讓我想起了傑若米在焦慮時揉搓指關節。「喬，」他最後說，「你知道什麼是臨終遺言嗎？」

我不知道，但我還是詮釋了。「是某個將死之人的宣言？」

「這是法律名詞，」他說。「要是一個人低聲說出殺死他的人的名字，然後才死，就會被當作證據，因為據信——大家都心照不宣——一個垂死的人是不想要在死的時候嘴上掛著謊言的。沒有什麼罪惡大得過不能改正的罪惡，絕對不能坦白的罪惡。所以這次……這次跟你的談話……這是我的臨終遺言。我不在乎有沒有人看你寫的東西，我甚至不在乎你會不會寫。」卡爾抵著唇，眼神搜尋著越過面前風景的東西，話聲中微帶顫抖。「我必須要說出來。我必須把真相告訴某個人，說出多年以前究竟發生了什麼。我必須要把我真正做的事告訴某個人。」

7

我在青少年時期發現了我長得既不英俊也不算醜，我掉進了那一片遼闊的普通人海洋裡。總是照片中的背景人物。如果你發現你真正想要一起去參加返校日的那個人已經邀請了別的女孩子，那我就會是你同意的替代方案。我倒無所謂。事實上，我覺得英俊的五官長在我臉上也是白白浪費了。別誤會了，我在中學也約會過，可是，限於先天條件，我從來沒有跟誰約會超過兩個月的──只除了菲麗絲。

菲麗絲是我第一個女朋友。她一頭褐色鬈髮，跟海葵一樣張牙舞爪。在我們初吻之前，我一直覺得她的長相很特別，可是之後我就覺得她的頭髮既大膽又前衛。我們都是高一新生，乖乖遵照老前輩們流傳下來的青少年求愛術，測試界線，躲在角落裡偷吻，在餐廳桌下手牽手，一切的一切對我來說都興奮刺激。後來有一天，她堅持要我帶她去見我媽。

「你是覺得我見不得人嗎？」菲麗絲說。「我只是讓你方便的時候胡搞瞎搞的？」我說破了嘴也沒辦法讓她相信我的意圖是高尚的，除非我把她帶回家去正式介紹給我母親。現在回想起來，我應該直接跟她分手，讓她以為我是個渣男。

我跟我母親說放學之後我會帶菲麗絲回來，那天早上我能說幾次就說了幾次，希望我媽能聽懂只要這一天、只要一小時她必須拿出最好的表現來。她只需要親切隨和，頭腦清醒，正常個一小時。有時候我就是要求太多了。

我們兩個慢步走上屋子前的走道，我就聞到了廚房裡在煮什麼，或者該說是剩菜的味道。菲麗絲從學校到我家的一路上都面帶笑容，越是靠近我家她就越是緊張地十指交纏。我停在門口，聽見我母親對某個叫凱文的人吼叫。我不認識叫凱文的人。

「他媽的，凱文，我現在沒辦法付你錢。」我能聽見她的話說得不清不楚。

「那倒敢情好，」一個男人也吼回來。「我拚了命的幫妳，等我需要錢的時候妳倒給我來這招。」

「是我叫你一天到晚換頭家的嗎？」我媽大吼大叫。「少怪到我頭上。」

「對，不過我沒錢卻是妳的錯。妳欠我一百塊。我知道妳靠那個孩子有福利金可以拿，拿出來付給我就對了。」

「幹！你個王八蛋，給我滾出去。」

「我的錢呢？」

「你會拿到你的錢的。滾出去。」

「什麼時候？我什麼時候拿錢？」

「出去。我孩子要帶個小騷包回來，我得準備好。」

「我什麼時候拿回我的錢？」

「滾出去，不然我就報警，說你又無照駕駛。」

「妳他媽的賤貨。」

凱文重重甩上後門出去了，大約是同時煙霧偵測器也響了，被廚房燒焦的食物啟動的。我看著菲麗絲，看出她把腦子裡的窗板闔上了，不過已經來不及阻擋這次的經驗，將來鐵定會是心理治療療程的焦點。我想道歉，想解釋，甚至是人間蒸發最好，從門廊的木板縫裡溜走。但是我反而握住菲麗絲的雙肩，把她往後轉，陪她走到街角，跟她道別。隔天上學她刻意在走廊上迴避我，我無所謂，因為我反正也會迴避她。從那次之後，我跟每個女孩子約會都不會超過兩個月。我受不了那種把另一個女孩子帶回家見我母親的恥辱。

我一面煮著請莉拉吃飯的麵條，一面想著菲麗絲。生平第一次，我要帶一個女孩子回家而不用擔心家裡會有什麼狀況。不過話說回來，我不是要帶女生回家。這次並不是約會，儘管我花了那麼多時間預備，又是梳頭髮，又是多擦了一點體香劑和一丁點的古龍水，還忙著挑選衣服，既要別人看著我，又表示我不在乎。我甚至逼傑若米到對面的浴室去洗了澡。這一切的辛苦都只為了一個給我釘子碰的女孩子。可是天啊，她真可愛。

莉拉七點抵達，穿著早晨她去上課的那套毛衣加牛仔褲。她打招呼，瞧了瞧廚房，看到我已經在燒水了，就走向傑若米，他坐在沙發上。

「今晚看什麼電影，帥哥？」她說。

傑若米微微臉紅。「也許看《神鬼奇航》。」他說。

「好極了。」她微笑。「我喜歡那部電影。」傑若米也露出他最棒的傻笑，指著遙控器，莉拉按下播放鍵。

看著傑若米和莉拉坐在我的沙發上，我忽然覺得吃醋，不過這正合我的心意。我利用傑若米來把莉拉引誘到我家裡，她是來看他的，不是我。我回頭去煮我的義大利麵，時不時扭頭去看莉拉，看到她的注意力在電影和咖啡桌上我的一堆作業上來回游移。

「你在研究薩爾瓦多戰爭嗎？」她問。

「薩爾瓦多戰爭？」我說，扭頭望去。她在讀我從圖書館影印的報紙。「你有一份剪報，報導的是薩爾瓦多和宏都拉斯的和約。」

「喔，那個啊，」我說。「不是。看底下那欄。」

「那個女孩的新聞？」她說。

「對，我在採訪那個殺了她的人。」

她沉默了一會兒，讀著我從圖書館影印的文章。她讀著克莉絲朵・海根之死最殘忍的細節，眉頭皺了皺。我攪動麵條，耐心等著她的反應。然後她說：「你在開玩笑吧？」

「嗄？」

她再翻閱一遍。「你在採訪這個心理變態？」

「有什麼不對？」我問。

「樣樣都不對，」莉拉說。「我就奇怪了，為什麼坐牢的人渣能把別人迷惑到去注意他們。我認識一個女生，她跟一個坐牢的變態訂婚了。她發誓他是無辜的——是被冤枉的。她等著他出獄，等了兩年，結果他出來後半年就又坐牢了，因為他把她打了個半死。」

「卡爾沒有坐牢。」我說，怯怯地聳聳肩。

「他沒有坐牢？他對那個女生做出那種事情，為什麼沒坐牢？」

「他住在護理之家裡，他得了癌症，只剩幾個月可活了。」我說。

「而你去採訪他是因為……」

「我要幫他寫傳記。」

「你要寫他的故事？」她說，語氣中的譴責掩不住。

「是英文課的作業。」我說，幾乎是在道歉。

「你要幫他遺臭萬年。」

「只是英文課，」我說。「一位老師加上大概二十五個學生。我看很難會遺臭萬年。」

莉拉把紙張放回桌上，看著傑若米，壓低了聲音。「問題不在於只是大學的一門課。你應該要寫被他殺害的那個女生，或是他沒坐牢的話可能會殺害的那些女生。她們才值得注意，不是他。他應該要靜悄悄地爛死在那裡，沒有墓碑，沒有祭文，不留下痕跡。可你寫下他的故事，你就是在創造一個不應該存在的紀念碑。」

「不用客氣，」我說。「把妳真正的想法說出來。」我把一根麵條從水裡撈出來，丟向冰箱。它彈開來掉在地上。

「你這是幹嘛？」她問，看著地上的麵條。

「測試啊。」我說，很高興換了個話題。

「在廚房裡亂丟？」

「要是麵條黏在冰箱上，就熟了。」我彎腰把那根麵條撿起來，丟進垃圾桶。「這一根還不熟。」

今天稍早我離開山景莊的時候，我對自己的計畫感覺很有信心。艾佛森保證會把克莉絲朵・海根之死的真相告訴我，我會是他的告解神父。我等不及要和莉拉吃晚餐，告訴她卡爾的事。起碼在我的想像中，莉拉會著迷於我的計畫，分享我的興奮，想要了解卡爾的一切。現在看過了她的反應，我只想要一整晚都避開這個話題。

「他跟你說他做了什麼嗎，還是說他跟你說他是被陷害的？」她問道。

「他還沒說到那件案子。」我從櫥子裡拿出三個盤子，拿到客廳的咖啡桌上，我們會在這裡吃飯。莉拉站起來，從同一個櫥子裡抓了幾只杯子，跟在我後面。我把咖啡桌上我的背包、我的筆記、報紙剪報都收走。「我們還沒談到那裡，」我說。「目前為止，他說了他在南聖保羅長大的事，他是獨生子。呃……我想想……他父親管理一間五金行，他媽……」我搜尋著記憶，「在聖保羅市中心一家熟食店上班。」

「所以你寫這個人的故事的時候，你就是他說什麼你就寫什麼？」莉拉把杯子擺在盤子旁邊。

「我還得要找參考資料，」我說，走回廚房。「不過，說到他做的事情——」

「你說的『他做的事情』指的是強暴殺害了一個十四歲大的女生，並且焚毀了她的屍體。」

莉拉說。

「對……那個。說到那個部分，根本就沒有別的資料。我就只能他說什麼就寫什麼了。」

「所以他可以跟你滿嘴屁話，而你就照搬？」

「他已經服過刑了，何必要說謊？」

「他為什麼不會說謊？」莉拉說，帶著不可思議的語氣。她站在廚房流理台的尾端，兩手按著台面，手臂僵直，手指箕張。「你設身處地想一想。他強暴了一個可憐的女生，殺害了她，坐牢的時候向每一個願意聽的牢友、獄警、律師說他是無辜的，那他為什麼現在就不說了？你真以為他會承認是他殺死那個女生的？」

「可是他快死了。」我說，又把一根麵條丟向冰箱——這次黏住了。

「一點也沒錯，」莉拉說，帶著一種練習有素的辯士的味道。「他騙你來寫你的小文章——」

「傳記——」

「隨便。這下子他在學術層面上就有了一份書面紀錄，把他描繪成被害人。」

「他想要給我他的臨終遺言。」我說，把義大利麵倒進瀝水網裡。

「他想給你什麼？」

「他的臨終遺言……他是這麼說的。那是句句屬實的聲明，因為你不想要死的時候嘴上留著謊言。」

「相對的是死時還揹著一條人命？」她說。「你看出了諷刺所在了吧？」

「那是兩回事，」我說。我完全不知該如何辯解是兩回事。我反駁不了她的邏輯。每拐一個彎，我就會碰到另一道路障，所以我舉白旗投降，把義大利麵端到咖啡桌上，盛到盤子裡。莉拉端起了番茄醬跟著我。她正要動手澆醬汁，忽然站了起來，笑得像是耶誕夜的綠毛怪。「喔，我有個好主意。」她說。

「我差不多害怕得不敢問了。」

「是陪審團定了他的罪的，對吧？」

「對。」

「也就是說他的案子有開庭。」

「應該吧。」我說。

「你可以去查他的審理案卷，那你就會知道究竟是怎麼回事了。所有的證據都會包含，而不會只是他的片面之詞。」

「他的案卷？我可以看嗎？」

「我阿姨是聖克勞德一家法律事務所的律師助理，她會知道。」莉拉掏出口袋裡的手機，捲動聯絡人，找到了她阿姨的號碼。我給了傑若米一張餐巾紙，讓他可以開始吃麵。然後我聽著莉拉的電話結尾部分。

「原來案卷是屬於客戶的，不是律師的？」她說。「我要怎麼找出來？他們還會留著嗎？——妳可以傳給我嗎？好極了。感激不盡。我得走了——我會的。拜拜。」莉拉掛斷了電話。「很簡單，」莉拉說，轉頭看我。「他以前的律師會有檔案。」

「都三十年了。」我說。

「可那是命案，所以我阿姨說他們應該還保留著。」

我拿起剪報翻閱，找到了那位律師的姓名。「他叫約翰・彼得森，」我說。「是明尼蘇達州的公設辯護律師。」

「看吧。」她說。

「可是我們要怎麼從律師那兒拿？」

「答案很簡單，」她說。「案卷不是屬於律師的，是屬於卡爾・艾佛森的。所以是卡爾的案卷，而律師必須要讓他保管。我阿姨會把表格傳給我，他可以簽名索回案卷，而且他們就必須把案卷交給他，或是他派去拿的人。」

「那我只需要叫卡爾在這張表格上簽名就好了？」

「他不簽也不行，」她說。「要是他不簽，那你就知道他是滿嘴假話。他要是不簽，那他就是個說假話的殺人王八蛋，不想讓你知道他究竟做了什麼。」

8

我見過我媽早上醒來頭髮上還留著她前晚狂歡的痕跡；我見過她跌跌撞撞進門，醉得兩隻眼睛變成了鬥雞眼，一隻手拎著鞋子，另一隻手拎著皺巴巴的內衣；但是在她拖著腳步走進摩爾郡立法院，一身監獄的橘色連身囚服，戴著手銬和腳鐐時，我從沒見過她這麼可憐巴巴的樣子。三天沒化妝沒洗澡讓她粗糙的皮膚原形畢露。她的金髮露出了深褐色的髮根，到處是頭皮屑，油膩不堪。她的肩膀向前拱，彷彿她手上的手銬太重。我在到法院來等她露面之前先把傑若米送到了媽的公寓。

她跟三個同樣一身橘的人一塊進來，一看到我就揮手要我到木欄杆邊；她，在另一端，就在律師的舒服座位旁邊，而我在旁聽席等著坐進一排排教堂似的木椅上。一名庭警在我靠近時舉起一手，警告我不得太過接近到可以偷渡武器或是其他違禁品的距離。

「你得把我保釋出去。」媽焦急地低聲說。近看之下我能看見監禁使她充血的眼睛下方掛著兩只疲憊的大眼袋。

「妳說的是多少錢？」我說。

「獄卒說我大概要三千塊才能交保。不然我就得坐牢。」

「三千！」我說。「我需要付學費。」

「我不能坐牢，喬伊。」我母親吠了起來。「裡頭都是瘋子，他們整個晚上都在大吼大叫，我沒辦法睡覺。我也會發瘋。別讓我回去那裡。拜託，喬伊。」

我張口欲言，卻一句話也說不出來。我為她難過──我是說，她是我母親，給了我生命的人。可要是我給了她三千塊，我的下學期就只能念到一半。留在學校裡求學的想法跟我母親的慘狀正面衝撞，我沒法開口。反正無論我說什麼都是錯的。幸好，兩個女人從法官席後面的門進入法庭，庭警叫大家起立，把我救出了泥淖。我做個深呼吸，很感激他們的打斷。法官進來，指示大家坐下，庭警就押著我母親到陪審團的位子跟其他幾個橘衣人坐在一起。

書記召喚她所稱的「被羈押人」上前，我聽著法官和律師一來一往的對話，一名女性公設辯護律師一次為四名被告辯護，讓我想起了我參加過的一場我的高中教練的天主教葬禮彌撒。神父和教徒唸了那麼多次的連禱文，聽在我們外人的耳朵裡只像是沒有起伏的背誦。

法官說：「你的姓名是……？是否住在……？你了解你的權利嗎？律師，你的委託人了解他被控的罪名嗎？」

「是的，庭上，而且我們放棄再唸一次罪名。」

「你們的答辯是什麼？」

「庭上，我們放棄審前會議，要求我的委託人具結交保。」

然後法官會決定保釋金數額，給每一個被告選擇，看是要付較高額的保釋金、不帶其他條件，或是付較少的保釋金──或是不必付保釋金──但前提是他們同意要遵守法官要求的特定條件。

輪到媽了，法官和律師一樣你來我往，最後法官裁定三千塊保釋金，但是他又接著說第二個選項。「尼爾森女士，妳可以付三千元，也可以擔保會出席未來的每一場聽證，並且遵守下列的條件：跟妳的律師保持聯絡，遵守法律，不持有酒類、不飲酒，並且戴上監控手環。只要妳沾一點酒就會再回來坐牢。妳了解這些條件嗎？」

「是的，庭上。」我母親說，一副狄更斯小說裡的可憐小人物模樣。

「那就這樣了。」法官說。

媽拖著腳回到那一排橘衣人隊伍裡，他們全都站著，開始往門口移動，就像是一群被鐵鍊拴住的勞役犯，他們會從那道門再回到監獄裡。媽經過時惡狠狠看著我，簡直就像是蛇髮女妖梅杜莎的凝視。「到牢裡來把我保出去。」她低聲說。

「可是媽，法官剛才說——」

「別跟我辯。」她兇巴巴地斷聲說，離開了法庭。

「她又回到老樣子了。」我壓低聲音嘟囔。我走出了法庭，停在走道上思索該向哪裡轉，左邊是去監獄找我母親，右邊是去開車。法官說她可以離開；我聽見的。她只需要不喝酒。一種不好的感覺流貫了我的血管，就像是被毒蛇咬了的毒液。我天人交戰，最後還是向左轉，否決了我想逃跑的衝動。

進入監獄時我把駕照交給了防彈玻璃後的一位女士，她指示我到一個小房間去，那裡有另一扇玻璃窗隔開了另一個小隔間。幾分鐘後，他們把我母親帶進了這個小隔間，她的手銬和腳鐐都拿掉了。她坐在玻璃另一邊的椅子上，拿起了牆上的黑色電話。我也一樣，把電話舉到面前時露出苦瓜臉，想像著在我之前那些數不清的倒楣傢伙對著話筒吐氣。感覺黏答答的。

「你交了保釋金了嗎？」

「妳不需要我交保釋金，妳可以自己出獄。法官說了的。」

「他說我如果戴那種監控玩意就可以出去。我才不要戴什麼鬼監控器。」

「可是妳可以不用繳錢就出去啊，妳只需要不喝酒。」

「我不戴那個鬼監控器！」她說。「你的錢夠多，你可以偶爾一次幫我一把。我受不了再在這裡待一分鐘了。」

「媽，我的錢還不夠撐完這個學期。我沒辦法——」

「我會還你錢，要命喔。」

這下子換我們兩個反反覆覆各說各話了。我滿十六歲的那年，在鎮上的加油站找到了第一份打工，我把第一份薪水花在衣服和一個滑板上，媽暴跳如雷，鬧得樓上鄰居打電話給房東和警察。等她冷靜下來之後，她強迫我去銀行開戶，但是因為十六歲的未成年人不能自行開戶，所以他們把她的名字也寫進了戶頭裡。接下來的兩年之中，她只要是缺房租或是汽車需要修理，就從那個戶頭借錢——而且總是空口承諾會還我。

我滿十八歲那天，我以自己的名字開戶。她再也不能直接把我的錢領走了，就換了個策略，從偷竊變成勒索，因為住在她的屋子裡、吃她的食物給了她權利來讓我的戶頭失血幾百元。所以我就開始每星期攢一點私房錢，把錢藏在閣樓隔熱材下的一個罐子裡——那是我的咖啡罐大學基金。媽一直懷疑我藏錢，可是她沒辦法證明，而且她也一直找不到我的私房錢。在她的想像中，我偷藏的那一兩千塊增加了十倍。再加上我的學貸和微薄的補助金，在我母親的心裡我可是個小富翁。

「我們不能找個保釋代理人嗎？」我問。「那妳就不必把三千塊全都繳了。」

「你以為我沒想到過嗎？你以為我那麼笨？我沒有擔保品，沒有擔保品他們根本就不跟我談。」

她的話透著一種我很熟悉的語氣，她的卑鄙天性露出來了，就像她頭上深色的髮根一樣清晰。我決定狠下心來。「我不能保釋妳出去，媽。我沒辦法。要是我給了妳三千塊，我下學期就不能上學了。我沒辦法。」

「那好……」她向後靠。「……那你就得在我坐牢的時候照顧傑若米了，因為打死我我也不要戴那個鬼監控器。」

來了：她的最後一張王牌，證明她的一手牌是同花大順；她打敗我了。我可以虛張聲勢，說我會把傑若米丟在奧斯丁，但是我只是在吹牛，而我母親很清楚。她瞪著我，帶著看好戲的心態，眼神平靜，而我的眼睛則因憤怒而抽搐。我要怎麼照顧傑若米？如果我離開他兩個小時，莉拉就得扮演救援投手。我去上大學就是為了要逃避這些狗屁倒灶的事，而她現在卻把我往回拖，強迫我在我的大學教育和我的弟弟之間選擇。我好想穿過那面強化玻璃，勒住她的喉嚨。

「我真不敢相信你這麼自私，」她說。「我都說了我會還你錢的。」

我掏出後口袋裡的支票簿，動手寫支票，心裡卻有一道憤怒的狂潮流過。我微露笑容，想像著把支票寫好，高舉在分隔我們的厚玻璃之前，然後一把撕個粉碎。但是內心深處我知道真相：我需要她——倒不是兒子需要母親，而是罪人需要惡魔。我需要一隻代罪羊，一個可以讓我指著罵：「是你的錯，不是我的。」我需要餵養我的幻想，讓自己相信我不是我弟弟的照顧者，這種責任是落在我們母親肩上的。我需要一個地方可以把傑若米的人生、他的照顧收藏起來，一個我可以蓋得緊緊的盒子，跟自己說那就是傑若米歸屬的地方——即使內心深處我知道全部都是謊言。我需要那個薄弱的花言巧語來讓我的良心好過。只有這樣子我才能離開奧斯丁。

我把支票撕下來，拿給我母親看。她露出空洞的微笑，說：「謝謝你，甜心。你是天使。」

9

我從奧斯丁開車回來時去了山景莊，希望我的作業能有些進展，希望卡爾能簽署文件，讓我能把他的案卷從公設辯護律師那裡拿回來。我本希望來看他可以讓我暫時忘掉我媽在我的胸口留下的灼傷。我腳步沉重走進山景莊，不安的良心重重壓著我。我覺得好像有一種真空的力量，某種解釋不清的重力在把我往後吸，把我往南邊拉，往奧斯丁拉。我以為離家去上大學可以讓我逃開我母親的魔掌，但是我還是太靠近了，太容易就被她從我選擇的矮枝上抓下來。到底要怎麼樣才能擺脫我母親——我弟弟？我需要付出多少代價才能把他們拋在腦後？至少在今天，我跟自己說，代價是三千元的保釋金。

珍妮特從櫃檯後朝我微笑，我走向休閒區，住民（大多數坐輪椅）三五成群聚集，像是殘局上的棋子。卡爾還是在老位子上，輪椅面對著窗外，看著外頭公寓陽台欄杆上晾曬的衣服。我發覺卡爾有訪客，立刻腳步一滯。這人大約是六十五、六，胡椒色的短頭髮像倒刺，朝後腦勺倒，就像是池塘的蘆葦被風吹歪了。那人的手放在卡爾的小臂上，而且他也面對著窗戶。

我走回櫃檯，發現珍妮特忙著什麼文書工作，就問她訪客的事。「喔，那是維吉爾，」她說。「我不記得他姓什麼。他是卡爾唯一有過的訪客……除了你以外。」

「他們是親戚？」

「好像不是。我覺得他們只是朋友，也許是在監獄裡認識的。也許是……就……特殊的朋友。」

「我倒不覺得卡爾有那種性向。」我說。

「他坐牢了三十年，可能也沒得選。」珍妮特一手掩著嘴唇，為脫口而出的戲謔咯咯笑。

我也回以微笑，卻只是不想惹惱她，並不是欣賞她的笑話。「妳覺得我應該回去嗎？我不想打擾他們，如果他們……」我沒把話說完，不確定該說什麼。

「我看你就過去好了，」她說。「要是你打擾了他們，他會讓你知道的。卡爾就算是像煎鍋裡的雪人一樣體重一直掉，可是千萬別低估了他。」

我回頭去找卡爾，他正為了另一個人說的話而咯咯笑。卡爾在我面前從來都不笑，而這一笑讓他的臉年輕了好幾歲。他看到我過來，笑容就萎縮了，好像是一個玩得開心的孩子被帶回家。

「傻小子來了。」他嘆著氣說。

陪著卡爾的人抬頭看我，表情出奇的漠不關心，卻伸出手來跟我握手。「嘿，傻小子。」他說。

「有的人叫我喬。」我說。

「沒錯，」卡爾說。「大作家喬。」

「其實是大學生喬，」我說。「我不是作家，只是在寫作業。」

「我是維吉爾……畫家。」那人說。

「畫家，是荷蘭大師還是荷蘭學徒？」我問。

「基本上是荷蘭學徒，」他說。「我畫房子之類的，但是我私底下也會畫油畫。」

「別讓他唬了你，喬，」卡爾說。「這位維吉爾可是一位典型的傑克遜．波洛克❹。真可惜他偏偏要畫房子。」卡爾和維吉爾都笑了，我卻沒聽懂。事後我上網去查傑克遜．波洛克看他的畫作，很像是小娃娃發脾氣拿著滿滿一盤的義大利麵亂甩的結果；我就了解他們的笑話了。

「艾佛森先生——」我開口說。

「叫我卡爾。」他說。

「卡爾，我希望你可以幫我簽這個。」

「什麼東西？」

「是一份申請書。讓我可以看你的審理案卷，」我遲疑地說。「我的作業需要隨附兩種資料來源。」

「啊，年輕的傻小子不相信我會跟他實話實說，」卡爾對維吉爾說。「他以為我會掩飾潛藏在我心裡的禽獸。」

維吉爾搖頭，別開了臉。

「我沒有冒犯你的意思，」我說。「只是我的一個朋友……嗯，算不上是朋友，是鄰居，覺得我如果看看審理案卷，可以更了解你一點。」

「你的朋友大錯特錯了，」維吉爾說。「如果你真的想知道卡爾的事情，審判紀錄是你最不該看的東西。」

「沒關係，維吉爾，」卡爾說。「我不介意。嗐，那份老檔案已經積了三十年的灰塵了，搞不好都沒了。」

維吉爾俯身彎向膝蓋，再慢慢站起來，利用兩條胳臂來把自己撐起來，像個實際年齡更老的人。他拉直休閒褲的皺褶，抓住旁邊靠著牆的一支山核桃木枴杖。「我去弄點咖啡。要喝嗎？」

我沒回答，因為我以為他不是在跟我說話。卡爾抿著嘴唇，搖頭拒絕，維吉爾就走開了，步伐不自然，像是練習過的，右腿彎曲再筆直向前邁，動作僵硬，像機器人。我細看他的一邊褲管，在他的皮鞋上方沙沙作響，腳踝的位置閃過錯不了的金屬光。

我回頭看卡爾，覺得我好像欠他一個道歉，好像我想查閱他的案卷是在罵他是騙子——而我正是計畫要用案卷來查核他的說法。

「對不起，艾佛森先——我是說，卡爾。我不是想侮辱你。」

「沒事，喬，」卡爾說。「維吉爾有時對我會有點保護過度。我們認識很久了。」

「你們是親戚嗎？」我問。

卡爾想了想，這才說：「我們是兄弟……不是血緣上的，是共患難的兄弟。」他又回頭看著

❹ 傑克遜·波洛克（Jackson Pollock, 1912-1956）是一位很有影響力的美國畫家，抽象表現主義運動的主要人物，以獨創的滴畫而聞名。

窗外，眼神迷失在回憶中，臉頰也因此而失了血色。過了一會兒，他說：「有筆嗎？」

「筆？」

「簽你帶來的文件啊。」我把表格和一支筆交給卡爾，看著他簽名，他的指關節抵著皮膚，小臂細弱得我都能看見每條肌肉隨著他簽名的動作收縮。他把表格還給我，我折好，塞進口袋裡。

「倒是有一件事，」他說，低頭看著手指，現在放在大腿上。他連眼皮都沒抬。「你讀案卷的時候，會看到一堆東西，可怕的東西，會讓你痛恨我。陪審團就恨透了我。請你記住，那不是故事的全貌。」

「我知道。」我說。

「你不知道。」他輕聲說，回頭去看著五彩繽紛的毛巾在對面公寓陽台上隨風拍動。「你不了解我，還不了解。」我等著他把話說完，可是他只是瞪著窗外。

我讓卡爾沉浸在回憶裡，自己朝大門走，發現維吉爾在那兒等我。他伸出一隻手，一張名片夾在兩指之間。我接了下來。維吉爾・格瑞繪圖——商業及住宅。「如果你想了解卡爾・艾佛森，」他說，「就需要跟我談一談。」

「你跟他一起坐牢嗎？」

維吉爾好像快發火了，說話的語調就像我經常在酒吧裡聽到的那些埋怨他們的爛工作或是嘮叨老婆的傢伙——惱怒卻又認命。「他沒有殺死那個女孩子。而你在做的事全都是狗屁。」

「什麼？」我說。

「我知道你在做什麼。」他說。

「我在做什麼？」

「我告訴你：他沒有殺那個女孩子。」

「你在現場？」

「我不在現場。少跟我耍嘴皮子。」

輪到我惱火了。我剛見到這個人，他就覺得他跟我熟到可以侮辱我了。「照我看啊，」我說，「只有兩個人知道發生了什麼事：克莉絲朵．海根和那個殺了她的人。別的人說的只是他們自己想要相信的話罷了。」

「我不必在現場也知道他沒有殺死那個女孩子。」

「泰德．邦迪[5]也把別人唬得團團轉。」我不知道這句話是不是真的，不過我覺得聽起來不錯。

「不是他做的，」維吉爾厲聲說。指著名片上的電話。「打給我。我們談一談。」

[5] 泰德．邦迪（Ted Bundy, 1946-1989）是一名活躍於一九七三至一九七八年的美國連續殺人犯。

10

我浪費了一個星期的大半時間和八通電話在設法把卡爾・艾佛森的案卷從公設辯護律師辦公室弄出來。起先，接待員聽不懂我的要求，等她好不容易弄懂了，她又跟我說案卷可能多年前就銷毀了。「不管怎樣，」她說，「我沒有權限把犯罪檔案交給隨便一個來跟我要的張三李四。」說完她就把我的電話轉進了公設辯護律師主任伯索・柯林斯的語音信箱，而我的留言似乎就掉進了無底深淵了。第五天還沒有柯林斯的回音，我蹺了下午的課，搭公車到明尼亞波里市中心。

接待員跟我說主任在忙，我跟她說我會找一個靠近她的地方坐，連她對著電話耳語都聽得到。我看雜誌殺時間，最後她終於低聲跟某人說話，跟他們說我賴著不走。十五分鐘後她認輸，帶我進了伯索・柯林斯的辦公室。他是個膚色蒼白的男人，亂七八糟的頭髮在頭上交錯，鼻子大得像成熟的柿子。伯索向我微笑，跟我握手，活像是要賣車給我。

「你就是那個纏著我不放的孩子？」他說。

「看來你是收到了我的留言了。」我說。他慌亂了一秒，示意我坐下。

「你得了解，」他說，「我們並不常接到電話要我們挖出三十年前的卷宗。那些我們都放在別的地方。」

「不過案卷還是在你們這裡吧？」

「喔，對，」他說，「是在我們這裡。我們必須要保存命案案卷，沒有時間限制。我昨天叫人去找出來了，就在那兒。」他指著我後面靠牆的一個中型儲物盒。我沒想到會有這麼多，我還以為最多是厚厚的一捆文件，不是一個箱子。我計算著要讀完這些的時間，看著數字填滿了我腦子裡的一個水桶。然後我再盤算別的課要寫的作業和考試和實驗。我突然覺得頭昏。我要怎麼應付這一切。我開始後悔來要案卷了；這本來只是一份簡單的英文作業的。

我伸手到口袋裡，掏出那張申請書，交給了柯林斯先生。「那我可以帶走了？」我問。

「不是全部的，」他說。「還不行。我們準備好了一些卷宗。在我們讓案卷離開這間辦公室之前，我們得篩揀出筆記和案件的準備工作。」

「那要多久？」我在椅子上欠動，想找到不會被彈簧戳到屁股的地方。

「我說過，我們有幾份卷宗準備好了。」他微笑。「我們有個實習生在負責。其餘的案卷應該很快就會準備好，大概是一兩個星期。」柯林斯往後靠著他舒服的喬治亞式翼狀靠背椅，我發覺這張椅子比房間裡的其他椅子都高了四吋，而且似乎舒服多了。我在椅子上欠動，想讓雙腿的血液流通。「對了，你為什麼會對這個案子感興趣？」他問，兩腿交叉。

「就說我對卡爾．艾佛森先生的一生和刑期有興趣吧。」

「為什麼？」柯林斯真心真意地問。「這件案子沒有什麼可看的。」

「你知道這個案子？」

「對，我知道，」他說。「那年我在這裡工作，那是我念法學院的第三年。卡爾的律師是約翰．彼得森，他把我帶進來做他的法律研究員。」柯林斯頓了頓，看著我後面的牆，回憶卡爾案件的細節。「我在監獄見過卡爾幾次，開庭時也坐在旁聽席。那是我的第一樁命案。對，我記得他。我也記得那個女孩子，克莉絲朵，姓什麼就不記得了。」

「海根。」

「沒錯，克莉絲朵．海根。」柯林斯的表情變冷。「我仍然能看到那些照片——我們呈堂的照片。我以前沒看過命案現場的照片，那是我的第一次。並不像電視上演的那麼祥和，他們閉著眼睛，像是在睡覺。不，根本就不是那樣的。她的照片很悽慘，會讓人反胃。直到今天，我還是能看到她。」他微微哆嗦，又往下說：「他本來是可以談條件的，知道嗎？」

「談條件？」

「認罪協商。他們開出二級謀殺的罪名，他可以服刑八年後假釋，他拒絕了。他要是一級謀殺罪確定，就是終身監禁，而他卻拒絕了二級謀殺的認罪協商。」

「這就出現了一個一直困擾我的問題，」我說。「既然他是被判無期徒刑，為什麼又假釋了？」

柯林斯向前傾，揉搓著下巴，搔著一天裡長出的鬍碴。「無期徒刑的意思不一定就是到死為止，」他說。「一九八〇年的無期徒刑指的是在申請保釋之前必須坐滿十八年的牢。後來才改成了三十年。現在又改了，凡是在綁架案和強暴案裡殺人的罪犯全部不得假釋。嚴格來說，他們是用舊法給艾佛森判刑的，所以他可以在十七年後申請假釋。一旦立法當局確定了想要讓強姦殺人犯關起來一輩子，那艾佛森的假釋希望就差不多是煙消雲散了。說真格的，我接到你的電話之後，上矯正署的網站去查艾佛森的紀錄，看到他出獄了，我差點從椅子上跌下去。」

「他得了癌症快死了。」我說。

「那就難怪了，」他說。「監獄的安寧照護可能很困難。」他的嘴角向下撇，點頭表示理解。

「克莉絲朵．海根死的那晚，卡爾怎麼說？」

「什麼也沒說，」他說。「他說不是他幹的——說他那天下午喝醉了，睡死了，什麼也不記得。說真的，他在自辯上一點也不盡心，開庭時就只是坐在那兒，像是在看戲。」

「他說他是無辜的，那你相信嗎？」

「我信不信不重要，我只是一個助理。我們卯足了勁，我們說是克莉絲朵的男朋友殺的。那是我們的推論。他是最後一個見到她還活著的人，而且他最有機會下手，是情慾殺人罪。他想跟她上床——她拒絕——衝動之下失手殺人。這是一個很合理的推論：可以說是順理成章。可是到最後，陪審團不相信，這才是關鍵。」

「有些人相信他是無辜的。」我說，想到了維吉爾。

柯林斯放低視線，搖搖頭，把我當作什麼好騙的孩子。「如果不是他做的，那他就是個可憐的混蛋。她是死在他的棚屋裡的，」他說。「他們在他的後門廊上找到了她的一片指甲。」

「他把她的指甲拔掉了？」我說，一想到就打冷顫。

「是假指甲，那種壓克力的。她在兩星期前為了第一場的返校日舞會去做了美甲。檢察官主張她是在被拖到棚屋的時候弄斷的。」

「你相信是卡爾殺死她的嗎？」

「除了他沒有第三者，」柯林斯說。「艾佛森只說不是他幹的，可他又說他喝醉了，那晚的事全都不記得。那是奧坎剃刀。」

「奧坎剃刀？」

「是一條邏輯法則，說是如果同一個問題有許多種理論，每個都能準確地解釋，那麼最簡單的那個通常就是正確的。命案很少是錯綜迷離的，大多數的殺人犯也並不聰明。你見過他了嗎？」

「誰？卡爾？對，申請書就是他簽的。」

「喔，對，」柯林斯皺起了眉頭，很不高興漏掉了明顯的結論。「他跟你是怎麼說的？他說他是無辜的嗎？」

「我們還沒談到案子，我不想催得太緊。」

「我看他一定會這麼說。」柯林斯用厚實的手耙過頭髮，一些頭皮屑落在他肩上。「而他這麼說時，你會想要相信他。」

「你卻不相信。」

「也許我是信的——在那時候。我也不知道。像卡爾這樣的人很難說。」

「卡爾這樣的人？」

「他是戀童癖，戀童癖最會說謊了。他們是最高明的騙子。再老練的騙子也沒辦法像戀童癖一樣把白的說成黑的。」

我看著柯林斯，表情茫然，催促他再多加說明。

「戀童癖是行走在我們之間的禽獸。殺人犯、竊盜、小偷、毒販，他們總是能替他們的行為找藉口。大多數的犯罪都是因為簡單的七情六慾，像是貪心或是憤怒或是嫉妒，大家都能了解這種情緒。我們不會寬恕，卻可以理解。每個人都有過這樣的情緒。嗐，大多數的人，只要肯老實說，都會承認在腦子裡計畫過犯罪，執行最完美的謀殺，然後逍遙法外。陪審團的每一個人都感覺過憤怒或是嫉妒，他們了解在殺人這種罪行之後的基本情緒，而他們會為了某個人控制不住那種情緒而懲罰他。」

「大概吧。」我說。

「好，換成戀童癖。他對於跟兒童性交有一股強烈的慾望，誰能了解那種慾望呢？你沒辦法給自己的行為找藉口。根本就沒辦法解釋，他們就是禽獸，他們自己也知道。可是他們不能承認，即使是跟自己。所以他們隱瞞真相，把它埋進深處，漸漸地他們自己也相信自己的謊言了。」

「可是有人就是無辜的，對吧？」我問。

「我以前有過一個當事人……」柯林斯向前傾，手肘架在桌上。「他被控對他十歲大的孩子施暴。這個傢伙讓我相信一切的指控都是他的前妻灌輸給他的孩子的。我是說我徹頭徹尾相信他。我準備了一份犀利的交叉詰問，準備要把這個孩子大卸八塊。後來在開庭前一個月，電腦鑑識結果送來了。檢察官叫我到他的辦公室去，讓我看了影片，那個王八蛋做的事跟他的孩子說的一模一樣。我把影片拿給他看，他哭成了淚人，跟個他媽的小寶寶一樣哀號，不是因為他強暴了他的孩子被逮到，而是因為他發誓不是他。檢察官的影片上明明就是那個王八蛋，他的臉、他的聲音、他的刺青，可是他還想要我相信只是一個長得很像的人。」

「所以你就認定被控戀童癖的被告都在說謊？」

「不，不是每一個。」

「你覺得卡爾說謊？」

柯林斯停下來稍微思索我的問題。「起初我想要相信艾佛森。當年我大概還沒有這麼厭倦吧。但是證據說是他殺的。陪審團看到了，所以艾佛森才會坐牢。」

「他們說戀童癖在牢裡的慘況是真的嗎？」我問。「他們會被打之類的？」

柯林斯抿著唇點頭。「對，是真的。監獄有它自己的食物鏈。我的酒駕被告會問：『他們為什麼要找我麻煩？我又沒有搶劫。』小偷和竊盜說：『我又沒有殺人。』殺人犯說：『起碼我不是戀童癖，我又沒強暴小孩子。』像艾佛森那種人就沒得推托了。沒有人比他們更慘，所以他們是在食物鏈的最底層。而更糟的是，他是在死水監獄服刑的，大概沒有比那裡更慘的了。」

我已經放棄在那張爛椅子上找舒服點了，心裡明白這張椅子原本的設計就是要讓人不舒服的——可以讓訪客不會停留太久。我站了起來，按摩著大腿後側。柯林斯也站了起來，繞過桌子，揀出盒子裡的兩份檔案，交給了我。一個貼著挑選陪審員，另一個貼著判刑。「這些可以拿走，」他說。「應該也可以給你庭審筆錄。」

「庭審筆錄？」

「對，一級殺人案會自動上訴。法庭書記會準備一份庭審筆錄，開庭時說的每一句話，每一個字。他們會有影本送交最高法院，所以你今天可以拿走我們的影本。」柯林斯走向盒子，抽出六本軟皮冊，一本接一本堆在我懷裡，築起了一呎厚的紙牆。「這個夠你忙一陣子了。」

我看著懷裡的冊子和卷宗，感覺到很重。柯林斯先生送我到門口，我在門口向後轉。「我會在這裡面發現什麼？」我問。

柯林斯嘆氣，又揉下巴，聳了聳肩。「大概沒有你不知道的東西。」

11

坐公車回家時，我翻著六冊的筆錄，低聲咒罵。我為了這一份作業居然給自己找來了更多的閱讀資料，比我其他的課加起來的功課還要多。現在想要退掉這門課而不毀了我的學期成績也來不及了。我的訪談筆記以及艾佛森自傳的第一章很快也要交出去了——還有其他必須要做的作業——我實在看不出我要怎麼及時看完這麼多的資料。

從公車站長途跋涉回我的公寓後，我背包裡的資料重得就像是一塊塊石板。我掏出鑰匙，正要開門，卻聽見莉拉的公寓傳來柔美的西班牙吉他琴聲。庭審筆錄給了我藉口去打聲招呼。再說了，我真的想再看見她。她那種「少來煩我」的態度深深吸引了我。

莉拉來應門，光著腳，穿著特大號雙城隊球衣，短褲幾乎被T恤下襬遮住了。我沒辦法不讓眼睛直接盯著她的腿，只是快快瞄了一眼，卻已經讓她發覺了。她看著我，挑高一道眉毛。沒有「哈囉」，沒有「幹嘛」，只是挑高了一道眉，我就已經心慌得不知所措了。

「我……呃……今天去了律師辦公室，」我結結巴巴地說。「拿到了庭審筆錄。」我打開了背包，讓她看我不是瞎編的。

她仍然站在門口不動，抬頭看著我，不請我進去，也不說話，就只是揚著眉，端詳著我，好像在衡量我的打擾，然後聳聳肩，走進她的公寓，就讓門開著。我跟著她進去，她的公寓隱約有爽身粉和香草的味道。

「你看過了嗎？」她問。

「我才剛拿到。」我把第一冊放到她的桌上，故意讓它砰的一聲落下，彰顯它的分量。「我完全不知道該從哪裡讀起。」

「從開審陳述看起。」她說。

「嗄？」

「開審陳述。」

「那應該是在開始的部分吧？」我問，露齒一笑。她拿起了一本，翻了起來。「妳是怎麼知道開審陳述這些東西的？妳是法律預科生？」

「有可能，」她說，語氣平淡。「我在中學時上過模擬法審判課。來指導我們的律師說開審陳述應該要說明案件——就像你坐在客廳跟朋友講話一樣。」

「妳上過模擬法庭課？」

「對，」她嘟囔著說，舔舔手指，翻開更多頁。「要是一切順利，我是不介意將來去念法學院的。」

「我還沒有決定主修，不過我在考慮學新聞。只是——」

「有了。」她站了起來，把冊子向後反捲，方便一手拿著。「你來當陪審員。坐在沙發上，我來當檢察官。」

我坐在她的沙發中央，兩條胳臂張開，擱在靠背上。她站在我面前，默默讀了幾行，進入角色。然後她挺胸抬肩，開始說話。她一開口，我就發現她那種小精靈的模樣消失了，從它的影子中走出來一個冷靜自信的女人，命令陪審員注意她。

「陪審團的各位女士先生，本案的證據會證明一九八〇年十月二十九日，被告，」莉拉像電玩展模特兒一樣揮舞手臂，指著角落的一張空椅子，「卡爾．艾佛森，強姦殺害了十四歲的克莉絲朵．瑪麗．海根。」莉拉在我面前一邊讀一邊緩緩踱步，盡可能邊讀邊抬頭，跟我的視線接觸，彷彿我真的是陪審員。

「去年，克莉絲朵．海根還是個快樂的、活潑迷人的十四歲女生，一個漂亮的孩子，深受家人寵愛，很興奮能夠加入愛迪生中學的啦啦隊。」莉拉頓了頓，降低音調，加強效果。「可是，各位女士先生，你們會得知克莉絲朵．海根的人生並不是樣樣都美好。你們會看到她的日記摘要，她寫下了一個叫卡爾．艾佛森的男人，一個住在克莉絲朵．海根隔壁的鄰居。你們會看見，在她的日記裡，她罵他『隔壁的變態』。她寫道卡爾．艾佛森會從窗子盯著她在她家後院裡練習啦啦隊的動作。

「在那本日記中，她會告訴你們有一次她和她的男朋友安迪．費雪在一起，這名年輕人是她在中學的打字課上認識的。有天晚上她和安迪停車在小巷裡，這條小巷經過克莉絲朵家和卡爾．艾佛森家。他們停在巷尾，遠離偷窺的人，在車上親熱，就跟所有的孩子一樣。就在這時被告卡爾．艾佛森走向他們的汽車，像砍殺電影裡的歹徒，狠狠瞪著車窗裡面。他看見了克莉絲朵和安迪……咳，這麼說吧，在實驗……性愛。只是兩個孩子在胡鬧。而卡爾．艾佛森看見了他們，盯著一直看。

「或許也不是多大的事情，但是對克莉絲朵．海根而言，卻像是世界末日。是這樣的，克莉絲朵的父親是繼父，是一個信仰極其虔誠的人，叫道格拉斯．拉克伍德，他也會在本案中作證。拉克伍德先生不贊成克莉絲朵加入啦啦隊，他不喜歡她十四歲就約會。所以他給克莉絲朵定下了幾條規矩——為的是保護全家聲譽以及克莉絲朵的端莊。他說如果克莉絲朵不能遵守這些規矩，她就不能繼續參加啦啦隊。而如果她違紀嚴重的話，就會被送到私立的教會學校。

「各位女士先生，她那晚在車上和安迪．費雪做的事違反了那些規則。

「檢方的證據會證明卡爾．艾佛森利用了他那晚在小巷裡目擊的事情勒索克莉絲朵，要她……嗯……對他言聽計從。就在巷子那晚之後不久，克莉絲朵在日記上寫了有個男人強迫她做她不想做的事悄——性交方面的事。那個男人說她如果不滿足他的要求，他就要揭穿她的秘密。克莉絲朵雖然沒有明說就是卡爾．艾佛森威脅她的，可只要各位看過她的日記，就不會懷疑她寫的是誰。」

莉拉放慢了速度，再度降低聲音，變得只比耳語大一點，創造出戲劇效果。我的胳臂從沙發靠背移向了膝蓋，俯身聆聽。

「在命案發生的下午，安迪．費雪放學後開車送她回家，兩人親吻道別，安迪把克莉絲朵一個人放在卡爾．艾佛森隔壁的空房子前。安迪開車離去之後，我們知道克莉絲朵進了卡爾的房子。她也許是去正面對抗他。是這樣的，克莉絲朵那天下午見過學校的輔導師，知道了卡爾．艾佛森對她做的事是可以坐牢的。也或許她是被槍枝脅迫到卡爾．艾佛森的家的，因為我們知道卡爾．艾佛森買了一把軍隊的剩餘物資手槍。我們不確定她究竟是怎麼進入艾佛森的屋子的，但是我們知道她去了，證據我馬上就會提到。她進去之後，我們知道克莉絲朵．海根就身陷險境了。她原本計畫要反客為主——如果艾佛森不停止威脅和性侵，就會讓他去坐牢。不過卡爾．艾佛森當然有他的盤算。」

莉拉不再踱步，不再假裝是檢察官。她在我旁邊坐下來，兩眼盯著筆錄，往下說時彷彿是飽受極深的哀痛衝擊。

「卡爾．艾佛斯強暴了克莉絲朵．海根，在他完事之後——在他奪走了她的一切之後——他又奪走了她的生命。他用電線勒死了她。各位女士先生，要把一個人活活勒死是要花很長的時間的，那是一種緩慢的、恐怖的死亡方法。卡爾．艾佛森必須要把電線纏住克莉絲朵．海根的喉嚨，用力拉扯，至少要拉兩分鐘。而期間的每一秒鐘他都可以改變心意。但是他卻繼續拉電線，越拉越緊，直到確定她不僅僅是失去了意識，而是死亡了。」

莉拉不唸了，以痛苦的表情看著我，好像我居然成了卡爾的分身，好像他的禽獸不如的行為居然在我的體內播了種。我搖頭，她才又回頭去唸。

「克莉絲朵為生命奮戰，我們會知道是她的假指甲在掙扎中斷裂了。那枚假指甲就在卡爾．艾佛森家的台階上找到的，就在卡爾．艾佛森把她的屍體拖到工具棚時掉落的。他把她的屍體丟在棚子的地上，當她只是一袋垃圾。然後，為了要掩飾他的罪行，他放火燒了棚屋，以為高熱和火焰能夠摧毀證據。在他擦燃一根火柴點燃了老棚屋後，就回到屋子裡，喝了一瓶威士忌，醉死了過去。

「消防車趕到時，棚屋已經被火焰吞噬了。警察在冒煙的殘骸裡發現了克莉絲朵的屍體，就去敲艾佛森先生的門，他卻沒應門。他們以為沒有人在家。崔瑟刑警隔天早晨帶著搜索狀上門，發現艾佛斯仍然醉死在沙發上，一手握著一只空威士忌瓶，另一手握著一把點四五手槍。

「各位女士先生，你們即將看到的照片會讓你們的胃很不舒服。我先道歉，但是有需要讓你們了解克莉絲朵．海根發生了什麼事。大火燒毀了她的下半身，有些部位極難辨識。棚屋的鐵皮落在她身上，覆住了她的上半身，保護住一部分沒受到大火摧殘。而在她的胸口下，你們會看見她的左手——毫髮無傷。而就在那隻左手上你們會看見她極為得意的壓克力假指甲，她特別為了跟安迪．費雪連袂參加的第一個返校日舞會去做美甲。你們會看到指甲少了一枚，就是她在和卡爾．艾佛森搏鬥時斷裂的那枚。

「各位女士先生，等你們看見了本案的證據，我會再回來和各位討論，我會要求你們判決卡爾．亞柏特．艾佛森一級謀殺罪成立。」

莉拉把筆錄放在大腿上，讓話音沉寂。「好變態的王八蛋，」她說。「我不相信你能跟那個人坐在一起而不會想要宰了他。他們根本就不應該讓他出獄的，他應該要在最黑暗、最潮濕的牢房裡爛死。」

我微微靠向她，模仿她的姿勢，一隻手按著她腿邊的椅墊。要是我張開手指，一定可以碰到她。這個想法抹掉了我腦子裡的其他想法，但是她沒注意到。

「那是什麼感覺……跟他說話？」她問。

「他是個老頭子了，」我說。「有病，又虛弱，瘦得像根棍子。很難覺得他是妳唸的那個人。」

「你寫他的時候，一定要把全部的故事都說出來。別只寫什麼得了癌症快死掉的虛弱老頭子。要把那個放火燒了一個十四歲女生的酒鬼敗類寫出來。」

「我答應過要寫出真相的，」我說。「我說到做到。」

12

十月飛逝，速度之快就像一條山間的河流湍急地沖下懸崖。莫麗的一個酒吧員工不得不辭職，因為她先生抓到她為了更多小費跟客人打情罵俏。莫麗要求我在她找到遞補之前先代班，我不能拒絕，因為我得填補浪費在媽的保釋金上的三千元。所以整個月我大都是週二晚到週四晚站吧檯，週末晚守門口。除此之外，我的經濟學和社會學還要期中考，我養成了只讀教科書裡劃過重點的部分——我用的是二手書，只能寄望前書主在準備考試上有獨到的眼光。

我在卡爾的判決檔案裡找到了一份文件，真是老天保佑。那份文件是很周詳的提要，記錄著卡爾．艾佛森在南聖保羅成長的過程：他的家庭，他種種的不良行為，他的嗜好，他的教育。也短短提到他從軍的情況，說到卡爾在打過越戰之後榮譽退伍，還獲頒兩枚紫心勛章和一枚銀星勛章。我在心裡記下要去深挖卡爾的從軍史。我在十月去看過卡爾兩次，就在我要交出寫作筆記和第一章之前。我總算是完成了第一章，我融合了案卷上跟我筆記上的細節——憑我自己的創意東寫一點西湊一點。

在我把作業交給老師之後，我就沒去山景莊了，一直到萬聖節，這個節日我非常討厭。我為了萬聖節打扮成保鑣，跟我年滿十八歲之後每年的打扮相同，在莫麗酒吧看門口。那晚我只介入了一場打架，某個「超人」抓了「襤褸安」的屁股——要是襤褸安當過脫衣舞孃的話——結果她的男朋友「檻褸安迪」超不爽，把超人打倒在地板上。我把檻褸安迪叉出門，檻褸安跟著我們出去，經過時還對我亮出靦腆的笑容，活像這一架本來就在她的計畫之中，是她在把自己豐滿的身體塞進那一件小戲服時就想要的效驗。我討厭萬聖節。

十一月的第一天寒冷的天氣就迫不及待地來了，正是我去山景莊的那天。氣溫還不到攝氏零下一度，枯葉堆積在建築物的拐角和垃圾子母車邊，被風吹得捲起來。我那天先打過電話，確認卡爾可以會客，不確定胰臟癌會害他有多虛弱。我在老位子找到了卡爾，瞪著窗外。他的大腿上蓋著一條毛毯，腳下穿著厚羊毛襪，趿著棉拖鞋，藍色的袍子下是連身內衣。他在等我，還請一名護士在他的輪椅旁放了一把舒服的椅子。也不知是出於反射動作還是老習慣，我先跟他握手才坐下來，他細瘦的手指從我的手掌滑掉，既冰涼又無力，像是死掉的海草。

「還以為你把我忘了呢。」他說。

「這學期很忙，」我說，掏出了小型數位錄音機。「你不介意吧?比寫筆記方便。」

「這是你的主場，我只是在殺時間。」他為自己的黑色幽默咯咯笑。

我打開了錄音機，請卡爾從上次見面的部分往下說。卡爾訴說時，我發現自己把他的話拆成了一段段，像拼圖一樣散放在桌上。然後我努力把一塊塊的訊息拼起來，可以說明一個禽獸的出生與成長。他的童年、青少年時期發生了什麼事，才會播下那顆種子，將來有一天讓他冠上了殺人犯卡爾之名?一定有什麼秘密。卡爾．艾佛森一定發生過什麼事才會讓他變得跟其餘的人類同胞不一樣，跟我不一樣。我們第一天見面他就給我來了個誠實的講道，而現在他在跟我說他的好奇天真的成長，同時隱瞞那條讓他的世界偏向了我們其他人怎麼也不會懂的一個軸的黑暗的切線。我好想大喊放屁，但是我只是點頭，催他說下去，靜靜聽著他把他的世界塗成蛋殼那麼潔白。

到了訪問的第二個小時他說：「就在那個時候美國政府邀請我去越南。」我心裡想終於有個事件也許能解釋他為什麼會變成禽獸。卡爾因為說了這麼多話而變得虛弱，所以他兩手放在大腿上，向後靠著輪椅，閉著眼睛。我盯著他脖子上的傷疤因血液流過大動脈而隨之搏動。

「你的這道疤就是在越南弄的嗎？」我問。

他摸了摸脖子上的疤痕。「不是，是在監獄裡弄的。有個亞利安兄弟會的變態想把我的頭切下來。」

「亞利安兄弟？那些不都是白人嗎？」

「對。」他說。

「我還以為在監獄裡同種族的人都是一掛的呢。」

「性侵兒童犯是例外——而我正好就是。不同的幫派對於跟他們同種族的性侵犯有特權。」

「特權？」

「性侵犯是監獄雜碎裡最低等的。你要是有什麼不滿，就發洩在低等人身上；你需要賺到一個眼淚形狀刺青，想讓大家覺得你是硬漢，那就去殺了一個最低等的；要是你需要一個奴才……咳，你懂的。」

我在內心裡縮了縮，表面上卻不變，以免讓他看出我的反感。

「有一天，那是我到死水三個月之後，我正要去吃飯。那是一天中最危險的時段。他們一次讓兩百個人到大食堂去，趁著人多就會亮傢伙，反正抓不到是誰幹的。」

「不是有個地方可以躲開一般大眾嗎？呃……那叫什麼來著……保護性拘留之類的？」

「單人監禁，」他說。「簡稱單監。對，我是可以要求單監，可是我沒有。」

「為什麼？」

「因為在我人生的那個階段，活不活著對我來說並不是頂重要的事。」

「那你的傷疤是怎麼來的？」

「有一個叫史萊特利的大隻佬想要我……嗯，就說他很寂寞，想找個伴吧。說我要是不讓他如願，他就會割斷我的喉嚨。我說如果是那樣他倒是幫了我一個大忙。」

「所以他就割了你的喉嚨？」

「不是，不是那樣的。他是老大，不是小嘍囉。他有的是小弟可以動手，是那種想要闖出名號的小子。我根本就沒看見是怎麼發生的。我只覺得熱熱的液體流到我的肩膀上，我一手按著喉嚨，感覺到鮮血從我的脖子噴出來。差點就死了。他們把我治好了以後，就硬把我關進了單監裡。三十年的時間我大部分都在那裡面：吵得要命，差不多每天每個小時都被混凝土包圍著。可以把一個人逼瘋。」

「你就是在監獄裡認識了你的『兄弟』的嗎？」我問。

「我的兄弟？」

「維吉爾啊——他不叫這個名字嗎？」

「啊，維吉爾。」他做個深呼吸，彷彿在嘆氣，一波痛楚痛得他坐直了身體。他緊抓著輪椅兩側，手指上的血色盡失。「我想……」他說，吐出一連串的喘氣，好像在分娩，等著痛苦過去。「那個故事……得等……改天了。」他招手要護士過來，問她要他的藥。「恐怕……我很快……就會睡著。」

我謝謝他撥時間給我，拿起了我的背包和錄音機就往外走了。我在櫃檯暫停了一下，掏出我的皮夾，找到了維吉爾．格瑞給我的名片。該是我聽一聽全世界僅有的一個相信卡爾是無辜的人了，只有這個聲音駁斥我認為卡爾．艾佛森是罪有應得的結論。我拿出名片時，珍妮特越過櫃檯低聲說：「他今天沒吃止痛藥，他希望你來的時候他的頭腦清醒。他明天可能會一整天都昏睡不醒。」

我沒回答，我不知道該說什麼。

13

我並不必等上兩個星期，公設辯護律師辦公室就打電話來說卡爾其他的卷宗都整理好了。我覺得不自在，因為我仍沒去拿。要不是維吉爾・格瑞建議我們到市中心去見面，那一箱卷宗可能還放在公設辯護律師的辦公室裡。我的作業已經夠花時間的了，不必再去讀那一摞可以淹沒我的小腿的檔案了。可我打電話給維吉爾，他提議我們到明尼亞波里市區市政中心外的一處小庭院碰面，而我也就是在那裡找到他的，坐在庭院邊緣的一張花崗岩長椅上，枴杖靠著他那條好腿。他看著我穿過長形廣場，既不揮手也不像認出了我來。

「格瑞先生。」我伸出了手，他握手的那股有氣沒力的德性，好像當我是吃剩的花椰菜似的。「謝謝你同意見我。」

「你為什麼要寫他的故事？」維吉爾開門見山就說。說話時並沒有看著我，而是兩眼盯著庭院中心的噴泉。

「你說什麼？」我說。

「你為什麼要寫他的故事？對你有什麼好處？」

我在格瑞先生旁邊坐下。「我說過了，是我的英文作業。」

「對，可是為什麼選他？為什麼選卡爾？你可以寫別人啊。唉唷，你可以假編一個故事，你的老師反正也看不出來。」

「為什麼不能選卡爾？」我問。「他的故事很耐人尋味。」

「你只是在利用他，」維吉爾說。「卡爾已經被整得夠慘的了，誰都不應該像他一樣遭那麼多的罪。我覺得你做的事不對。」

「既然他是像你說的，被別人整的，那有人幫他說出來不是好事嗎？」

「原來你做的是這個？」他說，語氣充滿了濃濃的譏誚。「你要寫的是這種故事？你是要寫卡爾怎麼被人整，是怎麼為了沒犯的罪而被判刑的？」

「我什麼故事都還沒寫。我還在釐清故事的內容究竟是什麼，所以我才會來找你。你說他是無辜的。」

「他是無辜的。」

「嗯，到目前為止只有你一個人這麼說。陪審團、檢察官，要命，我覺得連他的律師都相信他有罪。」

「那也不等於他真的有罪。」

「你沒在審判的時候為卡爾出頭。你沒去作證。」

「他們不讓我作證。我想要作證，可是他們不讓我去。」

「他們為什麼不讓你作證？」

維吉爾抬頭看著像壁爐灰一樣的天空。庭院周遭的樹都光禿禿的，一陣冷風吹過鵝卵石地面，吹上了我的後頸。「他的律師，」維吉爾說，「他們不肯讓我跟陪審團說他這個人。他們跟我說要是我去作證，只算是品格證據。他們需要知道真正的卡爾，而不是檢察官塞給他們的一堆謊言。他們說如果我談論卡爾的品格，檢察官也會討論卡爾的品格，說他整天喝酒，連份工作都保不住之類的狗屁。」

「那，要是你去作證，你會說什麼？」

維吉爾轉過來，直視我的眼睛，又一次上下打量我，他冰冷的、灰色的虹膜映照出積聚的雲朵。「我是在一九六七年的越南認識卡爾．艾佛森的。我們都是剛從新兵訓練營出來的傻小子。我跟他在叢林裡出過一次任務——做過的事，看過的事，跟沒去過那裡的人是說不清的。」

「就那一趟任務你就跟他熟到可以毫無疑問地說他沒有殺死克莉絲朵．海根？他難道是什麼和平主義者？」

維吉爾瞇起眼睛，活像是準備要賞我的臉一拳。「不，」他說。「卡爾．艾佛森不是什麼和平主義者。」

「所以他在越南殺了人。」

「對，他殺人。他殺了很多人。」

「我知道辯護律師為什麼不要你作證了。」

「那是戰爭。戰爭中就會殺人。」

「我還是不懂告訴陪審團卡爾在戰爭中殺人會有什麼幫助。我就會覺得要是我打過仗殺過人——照你說的，殺了很多人——那殺人對我來說就會變得比較容易。」

「你有很多事不懂。」

「那就讓我懂，」我說，覺得沮喪。「所以我才會來啊。」

維吉爾想了想，然後彎下腰，兩手捏住右膝處的卡其褲，把褲管往上撩，露出了亮晶晶的金屬義肢，就是我們第一次見面時我看見的。義肢一路延伸到他的大腿中段，白色的塑膠膝蓋覆住了一個裝著彈簧的樞紐，有一個拳頭那麼大。維吉爾拍拍他的金屬小腿。「看到了嗎？」他問。「這就是卡爾做的。」

「卡爾害你失去了腿？」

「不是，」他微笑。「多虧了卡爾我今天才能跟你說我少了一條腿，多虧了卡爾我今天才能還活著。」維吉爾把褲管放下，傾身把兩邊手肘架在大腿上。「那是一九六八年五月。我們佈署在桂山山谷西北山嶺上的火力支援基地上，我們奉命要掃蕩一座小村莊，一個連名字都沒有的小茅草屋村。情報員看到越共在那個地區活動，所以他們派我們這一排去偵察。我當尖兵，跟這個小子……」維吉爾的臉上泛出懷想的笑容。「土豆．戴維斯。笨小子老是像跟屁蟲一樣跟著我。」

維吉爾花了一會兒工夫緬懷，然後才繼續。「所以我跟土豆當尖兵——」

「尖兵？」我問。「是走在前面嗎？」

「對。他們讓一兩個人走在縱隊的前面，就是尖兵。那是不得已的做法，要是出了錯，軍隊寧可損失兩個人也比損失一整排強。」

我看著維吉爾的腿。「那大概是出了大差錯了。」

「對，」他說。「我們來到了一小塊稻田，小路穿過了一處岩石很多的小土丘，土丘下坡的那一邊樹林稀少了一點，可以看見前面的村子。土豆一看到村莊就加快了腳步，可是情況不對勁。我也說不上來是不是看到了什麼，可能只是一種感覺，可能是下意識裡我看到了，不管是什麼，我都知道不對勁。我做手勢要整排都停下來。土豆看到了我，就把步槍端了起來。我一個人走在前面，大概跟他有二十或三十步的距離。我正要發出『安全』的信號，叢林裡突然就槍聲大作。那個情況，唉呀。我的前面、旁邊、後面，要命，那片叢林到處都是槍管的閃光。

「我挨的第一顆子彈打中了我的肩胛骨，差不多就在同時，我的腿上也挨了兩槍。一槍擊碎了我的膝蓋，另一槍打中了我的大腿骨。我連一槍都還沒發射就倒下了。我聽到了排上一個軍士，那個混蛋叫吉布斯，命令大家撤退到土丘後面採守勢。我睜開眼睛看到我排上的弟兄又跑又跳離遠了，躲到石頭和樹後面。土豆使盡了吃奶的力氣跑回隊上。就在這時候，我看到了卡爾，他朝我跑過來。」

維吉爾停了下來，淚眼迷離看著過去重演。他伸手到口袋裡，抽出手帕，擦拭眼睛，手微微發抖。我別開臉，給維吉爾一點隱私。身著筆挺套裝的人從我們面前經過，進進出出市政中心，不理睬坐在我旁邊的單腿男人。我耐心地等著維吉爾恢復平靜。他恢復了之後才又繼續。

「卡爾從小路上跑過來，叫得像個瘋子，一面朝林線裡的閃光開槍。我能聽到吉布斯軍士對卡爾大吼大叫，叫他回去。土豆看到了卡爾，也不再撤退了，反而跳到一棵樹後面。卡爾跑到我旁邊，單膝跪下，擋在我和大約四十把AK47之間，一直開槍，直到快把子彈打光。」

維吉爾緩緩吸了口氣，又在落淚邊緣。「你真該看看他。他一面把自己的步槍裡的子彈打完，一面用左手撿起我的步槍，左右開弓。然後他把他的M-16丟在我的胸口，繼續用我的槍射擊。我給他的槍裝上新的彈匣，再交給他，正好再接下我的步槍裝彈。」

「卡爾有中彈嗎？」

「他左臂的二頭肌中了一槍，另一槍擦過他的頭盔，還有一槍打掉了他的靴跟。可是他一點都沒有退後。真是勇敢。」

「我敢說一定是。」我說。

維吉爾這還是在訴說往事以來頭一次看著我。「你看過那些老電影，」他說，「配角中了彈，卻跟主角說別管他，救他自己就好。」

「有。」我說。

「嗯，我就是那個配角。我差不多就等於是死人了，我也知道。我張開口叫卡爾救他自己，可是說出來的話卻是『別把我丟在這裡』。」維吉爾看著交扣在大腿上的十指指尖。「我嚇壞了，」他說，「這輩子沒這麼害怕過。卡爾做錯了每一件事——從軍事上來說。他在救我的命，他願意為我而死，而我卻只能跟他說：『別把我丟在這裡。』我從來沒有那麼羞愧過。」

我想說什麼安慰的話，或是拍拍他的肩，讓他知道沒關係，但那麼做反而是一種侮辱。我不在現場，我沒資格說什麼有關係什麼沒關係。

「戰事最激烈的時候，」他說，「整個排放槍放個不停。越共也全面回擊，而土豆跟卡爾跟我夾在中間。我抬頭看，看著樹葉和小木片被打掉，像五彩紙屑一樣飄下來；曳光彈在我們頭頂上交錯——我們的槍是紅色的，他們的是綠色的——噪音、塵土、硝煙瀰漫。很神奇，好像我是站在外面的觀眾。痛楚消失了，恐懼消失了。我準備好要死了。我轉過頭，看到土豆蹲在一棵樹後面，盡全力開槍。他打光了彈匣，伸手去拿新的，就在那個當口，他臉上挨了一槍，倒下去死了。那是我在失去意識之前記得的最後一件事。」

「你不知道後來發生了什麼？」我問。

「我聽說我們有空軍支援，他們在越共的位置上投了一堆燒夷彈。卡爾像條毯子一樣蓋住了我。你要是仔細看，還能看到他的兩條手臂後側有疤痕，還有脖子後面的燒傷。」

「你們兩個就退下來了嗎？」我問。

「我是因傷退下了，」維吉爾說，清了清喉頭的硬塊。「我們先在火力基地裏傷，然後就去了峴港。他們把我送到漢城，可是卡爾最多只到峴港，他花了一些時間康復，然後就又回連上了。」

「陪審團一直沒聽過這個故事？」我說。

「一個字也沒有。」

「這是很了不起的故事。」我說。

「卡爾．艾佛森是英雄——貨真價實的英雄。他願意為我送命。他不是強姦犯。他沒有殺那個女孩。」

我遲疑了一下才說出下一個想法。「可是……這個故事不能證明卡爾是無辜的。」

維吉爾冷冷地瞪了我一眼，害我連太陽穴都結凍，他抓著枴杖的手勁加大，活像是打算拿枴杖打我，教訓我的無禮。我動也不動，也一聲不吭，等著他的怒氣消退。「你坐在這裡，又溫暖又安全，」他不屑地說。「根本就不知道面對自己的死亡是什麼滋味。」

他錯了。我不覺得溫暖，而且他死命抓緊了枴杖，指關節變得那麼白，我也不覺得特別安全，不過他說面對死亡這部分倒是有道理。「人是會變的。」我說。

「一個人不會在槍林彈雨中跳到最前面，然後第二天就謀殺一個小女孩。」他說。

「可是後來你就沒有跟他一塊出任務了，不是嗎？你回家了，而他待在那裡。說不定是發生了什麼事，燒壞了他腦子裡的哪根筋——讓他變成了會殺死那個女生的傢伙。你自己就說卡爾在越南殺了很多人。」

「對，他是在越南殺人，但那跟殺害那個女孩子不一樣。」

維吉爾的話喚回了我和卡爾的第一次談話，他對殺人以及謀殺之間的分別有多令人費解。我以為維吉爾可以幫助我了解，所以我就問：「卡爾說殺人和謀殺之間是有差別的。他是什麼意思？」我覺得我知道答案，但是我想要在跟卡爾討論之前先從維吉爾這裡聽到答案。

「是這樣的，」他說。「你在叢林裡殺死一名士兵，你只是在殺人，不是謀殺。就像是兩邊軍隊有種默契，殺掉彼此是沒關係的，是獲得許可的。是你應該要做的事。卡爾在越南殺人，但是他沒有殺害那個女孩子。聽懂我在說什麼嗎？」

「我知道你欠卡爾・艾佛森一條命，你無論如何都會挺他。可是卡爾跟我說他兩樣都做過。他殺人，他也謀殺。他說他都有罪。」

維吉爾看著地面，表情放軟了，因為某個關在他腦海中的想法。他以食指指背揉著下巴的鬍碴，點點頭，彷彿是默默達成了什麼結論。「那是另一段故事。」他說。

「我洗耳恭聽。」我說。

「這個故事我不能告訴你，」他說。「我跟卡爾發過誓絕不會說出去。以前我沒說過，以後我也不會說。」

「可如果有助於洗雪——」

「要說也輪不到我說，該由卡爾來說。是他的決定。他誰也沒說過，不管是律師還是陪審團。我求過他在開庭時說，他拒絕了。」

「發生在越南？」

「是的。」他說。

「那表示什麼？」我問。

維吉爾一聽到我的問題就吹鬍子瞪眼。「不知道是為了什麼，卡爾似乎對跟你說話有興趣。我不懂，可是他似乎願意接納你。說不定他會告訴你他在越南發生了什麼事。要是他真的說了，你就會懂了。卡爾・艾佛森絕對不可能殺了那個女孩子。」

14

見過維吉爾之後，我到公設辯護律師辦公室去拿其他的卷宗，扛在肩上帶回家，卡爾．艾佛森的兩種面貌不停在我的腦子裡纏鬥。一個卡爾會跪在叢林裡為朋友挨子彈，另一個卡爾是個病態的混蛋，心狠手辣，為了滿足自己的變態性慾能扼殺一個年輕女孩的生命——兩張臉孔，一個人。而在我肩上的箱子裡，一定能找到東西來解釋為什麼第一個人會變成第二個。我登上公寓的樓梯，肩上的箱子似乎重得不可思議。

我上到最頂層，莉拉剛好打開門，看見了我，就指著我肩上的箱子問：「那是什麼？」

「卡爾其他的檔案，」我說。「我剛去拿。」

她的眼睛興奮地亮了起來。「我可以看嗎？」她說。

打從莉拉看過檢察官的開審陳述之後，卡爾的案子就變成了我的誘餌，讓莉拉走進我公寓的鑰匙，好讓我能跟她相處。要是我說我想要深挖卡爾．艾佛森的故事跟莉拉對我的吸引力無關的話，那我就是在騙人。

我們進到我的公寓裡，開始翻找箱子，裡頭有厚薄不同的十來份卷宗，每一份都標上不同的證人名字，或是像鑑識、照片、研究等標籤。莉拉抽出了一份標著日記的檔案，我抽出一份標著解剖照片的檔案。我想起了檢察官在陳述時提到照片慘不忍睹，我也記得卡爾的公設辯護律師伯索・柯林斯的話，以及他第一次看到照片的反應。我需要看那些照片——倒不是因為我的作業需要納入他們的視角，而是因為我需要了解克莉絲朵・海根發生了什麼。我需要把臉孔和名字接合起來，我需要在骨架上添加血肉。我需要測試我的男子氣概，看我能不能受得了。

解剖照片檔案夾是箱子裡頭最薄的一份，大約收藏了十二張八乘十吋的照片。我吸口氣，閉上眼睛，為最壞的情況做準備。我快速掀開檔案夾，像是撕掉繃帶，睜開眼睛看到一名美麗的年輕女孩子向我微笑。這是克莉絲朵・海根的中學新生照片。她的金色長髮中分，順著臉龐向後捲，模仿法拉・佛西❻，跟那時的所有女孩一樣。她的笑容完美，白牙在柔軟的嘴唇後閃動光芒，眼睛閃著一抹調皮的光芒。她是個美女，是那種年輕人想愛，老男人應該會想保護的女孩子。這張照片應該是檢察官拿在陪審員面前讓他們為被害人感同身受的工具。他還會利用別的照片來讓陪審團鄙視被告。

我盯著克莉絲朵的照片又看了幾分鐘，努力想像她活著，去上學，擔心成績或是男生或是讓青少年似乎應付不了、但成人卻覺得是家常便飯的種種微不足道的焦慮。我盡量把她想成是個成人——讓她從那個留著飄逸長髮的新生啦啦隊員老化為中年的母親，留著實際的頭髮，開著一輛多功能休旅車。我很遺憾她死了。

我翻到下一張照片，心臟猛地像被人揪住，倒抽了口氣。我立刻就把檔案合上，讓自己的呼吸穩定下來。莉拉在讀她的那份檔案——日記的內容——十分專心，壓根就沒發覺我的情況。我才看了一秒，照片就已經烙進了我的眼皮了。我再把檔案翻開來。

我本就覺得她的頭髮會燒光；不需要多高的溫度就能燒掉頭髮。我沒想到的是連她的嘴唇都燒掉了。她的牙齒，在班級照片中是那樣的亮麗，這時從下顎骨上突出來，被火燒得黃黃的。她面朝右側躺，露出了熔化的組織，是她生前的左耳和臉頰和鼻子。她的面龐只是一張燒焦緊繃的黑色面具。她脖子上的肌肉因著火而收縮，她的臉扭過來看著左肩，表情極怪，像在尖叫。她的腿彎曲得像胎兒，大小腿上的肌肉都燒融見骨，萎縮得像牛肉乾。她的兩隻腳都燒得剩下殘肢。她的右手指頭彎進手腕處，整隻右手塞向二頭肌和胸口。她的關節都打結了，大火把軟骨和肌腱都燒得收縮了。

我看得出一片鐵皮掉在她身體上的位置，保護了她的部分軀體，沒有受到嚴重的焚燒。我吞下了堵住食道的硬塊，翻到下一張照片，這張照片裡克莉絲朵面朝下躺著，身體蜷曲。驗屍官戴著乳膠手套舉起了克莉絲朵的左手腕。她的左手被困在身下，皮膚保護得比較好。驗屍官的另一隻手上，大拇指和食指捏著那片破掉的假指甲，跟左手指上剩下的美甲比對。就是他們在從卡爾的屋子到棚屋的台階上找到的那片。

我合上了檔案。

克莉絲朵的家人看過這些照片嗎？一定看過。他們也去旁聽了。這些照片是呈堂物證，可能

---

❻ 法拉・佛西（Farrah Faucet, 1947-2009）在美國電視劇《霹靂嬌娃》中飾演私家偵探，一頭金色鬈髮，是一九七〇年代的性感偶像。

還放大了，讓一間大法庭裡的人都能看見。坐在法庭裡，看著這些照片，他們美麗的女兒被殘害到如此地步，他們會有多心痛？他們怎麼能不衝向隔開旁聽席和被告的欄杆，空手扯出兇手的喉管？如果是我的姊妹發生這種事，就憑一個老庭警和一支警棍是絕對攔不住我的。

我做個深呼吸，再一次打開檔案看克莉絲朵的新生照片。我覺得我的心率慢了下來，我的呼吸恢復正常。哇，我心裡想。我從來就沒有對一張照片起過這麼大的情緒反應。這個漂亮活潑的啦啦隊員跟那副焦屍擺在一起，讓我很開心卡爾在監獄裡關了幾十年，也讓我遺憾明尼蘇達州廢止了死刑。既然這些照片對我都有這麼大的影響，那對卡爾的陪審團一定也有類似的影響。卡爾是絕對不可能自由走出法庭的，陪審團一定會幫克莉絲朵的死報仇。

就在這時，我的手機響了，打斷了我的思緒。我認出了五〇七是奧斯丁的區域號碼，卻不認得電話號碼。

「喂？」我說。

「喬嗎？」一個男人說。

「我是。」

「我是泰利．布瑞摩。」

「嗨，布瑞摩先生。」我聽見了這個熟悉的名字，不禁微笑。泰利．布瑞摩先生是媽和傑若米住的那棟雙併屋的屋主，我以前也住過。但是一想到這裡，我的笑容就消失了。「出了什麼事嗎？」

「這裡發生了一點小事，」他說。「你弟弟想要用烤吐司機加熱披薩。」

「他還好吧？」

「他應該還好。他引發了火警警報器，隔壁的奧伯思太太過來查看，因為警報器一直響。她發現你弟弟縮在他的房間裡，真的嚇壞了，一直前後搖晃，兩手揉個不停。」

「我母親呢？」

「不在這裡，」布瑞摩先生說。「你弟一直說什麼她昨天去聚會了。還沒回來。」

我好想打人。我一隻手握成拳頭，往後縮，眼睛盯著牆上一片平滑的地方，恨不得能捶下去。但是我知道捶下去除了指關節瘀血以及押金被扣之外，什麼用處也沒有。當然也不可能讓我母親長大，也不能讓傑若米從驚慌中恢復過來。我做個深呼吸，低著頭，放開了拳頭。我轉向莉拉，她正滿臉擔心地抬頭看我。她聽見了部分的電話內容，猜得出發生了什麼。「去吧。」她說。

我點頭，抓起外套和鑰匙，就往門口走了。

15

泰利．布瑞摩站在那兒，O型腿，後背包裡裝著一罐嚼菸草。他是個老好人，擁有一家保齡球館、兩家酒吧、奧斯丁的二十幾個公寓單位。要不是他家牆上掛的是奧斯丁中學的文憑，而不是哈佛商學院的，那他早就是跨國公司的領導人了。不過以房東來說，他也很不錯，親切，負責。我的第一份保鑣工作就是他給我的，是他的一間叫皮德蒙特俱樂部的小酒吧。那是我在滿十八歲的兩星期之後，他過來收房租——房租上個週末被我母親全輸在一家印第安賭場裡了。他沒有吼叫沒有威脅要把我們趕出去，反而雇用了我看門、收拾桌子，去酒窖裡抬酒桶。這份工作對我很有好處，因為我既可以存錢又能學會處理生氣的酒鬼和白痴。對他也有好處，因為要是我媽又交不出房租，他可以直接從我的薪水裡扣。

「我媽回來了嗎？」我一走進公寓就問。

布瑞摩先生就站在門口，像個想要交班的哨兵。「沒，」他說，「而且看起來她從昨天就沒回來了。」他摘掉帽子，以手心撫摸光滑的光頭。「我得跟你說，喬，奧伯思太太差一點就打給社會局了。傑若米很可能會把這個地方燒掉。」

「我知道，布瑞摩先生，不會——」

「我不能被告啊，喬——你媽就這樣把他一個人丟在家裡。萬一他把公寓燒了，我就會被告。你母親不能把個智障自己丟在家裡。」

「他不是智障，」我厲聲說。「他是自閉症。」

「我沒有惡意，喬。可是你知道我在說什麼。現在你去上大學了，家裡就沒人管了。」

「我會跟她說的。」我說。

「我不能再讓這種事發生了，喬。再有一次，我就不能不把他們趕出去了。」

「我會跟她說的，」我再說一遍，口氣更硬了一點。布瑞摩先生穿上外套，頓了頓，好像是想要繼續說下去，確保他把話都說清楚了，後來一定是決定算了，就走出去了。

我在傑若米的房間裡找到了他。「嘿，小弟，」我說。傑若米抬頭看我，正要露出微笑，又停住了，眼睛飄向房間一角，眉頭又擔憂地皺了起來，每當生活讓他摸不著頭緒，他都這樣。

「我聽說你今晚有點小刺激喔。」我接著說。

「嗨，喬，」他說。

「你是想自己弄晚餐嗎？」

「我也許是想弄披薩。」

「你知道不能拿烤麵包機來熱披薩的，對吧？」

「媽不在家的時候也許我不准用爐子。」

「說到這個，媽呢？」

「她也許有聚會。」

「她是這樣說的嗎？她跟你說她有聚會？」

「也許她說她需要去跟賴瑞聚會。」

「賴瑞？誰是賴瑞？」

傑若米又回頭去盯著屋角，這表示我問了一個他答不出來的問題。我不再問了。快十點了，傑若米喜歡十點前上床，所以我就叫他去刷牙，準備睡覺。他脫掉運動衫時，我看到了他的背上有一道隱隱的瘀傷。

「等一下，小弟，」我說，走過去看個仔細。瘀傷大約有六吋長，一支掃把柄的寬度，從他的肩胛骨下方延伸到脊椎。「這是什麼？」

傑若米看著房間一角，沒有回答。我覺得臉頰變燙，我吸口氣鎮定下來，知道我要是生氣傑若米會整個人封閉起來。我朝他微笑，讓他知道他沒有惹麻煩。「你是怎麼會瘀血的？」我問。他繼續看著房間一角，默不作聲。

我跟傑若米在床沿上坐下來，雙肘架在膝蓋上，暫停一下，確定我沒有激動。「傑若米，」我說。「我們兩個之間沒有秘密，這一點很重要。我是你哥哥，我一定會幫你。你沒有惹麻煩。可是你不能有秘密不跟我說。你得告訴我是怎麼回事。」

「也許……」他的眼睛從一點閃向另一點，掙扎著該怎麼做。「也許賴瑞打我。」

我握緊了拳頭，但是表情保持冷靜。「看吧？」我說。「你什麼也沒做錯，你沒有惹麻煩。他是怎麼打你的？」

「也許他拿遙控器打我。」

「他拿遙控器打你？電視遙控器？為什麼？」

傑若米再一次迴避視線。我的問題太多了。我想要兩手按住傑若米的肩，讓他知道一切都好，但是你不能對傑若米這麼做。我朝他微笑，叫他睡覺，作個好夢。我幫他打開電視，關燈關門。無論這個賴瑞是誰——他跟我都需要好好談一談。

16

隔天是星期六，我比傑若米先醒，做了煎餅。吃過飯後，我們到市區去給傑若米買手機，是那種便宜的，需要增加通話時間才再儲值。我們回到公寓後，我把我的手機號碼輸入他的聯絡人名單，讓他的名單上只有我一個號碼。我教他怎麼打電話給我，怎麼開機，怎麼找到我的號碼，怎麼按輸送鍵。他從來沒有過手機，所以我們得練習。我叫他把手機藏在衣櫃後面，然後我讓他贏了兩盤棋，讓他不要一直惦念著他的新手機。然後我叫他把手機找出來，打給我，確定他記得如何使用。他沒忘記。

「要是誰想要傷害你……」我說。「要是這個賴瑞打你，或是做差不多的事，就打給我。你現在有自己的手機了。你打給我，好嗎，傑若米？」

「也許我會用我的新手機打給你。」他說，得意地微笑。

午餐之後我們又下了幾盤棋，然後打開電影：他的電影。傑若米看電影，我則盯著街道，等我母親回來。我也盯著時鐘，我七點得去莫麗的店上班。上次我蹺了她的班，她就說不會再給我下一次機會了，只要我不去上班，我就會被炒魷魚。媽把她的手機留在她的衣櫃抽屜裡，我會知道是因為我打給她時電話響了。

計算開車到雙子城的時間，我得在四點半之前離開奧斯丁。我看著時鐘指針走過了三點，我就問傑若米：「媽有說她幾時會從聚會回來嗎？」

傑若米把注意力從電影上拉開來，專心回想，眼珠子緩緩來回轉動，像在讀紙頁上的一行字。「也許她沒說。」他說。

我找到了一副牌，在咖啡桌上玩接龍，一連輸了三次，沒辦法集中心神，只是一直盯著車道。時鐘越來越靠近四點了，我開始在腦子裡篩揀各種選項。我可以把傑若米帶回公寓，可是上班或上課的時候，他在那裡會惹的麻煩跟在這裡惹的麻煩差不多。我可以請莉拉幫我看著他，可他又不是她的責任——說到這個，他也不應該是我的責任才對。我可以把他留在這裡，可是再出一次問題布瑞摩就會說到做到，把他們趕走。或者我可以再跟莫麗請一次假，失去我的工作。我重新洗牌，重來一局。

四點五分了，我母親才開進了車道。我開大電視音量，淹沒等一下會從前院傳來的吼叫聲，就走出門口。

「妳去了哪裡？」我咬牙切齒地問。

我不知道是我的語氣呢，還是我在她的公寓裡，或是她的雙份伏特加午餐把她喝糊塗了，反正她就是瞪著我，好像是從深沉的睡眠中剛剛甦醒。「喬伊，」她說，「我沒看到你的車。」一個高個子男人站在她後面，灰髮如細繩，體型像保齡球瓶，勾起上唇，露齒咆哮。我認得賴瑞，一年前我把他從皮德蒙特酒吧扔出去過，因為他喝醉了打了一個女人耳光。

「妳把他一個人留在家裡，」我說。「他差點就把公寓燒了。妳到底是跑到哪裡去了？」

「你給我等著，」賴瑞說，越過我母親向前來。「你少這樣跟你母親說話——」賴瑞舉起了右手，好像是要戳我的胸口。他這下子可就大錯特錯了。他的手指頭還沒碰到我，我的右手就已經橫擋在胸前，一把抓住了他的手背，手指用力抓住了他手掌的粉紅色那側，一個動作就把他的手從我的胸前拽了開去，順時鐘方向扭轉，賴瑞立刻就跪到地上。這一招我們叫作鎖腕擒拿。皮德蒙特有個常客，是個警察，我們都叫他「笑面的」，是他教我的。一直是我很喜歡的一招。

只需要極小的扭矩，我就讓賴瑞痛成了一個球，臉孔只離地面幾吋，一條手臂背在身後高舉向天，手腕則被我扭在手裡。我極力按捺才沒去踢賴瑞的牙齒。我靠過去，揪住他的一把頭髮。他的耳朵變紅了，五官扭曲，痛得齜牙咧嘴。而我母親在後面尖聲胡扯什麼是意外，賴瑞的內心是個真正的好人。她的懇求就跟蒸氣一樣消散，對我來說就跟遠處的車流聲一樣微不足道。

我把賴瑞的鼻子和額頭按到人行道的砂礫上。「我知道你對我弟弟做了什麼。」我說。

賴瑞沒回答，我就再使勁壓了他的手腕一下，他痛得呻吟。

「我來跟你說清楚，」我說。「只要你再敢動傑若米一下，我就會過來找你，你到時連怎麼死的都不會知道。誰也不准碰我弟弟。聽見了沒有？」

「幹，」他說。

「答錯了，」我說，把他的臉從水泥地上拉起來，再用力往下撞，讓他流點血，撞個印子出來。「我說：聽見了沒有？」

「聽見了。」他說。

我把賴瑞拽起來，把他往街上推。他走到路緣石那兒，按著鼻子和額頭，低聲說了什麼，我聽不清。我轉頭看著我母親。

「布瑞摩先生打給我。」

「我們只是去了賭場，」她說。「我們只去了兩天。」

「妳是在想什麼？妳不能把他一個人丟下來兩天。」

「他已經十八歲了。」她說。

「他不是十八歲，」我說。「他永遠也不會十八歲。問題就在這裡。就算等他四十歲了，他也還是個七歲的孩子。妳明明知道。」

「我也有權利休閒一下，不是嗎？」

「妳是他的母親，拜託。」我的鄙視都沸騰了。「妳不能想跑掉就跑掉。」

「那你還是他哥哥呢，」她回嗆我，想要找點吵架的優勢，「可你自己還不是跑掉了？不是嗎？大學生。」

我不說話了，一直等到胸中的沸騰降到只剩一點點的小氣泡，我的目光落在我母親身上，像冬天的金屬，又冷又硬。「布瑞摩說他再接到一次電話，就會把你們趕出去。」我轉身走向我的車，經過時還瞪著賴瑞，等他給我理由再扁他一頓。

我駕車離開路邊，看見傑若米站在前窗後，我向他揮手，但是他沒有揮回來，只是站在那裡看著我。對其他人來說他可能面無表情，但是我知道。他跟我是兄弟，而只有我能看到他平靜的藍眸後的傷心。

17

隔天早晨我被敲門聲從惡夢中叫醒。

在夢裡，我回到了高中，參加角力錦標賽，想要做一個簡單的逃脫術。對手扣住了我的肚子，我掙脫了，另一隻手抓住我的胸部，還有一隻手拉扯我的胳臂。我掰開了每一隻手，卻只是又多了兩隻手出來，就像九頭蛇一直長出新頭來。沒多久我就只能扭動尖叫，任那些手不停地拉我抓我。就在這時我聽見了敲門聲，驚醒了我。我愣了一會兒才甩開腦子裡的睡眠迷霧，在床上坐起來，不確定聽見了什麼，等待著，聆聽著——然後，又一記敲門聲。不是我夢到的。我套上一條短褲一件運動衫，打開門就看到是莉拉，拿著兩杯咖啡跟一個檔案夾。「我讀了日記，」她說，走過我面前，把一杯咖啡遞給我。「你喝咖啡吧？」

「對，我喝咖啡。」我說，抓起了牆上鉤子上的帽子，遮住我睡得亂七八糟的頭髮，跟著莉拉到我的沙發去。兩天前我把莉拉跟那箱卷宗丟在我的公寓裡，衝去奧斯丁。她帶了一些卷宗回家，包括那份標著日記的，趁我不在慢慢梳理。

「我昨晚把她的日記讀完了。」她說。

「克莉絲朵的？」

莉拉看著我，活像我是白痴。我的理由是我的睡意還沒消。她又回到她的思路上。「日記是從一九八〇年五月開始的，」莉拉說，把筆記放在咖啡桌上。「頭兩個月都是一般的青少年廢話。她一下子很興奮要念中學了，一下子又覺得害怕。大致上她是個快樂的孩子。她寫卡爾的部分有十五則，在六月到九月之間，常常說他是隔壁的變態，或是詭異卡爾。」

「她都說了他什麼？」我問。

莉拉用黃色便利貼標出了幾頁。她翻到第一張便利貼，日期是六月十五日：

六月十五日——我在後院練習，看到詭異卡爾站在他家窗前盯著我。我跟他比中指，他還是站在那裡。真是變態。

「就跟檢察官說的一樣，」莉拉說，翻向下一個便利貼。「『他又在看我。他在我練習的時候瞪著我。』還有一則……」她翻到那一頁。「在這裡。」

九月八日——詭異卡爾又從窗戶盯著我了。他沒穿襯衫。我敢說他也沒穿褲子。

莉拉看著我，等著我的反應。

我聳聳肩。「我看得出來檢察官為什麼喜歡這個日記。」我覺得莉拉想要我的更多反應，所以我就繼續。「妳還找到什麼？」

「八月大致上沒什麼，」莉拉說。「開學之後，她就在打字課上遇見了那個男的，安迪・費雪。她都在寫讓安迪邀請她參加返校日舞會的計畫——而他也邀請了。然後在九月中旬左右，日記開始變得陰暗了。看這一條。」

九月十九日——跟安迪停在後巷裡。正要有趣的時候，詭異卡爾走過來，看著車窗，活像他是老蛆❼什麼的。我差點死掉。

「一樣，就跟檢察官告訴陪審團的一樣，」我說。「卡爾逮到他們在小巷裡。」

「兩天之後她開始寫發生了壞事，可是她部分用的是密碼。」

「密碼？」

「對。有幾段克莉絲朵用了替代的密碼——就是用數字而不是字母。」莉拉從檔案夾裡抽出一疊紙，用綠色便利貼標出了用密碼的那幾條。「看這個。」

九月二十一日——今天太恐怖了。7，22，13，1，14，6，13，25，17，24，18，11，1。我嚇死了。非常非常糟糕。

❼ 老蛆（Lurch）是電視影集《阿達一族》中的管家，樣子像科學怪人。

「這是什麼意思？」我問。

「我不是說是密碼嗎？」莉拉說。「說不定克莉絲朵是為了保險，免得她繼父要是發現了她的日記，就會把她送到私立學校去。」

「對，可那是十四歲女生的密碼，」我說。「妳有沒有用數字來替換字母？」

「你是說像一就是A，二是B之類的？」莉拉翻個白眼，抽出了筆記本，她在上面用字母替換了數字。「我順著來，又倒著來一遍；還變換位置，像是A是二，然後又A是三，以此類推。我還試過把最常用的數字跟E或是T配合，因為那是字母中最常用到的兩個。我還在她的日記中找線索。結果什麼也沒找到。」

「有沒有上網找過？」我問。「好像有網站可以破解密碼的。」

「我也想到了，」她說。「克莉絲朵的數字之間沒有空隔，所以只是一串數字。我在網上找到的都解不開。有八十億可能的數字和字母組合。」

「八十億？」我說。「我的媽啊。」

「就是。她一定在哪裡藏了個譯本，要不然就是她背下了一個模式來配合字母和數字。無論是哪一種，我都猜不出來。」

莉拉把那幾頁擺在桌上。「只有七則是用密碼寫的，最後一則是在她遇害的那天寫的。我都列在一起了。」她說，把她的單子擺到最上面來。

九月二十一日——今天太恐怖了。7，22，13，1，14，6，13，25，17，24，18，11，1。我嚇死了。非常非常糟糕。

九月二十八日——25，16，14，11，5，13，25，17，24，26，21，22，19，19，3，19，26，21，22，19，19，3，19。要是我不照他說的話做，他會告訴大家。他會毀了我的一生。

九月三十日——6，25，6，25，25，16，12，6，1，2，17，24，2，22，13，23。我恨他。我覺得想吐。

十月八日——25，16，12，11，13，1，26，6，20，3，17，3，17，3，17，24，26，21，22，19，19，3，19，9，22，7，8。他一直威脅我。2，3，12，22，23，1，19，17，3，1，11，5，19，3，17，24，17，11，5，1，2。

十月九日——6，26，22，20，3，25，16，12，2，22，1，2，3，12，22，13，1，3，25。他強迫我。我想自殺。我想殺了他。

十月十七日——5，16，17，22，25，3，17，3，25，11，6，1，22，26，22，6，13，2，3，12，22，19，10，11，5，26，2，6，1，2，5，10，1。

十月二十九日——6，1，19，10，22，18，3，25，16，19，10，22，18，6，13，26，17，3。泰特太太這麼說的，她說年齡差異表示他一定會坐牢。今天就會停止，我太開心了。

「十月二十九是她被殺的日子。」莉拉說。

「我們怎麼知道她說的是卡爾？」

「她在幾十頁上寫卡爾那個變態又從窗子盯著她看，」莉拉說。「他趁她跟安迪親熱的時候偷偷靠近。威脅從那次之後就開始了，可不是巧合。」

「密碼可以改變一切。」

「還有幾則沒有密碼的，」她說。「看這個九月二十二日的，就在她跟安迪．費雪親熱時被逮到以後。」

九月二十二日——要是他們發現了，那會毀了我。他們會把我送到天主教學校去。再見了啦啦隊，再見了人生。

「妳不覺得有點誇張嗎？」我說。「我是說，天主教學校裡也有啦啦隊啊，不是嗎？」

莉拉狐疑地瞅了我一眼。「你顯然不了解一個少女的腦袋瓜是在想什麼。不管什麼事都是世界末日，她們情緒化到會自殺的地步。」她停了一下，像是又想到了什麼，然後才再接下去。「有些事情真的像是世界末日。」

「泰特太太是誰？」我問，看著最後一則日記。

「你沒看筆錄是吧？」莉拉說，語氣惱怒。

「我看了一點，」我說。「可我不記得泰特太太。」

「她是學校的輔導老師。」莉拉抽出了箱子裡的一份筆錄，翻了起來，找到了泰特太太的證詞。「這裡。」她把筆錄交給我，我讀了起來：

問：妳那天跟克莉絲朵·海根見面，她有什麼煩惱，她都談了什麼？

答：她非常含糊其詞。她想知道口交算不算性行為。我是說，她想知道如果有人強迫妳口交，那是不是強暴。

問：她有沒有說為什麼想知道？

答：沒有，她不肯說。她一直說她是幫朋友問的。在我這一行常常有這種事情。我盡量讓她多說一點。我問她是不是有人強迫她口交，她沒回答，後來她問我如果有人威脅要把你的秘密說出來，這樣算不算是強迫。

問：那妳是怎麼說的？

答：我說可以算是脅迫。後來她問我：「如果那個人比較老呢？」

問：而妳的回答是？

答：身為學校的輔導師，我們接受過這類事情的法律訓練。我跟她說，鑑於她的年齡，如果有個男人大她兩歲，是不是威脅就不重要了。同不同意也不是問題。要是一個比較老的男人跟十四歲的孩子性交，那就是強暴。我跟她說如果發生了這種事，她就需要告訴我，或是報警，或是告訴家長。我跟她說如果發生那種事，那個人就會去坐牢。

問：那她有何反應？

答：她只是露出大大的笑容，謝過我之後就離開了。

問：妳確定這段談話是發生在去年的十月二十九日？

答：那段談話是在克莉絲朵被殺的那天發生的，我很肯定。

我合上了庭訊筆錄。「那，克莉絲朵是回了家，記在日記上，再去卡爾家當面對抗他？」

「不是這樣就是她把日記帶到學校裡了，」莉拉說。「這樣說得通，不是嗎？克莉絲朵知道她佔了上風。被毀掉的會是他的人生，而不是她的。」

「所以同一天她計畫要了結這件事，而卡爾也出去買了一把槍？」

「說不定他也在考慮要了結這件事，」莉拉說。「說不定他的計畫就是要在那天殺了她。」

我低頭瞪著密碼日記，覺得那些秘密在嘲笑我。「真希望能破解密碼，」我說。「我不相信他的律師沒有更努力破解它。」

「他有。」莉拉說，從檔案夾裡抽出了一張紙，交給我。是一封影印信，寫給國防部的。從信的日期上看是在開庭前兩個月寫的，署名人是卡爾的律師約翰．彼得森。彼得森在信中要求國防部破解日記密碼。

「國防部有回信嗎？」我問。

「這我就找不到了，」她說。「別的就沒有提到破解密碼的事了。」

「你還以為他們上天下地也會在開庭以前想辦法破解密碼呢。」

「除非……」莉拉看著我，聳聳肩。

「除非什麼？」

「除非卡爾已經知道日記上寫的是什麼了。也許他不想要密碼被破解，因為他知道那等於是在他的棺材上敲下最後一根釘子。」

18

隔天我打電話給珍妮特安排晚上去看卡爾，我想問他日記和密碼的事，我想要知道檢察官這麼重要的漏洞為什麼會沒有人質疑。我想要在他告訴我他是否知道克莉絲朵．海根在日記上寫「今天停止」時看著他的臉，我想要測試他的誠實。不過首先我需要跟伯索．柯林斯談一談。我打了幾通電話，每次都留言。等他終於打給我時，我已經在前往山景莊的路上了。

「有什麼我能效勞的，喬？」他問。

「謝謝你回我電話，柯林斯先生，」我說。「我發現審判檔案裡有滿奇怪的地方，我想問問你。」

「那是很久以前的案子了，不過我會盡量回答你。」他說。

「是克莉絲朵．海根的日記，裡面有密碼。你記得嗎？」

另一端的柯林斯沉默了下來，接著以低沉嚴肅的語氣說：「嗯，我記得。」

「嗯，我看到了一封彼得森先生請國防部破解密碼的信，那後來呢？」

又是一陣沉默，然後柯林斯回答了。「簽名的是彼得森，不過信是我寫的。那是我對那件案子的一點貢獻。一九八〇年的時候我們還沒有個人電腦，至少不是像今天這種的。我們猜國防部會有技術破解密碼，所以彼得森就派我去聯絡國防部。我花了幾小時的時間想找個人接我的電話。努力了兩個星期之後，我才找到這個傢伙，他說他會盡量。」

「那後來呢？你得到答覆了嗎？」

「沒有。我們這邊過的是光速，可是跟國防部打交道就像是在果凍裡游泳。我不知道你有沒有在卷宗裡看到，不過艾佛森要求快速審理。」

「快速審理？什麼意思？」

「被告可以要求他的案子在六十天之內開庭。我們很少那麼做，因為案子拖得越長，對被告就越有利。我們會發現更多新事證，我們有時間去自行徹底調查，證人也會變得越不可靠。艾佛森沒有理由要求快速審理，他卻這麼做了。彼得森努力說服他打消念頭時我也在場。我們需要時間準備，我們需要等國防部的回音。艾佛森卻不在乎。記不記得我說過他對自己的案子一點也不盡心，好像是在看電視？我說的就是這件事。」

「那國防部呢？他們為什麼沒有破解密碼？」

「我們不是什麼重要任務。那是在你出生以前，不過那一年，一九八〇年，伊朗扣押了五十二名美國人質。而且那年也是選舉年。大家的焦點都在那件危機上，我找不到人跟我談或是回電給我。我送給他們的包裹也就消失到黑洞裡了。審判過後我打電話過去跟他們說已經來不及了，說他們不需要再忙我們的密碼了。他們壓根就不知道我在說什麼。」

「那檢察官有想辦法破解密碼嗎？」

「我想沒有。我是說，何必呢？一切推斷都指向艾佛森。他不需要破解密碼，他知道陪審團會按照他的指引去解讀。」

我進了山景莊的停車場，停好了汽車，把頭向後靠。我還有最後一個問題，但是卻不太敢問。部分的我相信他不是檢察官口中的禽獸，但是我要真相。「柯林斯先生，我一個朋友認為卡爾不想要讓密碼被破解，她覺得他知道日記會指向他。是真的嗎？」

「你的朋友很有洞察力，」他說，若有所思。「三十年前我們也有過這種討論。我認為約翰．彼得森跟你朋友的看法一致。我總覺得約翰並不真的想要破解密碼，所以他才會交給我做。我那時是低階員工。我想約翰是想要留下我們嘗試過的紀錄，但是他並不真的想要收到結果，因為……唉……」柯林斯做個深呼吸，嘆了口氣。「憑良心說，全力以赴替一個你知道殺害了被害人的兇手辯護有時候是很難的。」

「你問過卡爾日記密碼的事嗎？」

「當然。我說過，約翰努力想打消卡爾要求快速審理的念頭，那就是我們的一個論點——我們或許可以從破解的密碼裡得到有利的證據。」

「那卡爾怎麼說？」

「很難解釋。大多數有罪的人會認罪協商，他卻拒絕了二級謀殺。還有大多數無辜的人會盡可能拖延審判，好讓他的案子有充分的準備，他卻要求快速審理。我們在設法破解密碼，他卻好像在跟我們作對。我得說，喬，我覺得卡爾．艾佛森似乎是想要去坐牢。」

19

我走向卡爾，坐在他旁邊的椅子上，他只微微斜睨了我一眼，表示知道我來了。然後，過了一會兒，他說：「天氣真好。」

「對，」我說。對於開始採訪有點猶豫，我不要接續上次沒說完的地方——說他接到徵兵單的那天。我想要談他為什麼要快速審理，他為什麼好像不願意破解密碼。我怕我選擇的話題會壞了卡爾美好的一天，所以我盡量婉轉一點。「我今天跟伯索．柯林斯談過。」我說。

「誰？」

「伯索．柯林斯，他是你的一個律師。」

「我的律師是約翰．彼得森，」他說。「而且他多年前就死了，至少我是這麼聽說的。」

「柯林斯在你的案子上是律師助理。」

卡爾想了想，然後顯然是想起了柯林斯，就說：「我好像記得有幾次會客有個小傢伙坐在房間裡。太久以前的事了。他現在是律師了？」

「他是明尼蘇達州的公設辯護律師處主任。」我說。

「喔，了不起，」他說。「你為什麼會跟柯林斯先生聯絡？」

「我在想辦法猜出克莉絲朵．海根日記裡的密碼文是什麼意思。」

他的視線始終就盯在對面的公寓陽台上，似乎對我提起日記一事不為所動，只是隨性地打了個嗝。「喔，」他說，「你現在成了偵探了是吧？」

「不是，」我說，「可是我的確是滿喜歡解謎的。而這一個似乎是真正的挑戰。」

「你想要一個有趣的謎題？」他說。「那就去看看照片。」

我不想讓談話的方向跑到那邊去。「我看過照片了，」我說，克莉絲朵．海根的屍體影像掠過我的腦海。「我差點吐了，我一點也不想再看。」

「喔……不是，不是那些照片，」他說，轉動身體，從我進來之後第一次面對我。他的臉罩上了一層病人的蒼白。「我……我很抱歉你得看那些照片。」我從他的表情看得出他在這麼多年之後仍能在心裡看見那些物證照片，他的五官漸漸被長達三十年的重力往下拉。「那些照片很恐怖。誰也不應該看。不，我說的是失火的照片，在警察趕到之前拍的。你看過了嗎？」

「沒有，」我說。「是什麼照片？」

「你小時候看過《亮點雜誌》（*Highlights*）嗎？」

「亮點？」

「對，牙醫診所和一般的候診室都有。是給孩子看的雜誌。」

「我沒看過。」我說。

卡爾微笑點頭。「咳，裡頭有這種圖片，兩張看起來好像是一模一樣，其實是有些微的差異。那個遊戲就是要找出差異來，找出異常之處。」

「喔，」我說。「我小學的時候也玩過。」

「既然你喜歡解謎，就去找消防隊抵達之前和之後的照片，比對一下。玩這個遊戲，看你能不能找出異常來。很難發覺，我花了好幾年才看到——不過話說回來，我不像你有起跑優勢。我給你一個提示，你要找的東西可能就盯著你看。」

「你坐牢的時候就帶著照片？」

「我的律師把卷宗裡的大部分東西都影印給我。在判刑之後，我什麼都沒有，就是有時間可以慢慢看。」

「你為什麼不在他們判你刑之前對你的案子多關心一點？」我問。卡爾看著我，好像是在衡量不尋常的一手棋。或許他是聽出了我的問題的用意——我不夠委婉的轉換。

「什麼意思？」

「柯林斯說你要求快速審理。」

他想了想，說：「沒錯。」

「為什麼？」

「說來話長。」他說。

「柯林斯說他們想要更多時間，可是你卻像趕著要開庭。」

「對。」

「他覺得你想坐牢。」

卡爾沒說話，只是回頭盯著窗外。

我緊迫盯人。「我想知道你為什麼不為了能不坐牢而多努力一點。」

他猶豫了一下才回答：「我以為能讓惡夢停止。」

這下子終於有進展了，我心想：「惡夢？」

我盯著他暫停呼吸，用力吞嚥，然後他以低沉平靜的聲音開口，這聲音來自於他的靈魂深處。他說：「我做過一些事……一些我以為可以忍受的事……可是我錯了。」

「這是你的臨終遺言，」我說，想要跳入他的思維，希望能幫他的發洩加上一點潤滑油。「所以你才會跟我說你的故事，把胸口的負擔卸下來。」我看出他眼神中的投降，想把故事告訴我的欲望。我想要對他大吼，叫他招認，但我反而壓低聲音，不想把他嚇跑。「我會聽你說。我保證不會批評。」

「你是來給我赦罪的是吧？」他的聲音比耳語大不了多少。

「不是赦罪，」我說。「不過把發生的事告訴我可能會有幫助。他們說懺悔對靈魂是有好處的。」

「他們這麼說嗎？」他的注意力緩緩轉回到我身上。「你也覺得他們說得對？」他問。

「當然，」我說。「我覺得如果你有什麼心事……說出來可能是好事。」

「我們應該試一試，」他說。「我們應該試一試那種理論？」

「我覺得我們應該試。」我說。

「那就跟我說說你的外公。」他說。

我覺得胸口一痛。我別開臉，一面讓思潮平靜下來。「我外公怎樣？」我說。

卡爾前傾，仍然以那種輕柔的聲音說：「我們見面的第一天，我提到他，只是順口一提。我問他是怎麼死的，你愣住了。好像很沉重，我在你的眼中看得出來。告訴我他怎麼了。」

「我十一歲的那年他死了，就這樣。」

好一會兒卡爾都沒說話，只是任由我的虛偽重重落在我的肩膀上。然後他嘆氣聳肩。「我懂了，」他說。「我只是一份學校作業。」

我的腦袋裡開始有一個聲音在亂撞，被我自己的內疚滋養著，一個聲音向我低語，催促我把秘密告訴卡爾。何不告訴他呢，那個聲音說。反正再幾個星期他就會把我的秘密帶進墳墓裡了。再說了，這也是我給他的善意的代價，交換他會給我的招供。可是另一個聲音，比較小的聲音，跟我說，善意跟我需要把秘密告訴卡爾一事完全無關。我想要告訴他。

卡爾看著雙手，接著說：「你不必告訴我，」他說。「我們並沒有約定——」

「我看著我的外公死掉。」我脫口就說。言語自動從我的腦子裡逃出來，鑽出了我的嘴巴。卡爾看著我，被我的話嚇到。

就像是跳懸崖的人離開了安全的棲息處，勇氣或是魯莽上湧的那一刻啟動了我無法反轉的行動。現在換我瞪著窗外，就跟我好幾次見到的卡爾一樣，我收集回憶的細節，等我的思路夠清楚了，我才又開口。「我從來沒跟別人說過，」我說，「不過他會死都是我害的。」

20

我對比爾外公記憶最清楚的就是他的手，強健有力的狗爪子，指頭粗粗短短的，跟車輪螺母一樣；十根手指在他修理的小引擎上靈活地動著。我記得他在我很小的時候握著我的手，我會覺得一切都會順利。我記得他以無比的耐性在過日子，每一件事他都全神貫注，無論是擦拭眼鏡或是幫我母親度過糟糕的一天。從我最早會記事起他就時時刻刻在幫她，他的低語淹沒了她的吼叫，他按著她的肩膀就能夠讓暴風雨平息。她一直都有躁鬱症——那不是像流感一樣突然就會染上——可是我比爾外公活著時，波浪從來都不會激出白色浪花來。

他總會跟我說釣魚的事，在明尼蘇達河，在他的家鄉曼凱托附近，釣起滿滿一船的鯰魚和白眼魚。我會夢想著跟他一塊去釣魚的那天。後來我十一歲了，那天終於來了。我外公借了一艘朋友的船，我們從賈德森碼頭出發，順流而下，水流緩慢卻強勁，計畫是要在日落之前抵達曼凱托的一處公園。

那年春天，河水溢流過河岸，還有碎冰漂浮，可是到了七月我們去釣魚的時候，河水已經平穩下來了。洪水捲下的三角葉楊枯木從河床上突起，樹枝穿破了河面，好像骷髏的手指。比爾外公讓小釣魚船的引擎怠速，在需要的時候就能繞過樹木。偶爾，我會聽見藏在水面之下的樹枝擦過鋁船身的聲音，起初我好害怕，可是比爾外公表現得像是微風吹過我們四周的樹葉一樣，讓我覺得安全。

我在頭一個小時裡就釣到了魚，我高興得像是過聖誕節。我從來就沒有釣到過魚，而釣到那條魚的感覺，我的釣竿抽動，看見牠從水裡被拉出來，又跳又扭，我好興奮。我是漁夫了。那天在清澈的藍天下他釣到一些魚，而我也釣到更多。我覺得他有時候沒裝餌，好讓我能領先他。

中午時我們已經釣到不少魚了。他叫我下船錨，好讓我們可以放著釣竿吃午餐。船錨是接在船頭的——也是我坐的地方——在河床上拖，終於勾住了什麼，讓我們的船停在河中央。我們用水壺裡的水洗手，比爾外公從塑膠購物袋裡拿出了火腿起司三明治，這是我吃過最棒的三明治。我們一面吃一面喝冰涼的麥根沙士。那頓午餐美妙極了，在河中央吃，在完美的一天的頂點。

我外公吃完之後，就把包三明治的袋子折成小小的一塊，小心放進購物袋裡，現在變成垃圾袋了。然後，他喝完了沙士，又把空瓶放進袋子裡，動作同樣仔細。他把袋子拿給我，讓我學著他做。「一定要把船保持乾淨，」他說。「別亂丟垃圾，釣具盒也要關好。不然就會發生意外。」我只一隻耳朵聽，一面喝著沙士。

等我喝完後，比爾外公就要我把錨拉上來——又一件我從沒做過的事。他回頭去弄馬達，給油管裡的一個小球打氣，讓馬達動起來。我把空瓶子放在船板上，他沒看到。我等一下會丟，我跟自己說。我抓緊尼龍繩，用力拉船錨，船錨動也不動。我更用力，感覺到船逆著移動，船錨卻還是不動。船頭是一片扁平的板艙材，所以我就用腳蹬著板子，用力拉，把船緩緩拉向船錨，直到拉不動。比爾外公看出我很吃力，就教我左右拉，把船錨拉鬆，可是船錨還是拉不上來。

然後，我聽到比爾外公在我後面起身，我感覺到船隻搖晃，等我扭過頭去，我看到他是想過來幫我。他跨過隔開我們的空座位，一隻腳正好踩在我的空瓶上，他扭到腳踝，腳歪一邊。他的身體也歪斜，向後就倒，大腿撞上了船側，兩手在空中揮舞，上身扭轉，面對著河流。他撲通一聲掉進了水裡，被河水淹沒，濺起的水噴濕了我。

我大喊他的名字，看著他消失在混濁的水裡。我又喊了兩次，他才浮出水面，伸手來抓船，只差一點點就抓到了。他再抓一次，也沒能抓到。激流把他越帶越遠，我坐在那裡，握著那根繫錨繩，完全沒想到如果我放開繩子，船就會隨著我外公一起往下漂浮，至少可以漂個二十呎。等他調整好角度，他已經跟船離遠了，就算我放開了繩子也沒用。

我又喊又禱告，哀求他快點游。一切都發生得好快。

然後情況就突然急轉直下。比爾外公開始在水裡掙扎，兩手亂划，扒著水面，一腿被水面下的什麼東西纏住。事後，警長跟我母親說是他的靴子卡在水面下一棵三角葉楊的枯枝裡。

我看著他拚命要讓臉浮在水面上，激流一直把他往下拖。他沒把救生衣的拉鍊拉起來，結果救生衣也拉扯著他的胳臂，纏住了他的頭，他的上半身和卡住的靴子互相拉扯。一直到這時我才想到要放開繩子。我放開了繩子，用手划水，一直到繩子拉開了三十呎。我看到他在忙著掙脫救生衣。我沒辦法動，我沒辦法思考，我就只是杵在那裡看，一面大吼，最後我外公不動了，虛弱地漂浮在水流中。

我把故事告訴卡爾，強嚥下眼淚，時不時就停下來讓胸口平靜下來。我一直到說完了才發現卡爾一隻手按著我的手臂，試圖安慰我。讓我意外的是，我並沒有躲開。

「你知道，不能怪你。」他說。

「我不知道，」我說。「十年來我一直在跟自己撒這個漫天大謊。我可以把瓶子收進垃圾袋裡，我可以在他摔進水裡時放開繩子。我的釣具箱裡有小刀，我可以把繩子割掉來救他。相信我，我反省過一百萬次。我可以有一百種不同的做法，可是我卻什麼也沒做。」

「你只是個孩子。」卡爾說。

「我可以救他的，」我說。「我可以去試，也可以在旁邊看，我選錯了。就是這樣。」

「可——」

「我不想再談了。」我厲聲說。

珍妮特拍了我的肩膀，我一驚轉頭。「不好意思，喬，」她說，「可是會客時間到了。」我看著牆上的時鐘，發現已經是八點十分了。整個探視時間都是我在講話，我覺得虛脫。我的腦子亂轉，那天的回憶在我心裡旋轉彈跳，毫無羈絆，被卡爾．艾佛森從繫留處切斷了。我覺得被騙了，因為我們一直沒有談到卡爾。但同時，我又覺得能把秘密說出來像是一種解脫。

我站了起來，為耽擱了時間向珍妮特道歉，再向卡爾點頭當作再見，就出去了。走出休閒室時，我停下來回望卡爾。他動也不動坐著，面對著變黑的玻璃上的倒影，緊閉著眼睛，彷彿是在壓抑一股深刻的痛苦，我發現自己在想是因為癌症呢，或是別的。

21

為了平靜下來，開車回家途中我把破舊的汽車音響轉到經典搖滾樂，跟著一連串的暢銷曲高歌，最後總算把腦子裡的黑暗想法驅逐了出去，改而去思索卡爾提到的謎題。沒錯，我很愛解謎，不過讓我心情比較好的原因是想到了我又有藉口可以跟莉拉相處了。回到公寓後，我就去挖箱子，找到了兩份有棚屋失火照片的檔案。我花了半小時確認我沒弄錯照片，這才把檔案夾在腋下，往莉拉的公寓而去。

「妳喜歡遊戲嗎？」我跟莉拉說。

「看情況，」她說。「你指的是什麼？」

她的反應出乎我的預料，一時間我還以為我察覺到一抹調情的笑容。我差一點就忘了是為何而來的。我回以一笑，腦筋打結。「我有一些照片。」我說。

她稍微有點迷惑，隨即點個頭讓我進到她的餐廳。「大多數的男人會帶花來。」她說。

「我不是大多數的男人，」我說。「我很特別。」

「不予置評。」她說。

我把一系列的相片攤開，一共七張。最前面的三張拍的是熊熊大火，沒有拍到消防隊員。這些照片的取景很差，亂用閃光燈，其中一張非常模糊。第二組相片拍的是消防隊在滅火，拍攝的技術也比較好。前面幾張拍到消防隊員拉出消防車上的水管，背景的棚屋在燃燒。另一張拍到水管噴出水來射向棚屋。再兩張是消防隊員從兩個不同的角度在噴水，其中一張我在圖書館的報紙上看過。

「那，是什麼遊戲？」她說。

「這邊的照片……」我說，指著前三張。「是一個叫奧斯卡．雷德的目擊證人提供的。他住在卡爾跟拉克伍德家的對面，他看見失火，打電話報警。在等消防隊來的時間，他抓起了一台舊傻瓜相機拍了幾張。」

「居然不是——喔，我不知道——抓水管去救火？」

「他跟警察說他覺得也許可以把照片賣給報社。」

「可真有人道精神啊，」她說。「那這些呢？」她指著其他四張照片。

「這些是真正的報社記者拍的。奧登．凱恩。他從警用頻道上聽見有火警，就跑過來拍照。」

「好，」她說。「那我要找什麼？」

「記不記得小學時候老師會給我們看起來一樣其實不同的圖片？你得要找出兩者的差異來？」

「就是這個遊戲？」她說。

「對，」我說，把照片並排。「妳看到了什麼？」

我們仔細比對。先拍的照片裡，火焰從棚屋的一扇窗子竄出，就面對著巷子和攝影者。棚屋的屋頂完整，濃濃黑煙從各處冒出。後拍的照片中火焰向上旋轉，像是從屋頂的一個破洞裡冒出的龍捲風。消防隊趕到，正開始噴水。凱恩的位置跟雷德差不多，因為照片的角度和背景都非常類似。

「我沒看到有什麼異常，」我說。「只除了消防隊員到處移動。」

「我也是。」莉拉說。

「卡爾說找那些應該在每張照片裡都一樣的地方，所以不要看火，因為火焰一直在變。」

我們更加仔細看照片，查驗背景，想找出任何些微的不同。除了因為火勢變大而光線更亮之外，卡爾的屋子在每一張照片中都一樣。然後我看著雷德照片中的拉克伍德家：標準的兩層樓房，藍領階級的家，有個小小的後門廊，二樓有三扇窗戶，後門兩邊各有一扇窗。我再看凱恩照片中的拉克伍德家。也是因為火焰的關係比較明亮，除此之外也沒有任何改變。我來來回回看了半天，很懷疑卡爾是在拿我開玩笑。

然後莉拉看到了。她拿起了那張照片，一張是凱恩拍的，一張是雷德拍的，細細察看。「這裡，」她說，「拉克伍德家後門的右邊窗戶。」

我把照片拿過來，看著那扇窗，來來回回比對雷德和凱恩的照片，終於看到了她看見的東西。後門的右邊窗戶有一組迷你百葉窗從上部遮到底下。在雷德的照片中，百葉窗整個落下來；而在凱恩的照片中，百葉窗被拉高了幾吋。我把照片貼近來看，看到了有個像頭顱一樣的形狀，可能是一張臉從縫隙中凝視。

「見鬼了，」我說。「那會是誰？」

「這是個好問題，」她說。「看起來是有人從窗戶底下在往外看。」

「有人在屋子裡？」我說。「看著火災？」

「看起來是這樣。」

「誰呢？」

我能看出莉拉在回憶，召喚拉克伍德家的證詞。「只有幾個可能，一隻手就數得完。」

「比較有可能是工藝老師的手。」我說。

「工藝老師的手？」莉拉問，一臉不解。

「就……他少了幾根指頭……所以選項更少。」我擠出幾聲輕笑。

莉拉翻個白眼，回頭去思索。「克莉絲朵的父親道格拉斯．拉克伍德說那天傍晚他跟他兒子在他的車行裡，他在處理文書工作，而丹尼在給一輛汽車美容。他說他們一直到火勢撲滅了才回家。」

我加上我記得的部分。「克莉絲朵的媽在狄拉德咖啡店值晚班。」我說。

「沒錯，」莉拉說，彷彿是在炫耀她對細節的把握能力。「她的老闆伍迪證實了。」

「她的老闆是伍迪？妳瞎編的吧。」

「去查啊。」她笑著說。

「那就只剩下男朋友了，他叫什麼來著？」

「安迪．費雪，」她說。「他作證說他放學後送克莉絲朵回家，開車進巷子，把她放下就走了。」

「所以呢?」我說。

莉拉想了一會兒,扳著指頭數。「我看出了四個可能:首先,並不是真的有人在窗戶裡看,可是我得相信我看見的東西,所以這一個剔除。」

「我也看到有人在看。」我說。

「第二,是卡爾.艾佛森——」

「卡爾為什麼要在他自己家裡殺死她,然後又跑到拉克伍德家去看火災?」

「我並沒說十之八九是他——只是有可能。有可能卡爾在放火之後跑到拉克伍德家裡,也許他知道那本日記,所以才進去找。不過他先放火再去找日記一點也說不通。」

「一點也沒錯。」我說。

「第三,有一個神秘人,某個警方從沒想到過的人,完全不在這一箱卷宗裡的人。」

「那第四呢?」

「第四,某人跟警察說謊。」

「比如說是……安迪.費雪?」

「有可能。」莉拉說,不服氣地吐口氣。我看得出來她想要牢牢抓住是卡爾.艾佛森殺害克莉絲朵.海根的這個想法,但是我也看得出來她在試驗這些新的可能:三十年前真的出了很大的差錯。我們默默坐了一會兒,不確定該拿這個新發現怎麼辦,誰也不提腳下地面透過來的輕顫。

我們好像是都看見了水壩出現了裂縫，但是我們並不了解它的後果。不需多久那道裂縫就會裂開一個大口，洪水會奔湧而出。

22

等我再去山景莊，我已經從坦承外公之死一事恢復過來了，而且因為發現了照片的奧秘而精神奕奕。卡爾欠我一次坦白——至少我是這麼看的。我鼓起勇氣說了我的故事，現在他得要回答一些真正的問題了。

他的氣色比我見過的幾次都還要好。他穿了一件紅色法蘭絨襯衫，而不是那件單調的藍袍，而且他凹陷的臉頰也剛刮過鬍子。他怯怯地笑笑，是那種在派對上遇見前女友時的笑容。我想他是知道我們要談什麼。輪到他來開誠佈公了。我的寫作作業還有期中報告要交，我得寫出卡爾人生中的一個重大轉折點，而且一個星期後就得交給教授。該是把他的骷髏挖出來的時候了，他也知道。

「哈囉，喬。」卡爾揮手要我過去。「看這個。」他說，指著窗外。我掃瞄了對面的公寓陽台，看不出有什麼不同。

「看什麼？」我問。

「雪，」他說。「下雪了。」

我開車過來時就看到有雪花飄落，但我沒多加注意，只擔心我的車子能不能撐得過另一個明尼蘇達的冬天。我的車體腐蝕的洞太多了，每次下雨後車廂的地毯都會弄濕，整輛車子都是發霉的抹布味。算我走運，還沒有積雪。「你高興是因為下雪了？」我說。

「我在牢裡關了三十年，大多數時間都在單人房裡，幾乎沒看過下雪。我喜歡下雪。」他盯著一片片雪花飄過窗前，被微風捲起，再落下，消失在草地上。我給他一點時間，讓他能暫時享受下雪的快樂。最後還是卡爾開始了我們的談話。

「維吉爾今早來過，」他說。「他跟我說你跟他談過一次。」

「對。」

「維吉爾有什麼話要說？」

我從背包裡拿起小錄音機，放在我的椅臂上，近得可以錄到卡爾的聲音。「他說你是無辜的。他說你沒有殺死克莉絲朵．海根。」

卡爾沉吟了一會兒，又問：「你相信他嗎？」

「我看過你的開庭檔案，」我說。「我看過庭審筆錄和克莉絲朵的日記。」

「這樣啊，」卡爾說。他不再看著窗外，反而瞪著面前的骯髒地毯。「維吉爾有沒有說他為什麼認定我是無辜的？」

「他跟我說了你在越南是怎麼救了他的命的。他說你直接衝進敵人的火網裡——跪在他和想要殺掉他的人之間。他說你一直待到越共撤退。」

「你不愛那個維吉爾都不行。」卡爾低聲輕笑。

「為什麼？」我問。

「他到死都會因為那天發生的事而相信我是無辜的，即使他全記錯了。」

「你沒救過他？」

「喔，我大概是救了他，不過那不是我衝向那個位置的原因。」

「我不懂。」

卡爾的微笑染上了一絲愁緒，回想著在越南的那天。「我那時是天主教徒，」他說。「我的養成教育禁止自殺，那是永遠也得不到寬恕的一個罪。神父說你如果自殺就會直接下地獄，沒有例外。聖經也說沒有比為自己的兄弟付出生命更大的犧牲，而維吉爾是我的兄弟。」

「所以那天你看到維吉爾倒下——」

「我把它當作是我的機會。我會站到維吉爾身前，幫他擋住朝他射來的子彈。那就像一石二鳥。我可以救維吉爾的命，同時了結我自己的。」

「結果天不從人願，對吧？」我說，催促他說下去。

「最亂七八糟的就是那部分了，」他說。「我沒讓腦袋開花，倒陰錯陽差得了勛章，一枚紫心、一枚銀星。大家都覺得我很勇敢，其實我只想死掉。你看，維吉爾對我的信心，對我的忠誠，全都是根植於一個謊言。」

「這麼說唯一一個相信你是無辜的人是相信錯了？」我問，流暢地導入了我想要的談話方向。外頭的雪原本是稀稀疏疏的，現在已經可以堆雪球了，爆米花那麼大的雪花繞著圈飛舞。我問了我想問的問題，得到的是沉默而不是答案。所以我看著雪花，決心不再說話，給卡爾他需要的時間來梳理他的思緒，找到我的答案。

「你是在問我是否謀殺了克莉絲朵．海根。」他終於說。

「我是在問你是謀殺了她，還是殺死了她，或是害得她喪失了生命。對，我問的就是這個。」

我能聽到後面某處有時鐘在響，他又停頓了下來。「不，」他說，聲音幾乎不比耳語大。「我沒有。」

我失望地低頭。「我遇見你的那天——你扯那些誠實的狗屁——你跟我說你既是殺人犯也是謀殺犯。記得嗎？你說殺人跟謀害他們是不一樣的，而你兩樣都做過。我還以為這是你的臨終遺言，是你自清的機會。而現在你卻跟我說你並沒有造成她的死亡？」

「我不指望你會相信我，」他說。「媽的，沒有人相信，連我的律師都不信。」

「我看過案卷，卡爾。我看過日記。你那天買了一把槍。她罵你變態，因為你老是在偷看她。」

「我很清楚證據有哪些，喬，」他說，說話的聲音極有耐性。「我知道他們在法庭上是拿什麼來指控我的。這三十年來我每天都在重過一遍那個過程，可是也改變不了事實，我沒有殺害她。我沒辦法向你或別人證明這一點。我甚至不想費力去證明。我打算告訴你真相，信不信在你，我不在乎。」

「那越南的另一個故事呢？」我問。

卡爾微微詫異地瞧了我一眼，然後，彷彿是看穿了我的虛張聲勢，他說：「請問是什麼故事呢？」

「維吉爾說該講那個故事的人是你。他說那會證明你沒有殺死克莉絲朵．海根。」

卡爾沉坐在輪椅裡，手指輕觸嘴唇，一手微微顫抖。確實還有故事，我現在看出來了，所以我窮追不捨。「你說你會告訴我真相，卡爾。除非是完整的故事，否則就不會是真相。我什麼都要知道。」

又一次，卡爾看著窗外，越過了雪，越過了公寓陽台。「我會跟你說越南的事，」他說。「你可以決定它能不能證明。但是我保證，絕對是真相。」

接下來的兩個小時，我一句話也沒說，我幾乎沒呼吸。我聽著卡爾．艾佛森回到過去——回到越南。等他說完，我站起來，跟他握手，謝了他，然後我就回家了，寫下了卡爾．艾佛森的人生轉捩點。

23

喬·塔伯特
英文317
傳記：轉捩點作業

一九六七年九月二十三日，卡爾·艾佛森一等兵走下了洛克希德C－一四一運輸機，生平第一次踏上了異國的土地——越南共和國的峴港。在一處以前用來容納補充兵員的暫時營房裡，他認識了另一個新兵蛋子，來自明尼蘇達波德特的維吉爾·格瑞。卡爾是南聖保羅人，所以兩人可以算是鄰居，儘管波德特和南聖保羅的距離等於是開車穿過東岸的六個州。也是湊巧，兩人分派到同一個排，被送到同一處火力基地，是在一處塵土飛揚的山頂上，跟狒狒的屁股一樣紅，位置在桂山山谷的西北邊緣。

卡爾的班長是一個身材短小、嘴巴很壞的上士，叫吉布斯，在殘酷的面具下隱藏著嚴重的心理傷痕。他對軍官和士兵同樣鄙視，批評各種命令，對待新兵蛋子就像他們是帶著瘟疫的老鼠。他把殘暴都保留給越南人：老越。他們是吉布斯世界中的萬惡來源，而上頭的人不採取斬草除根的滅絕手段讓吉布斯很是火大。

卡爾和維吉爾抵達新家之後，吉布斯就把他們帶到一邊說明詹森總統的消耗戰意味著「我們殺掉他們的人數得比他們殺掉我們的多」。這個策略在於數屍體。將軍們對上校們眨眼，上校們推一推少校和上尉，上尉再跟中尉咬耳朵，中尉再向中士點頭，中士再向步兵下令。「要是你們看到一個老越逃跑，」吉布斯說，「他們不是越共就是越共的同路人。無論如何，都不要呆呆站著，開槍打那個小雜種。」

卡爾在鄉間四個月，見識的戰爭夠他一輩子消受了。他設過伏，他按下闊刀地雷的起爆器，盯著越共士兵化為血霧，也握著一個人的手，他不知道他的名字，看著他吐出最後一口氣，雙腿從腰部以下都被彈跳炸彈炸掉了。卡爾漸漸習慣了纏著人不放的蚊子，卻習慣不了越共喜歡在半夜三更朝他亂射的迫擊砲。他第一次無雪的聖誕節是在一個狙擊手掩體口爬行度過的。

卡爾．艾佛森的世界出現了裂縫，而這道裂縫會讓他想死在越南。事情發生在一九六八年二月初的一個寧靜的冬天早晨。日出之前地平線上籠罩著一片輕雲，附近山谷寂靜無聲，掩飾了即將來臨的事件之醜惡。那晴朗的天空讓卡爾想起了他在祖父位在北邊森林裡的小木屋度過的一個早晨，那是很久之前的事了，那時在卡爾的生命中壓根就沒有殺人或是被殺這種事。

戰鬥讓卡爾心頭沉重，讓他覺得蒼老。他向後靠著一堆沙包，把一根菸蒂拋進有一個熱水瓶那麼大的彈殼裡，再點燃一根菸，看著日出。

「嘿，老大。」維吉爾從土路上走來。

「嘿，阿維。」卡爾仍盯著地平線，看著琥珀色慢慢穿破天際。

「你在看啥啊？」

「愛達湖。」

「嗄？」

「我十六歲的時候在愛達湖看過一樣的日出。我坐在我阿公的木屋後門廊上。我發誓天空一樣紅。」

「你離愛達湖很遠，老大。」

「知道。不管從哪裡看。」

維吉爾在卡爾旁邊坐下。「別喪氣，兄弟。我們八個月後就可以離開了。那點時間一眨眼就到了。然後我們就不在這裡了。我們要腳底抹油，快溜。」

卡爾靠在沙包上，深吸了一口菸。「你感覺不到嗎，阿維？你感覺不到快控制不住了？」

「什麼快控制不住了，老大？」

「我不知道該怎麼說才好，」卡爾說。「就好像每次我走進叢林裡，我就覺得我站在一條線後面，我知道不應該跨過這條線。可是我的腦子裡有尖叫聲，像是什麼報喪女妖在我的腦子裡打轉，拉拽我，捉弄我，要我跨過那條線。我知道如果我跨過了線，我就會變成吉布斯。我會說幹，他們只是老越，所以去死吧。」

「對，」維吉爾說。「我知道。我也感覺到了。那天雷維茨死掉，我好想把那一省的每一個人都轟得腦袋開花。」

「雷維茨？」

「就是被那個彈跳彈炸成兩半的傢伙。」

「喔……那是他的名字啊？我都不知道。」

「可是老大，你只要跨過去了，就回不來了，」維吉爾說。「那個在阿公門廊上看日出的十六歲孩子，就不在了。」

「有時候我會懷疑他還在不在。」

維吉爾轉過臉來讓卡爾看見他眼中的嚴肅。「我們無權決定要不要來這裡，」維吉爾說，「我們也無權決定要怎麼離開人世。但是在這一堆亂七八糟裡我們要留下多少的靈魂，這是我們確實能夠掌握的。別忘了這一點。我們仍然有一些選擇。」

卡爾伸出手，維吉爾緊緊握住。「你說得對，兄弟，」卡爾說。「我們需要完完整整地離開這裡。」

「我們都需要。」維吉爾說。

另一雙靴子從廁所那邊走向他們的沙包堆。「嘿，兄弟。」土豆．戴維斯大吼道。

土豆是田納西的志願兵，在聖誕節後才來連上，馬上就像一隻孤兒小鴨一樣黏上維吉爾。土豆的個子小，膚色像桃子，點綴著雀斑，兩隻招風耳，跟那種馬鈴薯先生玩具一樣。他的父母給他取名瑞奇，但是維吉爾叫他「土豆頭」。這個諢號傳遍了全排，直到有一天瑞奇在激烈的交火中守住陣地，從那之後他就成了「土豆」。

「連長說我們馬上要腳底抹油了。」他說。

「放心吧，土豆，他們不會丟下你的。」卡爾說。

「對，」維吉爾也幫腔，「連長知道少了你他們贏不了這場戰爭。」

土豆露出傻笑。「連長說我們今天要去紅番鄉是什麼意思？」

卡爾和維吉爾很有默契地互瞄了一眼。「你在學校裡歷史沒好好學嗎？」維吉爾說。

「我休學了。他們教的東西我都沒興趣聽。」

「你聽過謝里登將軍或是麥肯齊將軍嗎？」卡爾問。

土豆一臉茫然。

「那卡斯特呢，在他在小大角的不幸事件之前？」維吉爾也問。

還是一樣。

卡爾說：「這麼說吧，在贏得西部以前，那裡住了一群不同的人，我們不得不把他們趕走。」

「對，可是那跟越南有什麼關係？」土豆問。

「嗐，上校決定了我們需要擴大我們的格殺區，」維吉爾說。「唯一的問題是這個村子擋在那裡——我們管它叫牛軛——我們得把那個村子搬走，讓它在格殺區之外。我是說格殺區裡不能有個村子，格殺區的意思就是可以射擊所有會動的東西。」

「所以我們準備要把他們搬走？」土豆問。

「我們鼓勵他們去找一個更好的地點建村子。」卡爾說。

「有點像我們對印第安人的做法。」維吉爾也補充。

卡爾吸了最後一口菸，把菸蒂扔進一〇五彈殼裡，站了起來。「我們大概不應該讓大頭們等。」三個人把帆布背包揹起來，把M十六扛上肩，向著打破了早晨寧靜的直升機聲過去。

休伊直升機很快就把士兵送到了降落區，快速進場，在一塊田野邊緣停下，田裡的水牛和黃牛摩肩擦踵，上游一百碼處立著一間小茅屋，旁邊有間單斜面小棚子，遮蔽食槽用的。再過去一百碼就是茅屋聚落，那個代號「牛軛」的村莊。

「你們兩個跟著我。」吉布斯指著卡爾和維吉爾。「第一班其他的人走馬路，清除路上的一切障礙。叫老越都在牛軛的中央集合，等馬斯中尉來。」

吉布斯帶著卡爾和維吉爾向田野中的茅屋過去，其他士兵就順著土路向牛軛推進。他們剛靠近降落區到茅屋的中間，田邊一片象草忽然動了起來。卡爾端好步槍，瞄準了抖動的草。

「開槍，艾佛森！」吉布斯大喝一聲。

卡爾施壓扳機，又放開了。一頭黑髮從高高的草叢中冒了出來，朝茅屋奔去。

「他在躲避！」吉布斯大吼。「他媽的開槍！」

卡爾又一次要扣扳機，卻又一次放開，因為象牙草叢裡衝出了一名少女，手忙腳亂要跑回家。

「只是一個女孩子，中士。」卡爾說，放下了武器。

「我這是命令。」

「她是平民。」

「她是在躲藏，也就是說她是越共。」

「中士，她是在跑回家。」

吉布斯撲向卡爾。「艾佛森，我是在命令你。你再敢抗命，我就他媽的讓你腦袋開花。聽見了沒有？」他對著卡爾忿忿飆罵，菸草汁從嘴角往外噴。那個女孩子，連十五歲都不足，跑到了她的茅屋，卡爾能聽到她跟屋裡的人說話，那口奇特的破碎越南口音他聽過太多次了，就像是一首熟悉的歌，歌詞無法辨識。吉布斯轉頭去看茅屋，考慮了一會兒。

「你們兩個射死那些牛，」吉布斯大嚷大叫。「然後燒了穀倉。我來處理茅屋。」

維吉爾和卡爾面面相覷。作戰手冊上有些東西到了戰場上就成了廢話，大概拿來當廁紙最合適。但是有些規則就是需要遵守，其中一條就是絕不單獨一個人掃蕩一棟茅屋。

「中士？」維吉爾再問一遍。

「快點，混蛋！」吉布斯對維吉爾吼叫。「你不會也要給我找麻煩吧？我給了你命令。快點射殺那些牛。」

「是，中士。」

卡爾和維吉爾走向那片田，舉起了步槍，開始朝那些無辜的牲口的頭射擊。不出一分鐘，牛群都死了，卡爾轉頭注意茅屋。他能聽見遠處的班兵把茅屋裡的村民趕出來，押著他們走在土路上，朝村子中心集合。吉布斯則不見人影。

「不對勁。」卡爾說。

「中士呢？」維吉爾說。

「我指的就是這個。不應該這麼久才對。」

兩人朝茅屋移動，端著M十六步槍。卡爾悄悄挪向門邊，維吉爾就掩護位置；他很謹慎地踩著柔軟的草，以免踩在硬土路上會有沙沙聲。他穩住呼吸，聽見茅草牆後傳來模糊的咕噥聲。卡爾從三數到一，撞破了門。

「要命！」卡爾滑行阻住了衝撞的力道，把槍管向上抬，險些就倒退著跌出撞開的門。「中士！你在搞什麼？」

吉布斯把女孩釘在身下，她的兩隻膝蓋頂著木地板，上身被壓制在搖搖晃晃的竹床上，衣服大多被撕開了。吉布斯跪在她身後，軍褲褪在大腿處，毛茸茸雪白的屁股隨著每一次的推送而伸展。

「我在訊問一個越共同路人。」他回過頭說。

吉布斯把女孩的胳臂反翦，一隻手握住她的兩手手腕，貼著她，用體重把她壓制在床上。她拚命呼吸，被他的體重壓得喘不過氣來。茅屋的角落有個老人側身躺在地上，動也不動，鼻梁和左頰骨上有一道槍托大小的傷口，鮮血從他空洞的眼窩裡汩汩流下。

「輪到你了。」他跟卡爾說。

卡爾說不出話來，連動也動不了。

吉布斯朝卡爾邁了一步。「艾佛森，我叫你訊問這個越共同路人。這是命令。」

卡爾努力不乾嘔。女孩抬起臉來，轉過頭來看著卡爾，嘴唇恐懼地顫抖，也可能是憤怒，或是兩者都有。

「你聽到了嗎？」吉布斯大吼，掏出了手槍，拉套筒，子彈上膛。「我說了這是命令。」

卡爾瞪著女孩的臉，看著她眼中的絕望。他聽見吉布斯的四五手槍上了膛，但是卡爾壓根不在意。他會抗拒那隻女妖，他會留著靈魂離開越南，或是保有靈魂完整而死。

「不，中士。」卡爾說。

吉布斯的眼紅了，拿著槍管直戳卡爾的一邊太陽穴。「你敢抗命，你死定了。」

「中士，你在做什麼？」維吉爾從門口大喊。

吉布斯看著維吉爾，再回頭看卡爾。

「中士，這樣不是正確的處理方式，」維吉爾說。「你想清楚一點。」

吉布斯握著槍抵住卡爾的太陽穴，翕張的鼻翼噴著氣，就像一隻跑得很累的馬。他退了開去，手槍仍對著卡爾的頭。「你說得對，」他說。「有更好的處理方式。」他收起了手槍，從綁在大腿上的刀鞘裡拔出了刀子，轉向那個女孩，她仍赤裸地半趴在床上半坐在地上。他一把揪住她的頭髮，把她拽起來跪著。

「下一次我命令你射殺老越……」他用刀劃過她的喉嚨，狠狠割進軟骨和肌肉，鮮血噴上了卡爾的靴子。「你他媽的最好乖乖聽話。」女孩抽搐扭動，鮮血填滿了肺葉，眼珠向上翻，吉布斯一放手，她軟軟的身體就摔到了地上。「好，燒了這棟茅屋。」吉布斯從屍體身上跨過去，一張臉直貼到卡爾的臉上來。「這是命令。」

吉布斯離開了茅屋，但是卡爾沒辦法動。

「走吧，老大。」維吉爾把卡爾往後拉出了茅屋。「這不是我們的阿拉摩之戰❽。我們得讓自己保持完整，記得嗎？」

卡爾用衣袖揉眼睛。維吉爾一手拿著打火機朝食槽走去。

北邊整座村莊都被放火焚燒了，一排村民現在成了難民，像囚犯一樣被趕著走上土路，走出格殺區。卡爾從口袋裡掏出打火機，點燃了茅屋的乾棕櫚葉和象草。不出兩秒鐘，火焰就吞噬了茅草屋頂，滾滾濃煙衝向天空。

無情的大火從屋頂往下燒，覆住了地板上的兩具屍首，卡爾退出了茅屋，就在這時，他看見了讓他的胸口變冰塊的事情。那個女孩的一手張開來，手指向外伸，向卡爾求救。女孩奮力向外伸手，手指顫抖，隨即又握成拳，因為著火的屋頂塌下來壓住了她。

❽阿拉摩之戰發生於一八三六年，是德克薩斯脫離墨西哥獨立的關鍵戰役。阿拉摩城遭墨西哥部隊襲擊，駐守的德克薩斯士兵全體陣亡。

24

我看著莉拉讀我的作業，她讀到吉布斯強暴那個女生，表情扭曲，讀到那個女生的手移動、燃燒的茅屋壓在她身上時，她抬眼看我，難以置信。

「妳看得出為什麼維吉爾一口咬定卡爾是無辜的原因了。」我說。

「是真的嗎？」她舉高我的作業。

「每個字都是真的，」我說。「維吉爾確認過了。他也在場。說卡爾在那天之後就變了一個人。」

「哇，」莉拉低聲說。「你有沒有注意到那個越南女孩子燒死在她的茅屋裡，就像克莉絲朵也燒死在棚屋裡？」

「妳看完的心得就這樣？」我說。

「看起來好像不只是巧合，你不覺得嗎？」

「他的中士拿槍抵著他的頭，而他寧可死也不要強暴那個女孩子。這個故事的重點是在這裡。在越南的那個人怎麼可能會殺害克莉絲朵．海根？如果他真的是強姦殺人犯，他在越南的時候就會向他卑鄙的一面投降了。」

「你覺得他是無辜的？」莉拉問，語氣是好奇多於譴責。

「我不知道，」我說。「我開始覺得了。我是說，有可能，不是嗎？」

莉拉思索了我的問題好一陣子，又重讀了我的作業的最後一部分，卡爾違抗吉布斯命令的那段。然後她放下了紙。「純粹只是為了辯論，我們就先假設卡爾不是兇手。那等於是什麼意思？」

我也想了一會兒。「那就等於兇手另有其人。」

「當然是這個意思，」她說。「可會是誰呢？」

「誰都有可能，」我說。「可能是隨便一個傢伙走過，看見她一個人在家裡。」

「我不認為。」她說。

「為什麼？」

「日記，」她說。「我覺得是有可能隨便一個人殺了她，但如果日記真的有什麼意義，克莉絲朵被人威脅了。某人逼她做什麼事。也就是說，克莉絲朵認識攻擊她的人。」

「如果不是卡爾，」我說，「也不是隨便一個人，那……」

「如果不是卡爾，」莉拉說，「這可是一個很大的假設，那就只剩下繼父道格拉斯、繼兄丹尼，跟男朋友安迪了。」她一面扳手指一面數。「也還是有可能是某個我們不知道的人，某個克莉絲朵知道卻沒有寫進日記的人……除非是用密碼寫的。」

「我們有案卷，」我說。「我們有命案的所有證據。說不定我們能找得到。」

莉拉在沙發上轉身看著我，兩腳縮在臀下。「這個案子是警察和刑警調查的，他們是靠這個吃飯的。我們什麼也找不到的。都三十年了。」

「理論上來說，」我說，「要是我們想要調查克莉絲朵命案，我們會從哪裡著手？」

「如果是我，」莉拉說，「我會先查男朋友。」

「安迪．費雪？」

「他是最後一個見到她還活著的人。」

「那我們要問他什麼？」

「你一直說我們，」莉拉說，臉上掠過懷疑的笑容。「根本就沒有我們。這是你的行刑隊。」

「我不知道妳有沒有注意到這一點，不過妳是那個有頭腦的人。」我開玩笑說。

「那，你不就成了那個漂亮的了？」她說。

「不，那一個也是妳。」我說，盯著她的反應——一抹笑，甚至是眨眼，某個她聽見了我的讚美的跡象。什麼也沒有。

打從我在走道上看到莉拉之後，我就一直念念不忘，戰戰兢兢的，想要穿透她豎起來的那道牆，總拒我於一臂之外，但她卻一看見傑若米就為他拆掉的那面牆。我想看見她笑，跟我一起玩，就像她對傑若米一樣。可是我所有委婉的恭維和幽默的企圖都像潮掉的鞭炮一樣滋的一聲就沒了下文。我一直在思索要採取比較直接的方法，一個絕對能激起反應的；我要開口約莉拉。我開玩笑說著她漂亮，忽然想到現在正是好時機。我站起來走向廚房，並沒有理由，只是膽小想拖延。等拉開了小小的距離之後，我結結巴巴開口。

「妳知道……我一直在想……我是說，我覺得我們應該出去。」我脫口而出，嚇了她一跳，她的嘴唇分開，似乎想說話，又停下來，好像不確定該說什麼。

「像，約會？」她說。

「我們不必說是約會。」

「喬，我不……」她低頭看著咖啡桌，雙肩向前拱，手指挑著運動褲。「這個原本只是一頓義大利麵晚餐，記得嗎？只有這樣。」

「我們可以上義大利餐廳，那就還是只是一頓義大利麵晚餐。」

沉默填滿了房間。我發覺我屏住呼吸，等著莉拉回應。終於，她看著我說：「要是我去看一場舞台劇，美國文學課就可以多一點學分。感恩節的週末上演，我可以弄到兩張星期五的票。這不是約會，只是為了額外的學分。就這樣，你接受嗎？」

「我超愛看戲的，」我說。憑良心說，我除了在中學的活動週看過戲劇社的短劇和折子戲之外，沒看過真正的舞台劇。「劇名是什麼？」

「玻璃動物園。」她說。

「好極了，」我說。「是約會……我是說不是約會。」

25

我們在安迪．費雪的中學臉書網頁上的校友日錄裡找到了他。安迪現在用的是成熟的大人名字安德魯，繼承了他父親的保險公司，在明尼蘇達黃金谷東邊的一條商店街上有一間辦公室。

安德魯．費雪老得並不優雅。年輕時的鬈髮不見了，換上的是僧侶一樣的光禿頭頂，而且禿頭從後腦勺蔓延到前額，只留下稀疏的頭髮蓋住額頭，像一道老舊的柵欄。他的小腹凸起在一條磨損的皮帶上方，眼下有弦月形的深刻線條。他坐在一間鑲板廉價的辦公室裡，四壁排列著小於平均尺寸的打獵和釣魚的戰利品。

我們走進去時，安德魯走進一處空無一人的接待區來迎接我們，伸長了一隻手來跟我握手。「有什麼我能效勞的？」他說，帶著推銷員的架式。「不，等等，我來猜一猜。」他瞧了一眼平面玻璃窗外我的生鏽的雅哥，露出微笑。「你想買新車，需要保費報價。」

「其實呢，」我說，「我們是希望你能跟我們談一談克莉絲朵．海根。」

「克莉絲朵．海根？」他臉上的笑容消失了。「你們是誰？」

「我是喬．塔伯特，是明尼蘇達大學的學生，這位是……呃……」

「我是他同學，莉拉。」她說。

我往下說：「我們要寫一篇克莉絲朵命案的報告。」

「為什麼？」他說。「那是很久以前的事了。」他的表情有一會兒幾乎像傷心，但馬上就甩開了回憶。「我都拋到腦後了。我不想談那件事。」

「這很重要。」我說。

「怎麼可能會重要？」他說。「那都是歷史了。他們捉到了那個傢伙：卡爾．艾佛森。他就住在她隔壁。我覺得你們應該走了。」他一轉身就往辦公室走。

「要是我們告訴你我們覺得卡爾．艾佛森可能是無辜的呢。」莉拉說，不假思索就說了出來。我們互望了一眼，她聳聳肩。費雪停在辦公室門口，做個深呼吸，卻沒有轉過來。

「我們只想請你撥出一點時間。」我說。

「這件事為什麼就是陰魂不散？」安德魯低聲自語，走進了辦公室。我們沒離開。他坐到辦公桌後，被死亡動物的頭包圍，不跟我們視線接觸。我們等待著。然後，他頭也不抬，豎起兩根手指招我們進去。我們進去了，坐在他對面的客戶椅子上，不確定該如何開啟話題。但是他自己開口了。「我到現在還是會在晚上看見她在我的夢裡，她當時的模樣——甜美……年輕。然後夢變得陰森，我們在墓地裡。她陷進土裡，一面喊我的名字。然後我會驚醒，全身冒冷汗。」

「她喊你的名字？」我說。「為什麼？你又沒做錯什麼？對吧？」

他冷冷地看著我。「那件案子擾亂了我的人生。」

我知道應該要比較有同情心，可是聽著這個傢伙哀嘆「可憐的我」，卻反而讓我心生厭惡。

「也打斷了克莉絲朵．海根的人生，」我說。「你不覺得嗎？」

「孩子，」安德魯豎起一根手指和拇指來標出一吋的長短。「你就差這麼一點就會被踹出這裡了。」

「那一段時間你一定很不好過。」莉拉打岔，語氣安撫，知道用蜂蜜來吸引大熊比較有效。

「我那時十六歲，」安德魯說。「我做沒做錯事不重要，大家都當我是痲瘋病人。雖然他們逮捕了那個叫艾佛森的傢伙，還是有人到處謠傳說是我殺了她。」安德魯的下巴肌肉抽動，一股情緒掠過他的臉頰。「他們安葬她的那天，在他們放下她的棺木後，我去拋了一把土。她母親狠瞪了我一眼，害我當場愣住——好像克莉絲朵會死全都是我的錯。」安德魯的嘴角往下撇，好像快哭了。他花了一點時間平靜下來。「我永遠也忘不了她的表情——她眼裡的指控。每次我想起我們埋葬克莉絲朵的那天，我最記得的就是那個。」

「原來大家以為是你殺了克莉絲朵。」我說。

「人都是白痴，」他說。「再說了，要是我想殺什麼人，那也是那個混蛋的辯護律師。」

「辯護律師？」我說。

「就是他散布的謠言，說是我殺的。他跟陪審團說是我殺的。那個狗雜種。連報上都寫了。我才十六歲啊。」

「你是最後一個看到她還活著的人，」我說。安德魯瞇眼看我，我覺得我搞砸了。「我們看過庭審筆錄。」我趕緊說。

「那你就知道我送她回家就離開了，」他說。「我離開時她還活著。」

「對，」莉拉說。「你送她回家，我記得沒錯的話，你說她一個人在家裡。」

「我沒說過她是一個人，我說的是我覺得家裡沒有別人。那可不一樣。我覺得屋子是空的，就這樣。」

「你知道她的繼父在哪裡嗎？」莉拉問。「或是她的繼兄？」

「我怎麼會知道？」他說。

莉拉看著筆記，假裝是在喚起回憶。「嗯，根據道格拉斯．拉克伍德的證詞——就是克莉絲朵的繼父——他和丹尼在克莉絲朵遇害時是在他的中古車行裡。」

「好像是這樣，」他說。「老頭子有一家中古車行，他把克莉絲朵的媽和丹尼都登記為經銷商，好讓他們能駕駛車行裡的所有車輛。他們只需要把經銷商的牌照掛到車上就好了。」

「丹尼也是經銷商？」

「只在書面上是。他一滿十八歲就拿到自己的執照了。他是那種屬於尷尬年齡的人。他的生日很靠近那個分隔點，他要不是班上年紀最小的孩子，就是可以讓他再晚一點上學，變成班上年紀最大的孩子。他們讓他晚讀。」安德魯向後靠著椅子。「我個人一向覺得丹尼是個混蛋。」

「為什麼？」我問。

「嗯，首先，那一家人常常吵架。克莉絲朵的媽跟繼父總是吼來吼去的，而且常常是為了丹尼。丹尼不喜歡他爸娶了克莉絲朵的媽。照克莉絲朵的說法，丹尼根本就不把她媽放在眼裡——老是想跟她起衝突。然後就是那些車子。」

「車子？」莉拉問。

「因為丹尼的老頭子開了間中古車行，丹尼可以隨便開一輛車去上學。丹尼高年級時，他爸就給了他一輛車——一輛櫻桃紅的保時捷——當作提早的聖誕禮物。那輛車真棒，可是……我是說……用你買來的車裝酷，保養維修都自己來，那是一回事，因為那可以表現你是什麼樣的人。那是你的車——是你自己賺來的。可是他卻開著那輛他爸給他的車，自以為很了不起。我不知道啦。反正他就是那種混蛋。」

「她的繼父是什麼樣的人？」莉拉問。

「真正的神經病，」安德魯說。「他開口閉口都是宗教，可我覺得他是利用聖經來給他想要的爭辯當藉口。有一次克莉絲朵的媽發現了老頭子去脫衣舞夜店，他就說什麼耶穌也和妓女和收稅官來往——好像他往女人的丁字褲裡塞鈔票就名正言順了似的。」

「他和克莉絲朵的關係好嗎？」我問。

安德魯忽地打個冷顫，像是咬到了沒煮熟的魚。「克莉絲朵討厭他，」他說。「他常常用聖經裡的話貶低她，大多數時候，克莉絲朵都不知道他在說什麼。有一次，他說她應該感激他不是耶弗他，我們還去查過了。」

「耶弗他？那是聖經裡的？」

「對，士師記裡的。他把女兒奉獻給上帝，好讓他打贏一場戰役。我是說，有誰會跟十幾歲的女孩子說那種話？」

「你有沒有跟丹尼或是道格拉斯談過那天發生的事？」莉拉問。

「我誰都沒談過。我跟警察錄了證詞，然後我就盡量假裝沒有那回事。一直到開庭我才又談起。」

「你看了審判嗎？」我問。

「沒有，我作完證就離開了。」他低頭看著辦公桌，就跟傑若米不想回答我的問題就會別開臉一樣。

「你沒有再回去看審判？」我追問道。

「我看了終結辯論，」他說。「我蹺課去看審判最後，我以為會像電視上演的一樣陪審團立刻就做出判決。」

我努力回想是否有在庭訊筆錄中看過終結辯論。「我猜檢察官在終結辯論裡有提到克莉絲朵的日記吧。」

血液刷地一下從安德魯的臉頰上流失，他的臉色變成了油灰的顏色。「我記得那一天，」他說，聲音降為耳語。「我都不知道克莉絲朵有寫日記的習慣，直到那天檢察官為陪審團喚起所有的細節。」

「檢察官說艾佛森先生逼迫克莉絲朵做一些事……性方面的，因為他逮到你們兩個……就，那個。」

「我記得。」安德魯說。

「克莉絲朵跟你說過嗎？」我問。「說被看到，或是艾佛森先生威脅她？我是說我老是想不通。檢察官一直提這件事，陪審團也信了，可你是當事人。真的是這麼回事嗎？」

安德魯向前傾，用掌心揉眼睛，手指頭豎向禿頭。他緩緩把十指往下移，劃過眼睛臉頰，然後在嘴唇上指尖相觸。他來回看著我和莉拉，尋思著是否該把重重壓在心上的事情告訴我們。

「記不記得我說我全身冷汗驚醒？」他終於說。

「記得。」我說。

「就是因為那本日記，」他說。「檢察官弄錯了，全弄錯了。」

莉拉向前傾。「告訴我們。」她以甜美撫慰的聲音說，勸哄安德魯釋放他的靈魂。

「我當時並不覺得重要；我是說……不應該重要才對。我不知道，直到後來我去旁聽，看著終結辯論，他們說艾佛森先生逮到我們：克莉絲朵跟我……」安德魯不說話了，仍然看著我們這邊，卻迴避視線，彷彿無論他藏著什麼秘密都讓他很羞愧。

「你跟克莉絲朵怎樣？」莉拉說。

「沒錯，」安德魯說。「他是逮到了我們。克莉絲朵嚇壞了。可是檢察官小題大做，說什麼克莉絲朵以為她的一生都毀了，因為我們被逮到……唉，你們也知道。他跟陪審團說她在九月二十一日那天寫日記，說她過了很糟糕的一天。他說她嚇壞了因為艾佛森先生在勒索她之類的。那篇日記跟我們親熱被看到根本就沒有關係。」

「你怎麼知道？」我問。

「九月二十一日是我母親的生日。克莉絲朵那天晚上打電話給我，她要我去找她。我沒去，我沒辦法。我們在給我媽辦生日派對。克莉絲朵瘋了。」

「克莉絲朵跟你說她為什麼害怕嗎？」我問。

「有。」安德魯不說話了，把椅子向後轉，從後面的餐具櫃拿出一只酒杯和一小瓶威士忌，倒了三指高，喝掉一半。然後他把杯子和酒瓶放在辦公桌上，雙手交疊，再往下說。

「克莉絲朵的繼父的車行裡有一些真正的好車，其中一輛，一九七〇年份的龐帝克，車尾還有擾流板。那輛車很美。」他又喝了一口酒。「大約是九月中旬的一天晚上，克莉絲朵跟我在談車子。我跟她說我希望能開輛那樣的車，我的人生真是不公平。就一般的高中生夢話。她就說我們應該開那輛龐帝克去兜風。她知道她繼父把辦公室的備用鑰匙放在哪裡，也知道車鑰匙放在辦公室的哪裡。我們只需要物歸原主就可以了。所以我就開著我的爛福特銀河五百到她繼父的店去，而且果然就跟她說的一樣，我們找到了龐帝克的鑰匙，開去兜風了。」

「你那時是十一年級？」莉拉說。

「對，我也跟丹尼一樣是那種尷尬年齡的孩子。我滿十六歲以後的那個八月拿到了駕照。」

「偷車子？」我說。「她擔心的是這個？」

「後來情況急轉直下，」他說。他又深吸了一口氣，再喟嘆一聲。「我說過，我才剛拿到駕照一個月吧，從來沒開過馬力那麼強的車子。我忍不住每次停下來等紅綠燈之後就飆車。我們玩得很開心，直到……」他喝光了酒，舔掉嘴唇上的最後幾滴。「我從中央大道一路飛馳，大概是時速七十哩（約一一三公里）——哎，我實在是太蠢了。輪胎爆了一只，我努力穩住車子，可是我們穿越了車道，打滑撞上了一輛車的側面：一輛警車——裡面沒有人——就停在一家熟食店前面。後來我從報上看到警察是在店後面處理一宗闖空門案，所以不知道我們撞上了他們的車。」

「有人受傷嗎？」莉拉問。

「我們沒繫安全帶，」安德魯說。「我們兩個都撞得滿厲害的。我的胸口撞在方向盤上，瘀血了，克莉絲朵一頭撞上儀表板，撞破了眼鏡——」

「眼鏡？」我說。「克莉絲朵戴眼鏡？我看過審判照片，她沒戴眼鏡。」

「她通常都戴隱形眼鏡，可是有時候眼睛會不舒服，就會戴普通眼鏡。而就是這件事嚇壞了她，她的一邊鏡片被撞掉了，我們一直到後來才知道。她車禍後立刻從地板上把眼鏡抓起來，我們兩個跑得比兔子還快。等我們發覺鏡片掉了，也來不及回去找了。我們大概花了一個小時才走回我停車的地方。我想到了一個主意，打破車行的一扇窗戶，裝成像是闖空門，偷走了龐帝克。隔天事情還上了廣播和電視，事情很大條，因為我們撞的是警車。」

「克莉絲朵害怕的就是這件事？」我說。「他們找到了她的鏡片嗎？」

「不止。」安德魯說。「克莉絲朵把破掉的眼鏡藏了起來，我們打算幫她買新的，而且還得是一模一樣的鏡框。可是克莉絲朵打電話給我的那天——我媽的生日——她說她的眼鏡不見了。她覺得是有人查到了我們偷了車子又撞車逃逸的證據，所以她才害怕。」

「她藏在哪裡？家裡？學校裡？」

「我真的不知道。她沒說。那次之後她就變得怪怪的，又傷心又疏遠。她似乎不想跟我在一起。」他停下來吸氣，讓胸口澎湃的情緒穩定下來。「我一直到聽到終結辯論才知道——直到我聽見了她日記上的話——我才知道她一直……呃……那樣。」

「而你都沒跟別人說日記被誤解了？」莉拉說。

「沒有。」安德魯垂下視線。

「你為什麼不告訴他的律師？」我說。

「那個混蛋把我的名字拖進泥巴裡，我寧可向他吐口水也不要跟他說話。你們沒辦法想像打開報紙看到某個辯護律師指控你強暴殺害了你的女朋友是什麼滋味。我還得去心理治療，就因為那個王八蛋。再說了，我在中學是三支校隊的隊員，還有資格拿到曼凱托校區的棒球獎學金，要是我跟別人說我偷過車，我就會被逮捕，被退學，被逐出校隊。那我就完了。那件事把我整得有夠慘。」

「你有夠慘？」我說，怒火沸騰了。「等等。你為了保住你的獎學金，就讓陪審團相信了謊話？」

「對那個艾佛森不利的證據有一大堆，」安德魯說。「就算是他們誤讀了日記又怎樣？我可不會為了他挨一刀。他殺了我的女朋友，不是嗎？」

安德魯來回看著莉拉跟我，等著我們其中一人回答。我們一言不發，只盯著他吞嚥舌頭上的灰塵。他的話在牆壁間回響，傳回他的耳朵裡，就像愛倫．坡的告密的心[9]一樣拍打他的肩膀，而莉拉跟我等待著，一句話也不說，直到最後他低頭看著桌面，說：「我是應該要跟別人說的。我知道。我一直都知道。我猜我是在等適當的時機卸下心裡的這塊石頭。我以為有一天我可能會忘記，結果沒有。我忘不掉。我說過，我一直在作惡夢。」

❾這是美國作家愛倫·坡（Edgar Allen Poe, 1809-1849）一八四三年的一篇短篇故事，講述一名殺人犯殺死了一名老人後，肢解屍體藏在地板下，之後一直幻想老人的心臟仍在跳動，最終在幻覺中揭發了自己的罪行。

26

電視裡的人去看舞台劇都穿得很講究，可是我沒有漂亮的衣服。我揹著一個圓筒旅行袋，塞滿了牛仔褲、短褲和上衣（大多是無袖的）就來念大學了，所以在看戲的那個星期我到二手店去朝聖，找到了一件卡其褲和一件扣領襯衫。也找到一雙帆布鞋，可是右腳大腳趾的部分縫線斷了。我拿迴紋針來戳那些縫線留下來的洞，把破口補了起來，擰掉多餘的線頭。

六點半前我都準備好了，不過我沒辦法讓手心不出汗。莉拉打開她的公寓門時，我愣住了。一件紅毛衣包住她的上身和腰線，露出了我沒看過的曲線，一件閃亮的黑裙裹著她的髖部，順著大腿流瀉，平滑得像融化的巧克力。她化了妝，我也沒看過，她的臉頰、嘴唇、眼睛全都默默地要求我的注意。那就像是清洗一扇你不知道很髒的窗戶。我竭力忍住不咧開嘴笑。我想要一把抓住她，拉過來就吻。但我更想要的是和她相處，散步、說話、看戲。

「哎呀，你可真是一表人才啊。」她說。

「妳也一樣。」我微笑，很開心我的二手衣過關了。「走吧？」我說，比著走廊。今晚很適合散步，至少對十一月下旬的明尼蘇達來說——攝氏四度，清朗，無風，無雨，無霰，無雪——好事一樁，因為走路去瑞里格中心得走十條街。我們的路徑會帶我們穿過諾索普樓，校園裡最古老最宏偉的一區，再穿過橫跨明尼蘇達河的步行橋。

大部分的學生都回家過感恩節了。我想過要回家看傑若米，可是缺點似乎大過了優點。我問過莉拉為什麼不回家過節，她只是搖搖頭，沒有回答。就連我也知道那表示不要再問了。況且，我選擇要看好的一面——校園裡空蕩蕩的，我們的散步就顯得更親密，更像約會。我雙手插在外套口袋裡，手肘彎在一邊，方便莉拉挽著我。並沒有。

在今晚之前我對《玻璃動物園》一無所知，要是早知道，我八成不會去——即使那表示我會錯過我和莉拉的約會。

開場的第一幕，這個叫湯姆的傢伙就走上舞台跟我們說話。我們的位子就在劇場中央的右手邊，他好像從一開始就挑上了我當作視線焦點。起先我覺得很酷，這個演員把台詞說得像是在跟我說話。隨著劇情發展，我們見到了他姊姊蘿拉，她那種害自己變弱的內向性格似乎讓我格外熟悉，還有他母親亞曼妲，住在幻想的世界裡，等著某個外來的救世主——一位紳士訪客——抵達，解救他們逃出困境。我感覺到胸口有汗珠在往下滴，好像看到我自己那亂七八糟的小家庭搬上了舞台。

第一幕快結束前，我聽見我母親在舞台上以亞曼妲的身分在責罵湯姆，說：「自己、自己、自己，你就只想到自己？」我能看見湯姆在牢籠裡踱步，他的公寓，被他對姊姊的手足之情困住。劇場隨著每一句台詞變得越來越熱。中場休息時，我需要喝水，所以莉拉跟我就走到了大廳。

「那……你覺得這齣戲怎麼樣？」她問。

我覺得胸口有點噁心，但我只是禮貌地笑笑。「很棒，」我說。「真不知道他們是怎麼做到的，背那麼多的台詞。我就永遠也當不了演員。」

「不只是背台詞而已，」她說。「你不喜歡他們把你拉進去，讓你感覺那些情緒？」

我又喝了一口水。「是很神奇。」我說。我有一大堆的話要說，不過全都留給自己。

燈光變暗，第二幕要開始了，我把手擺在我們之間的椅臂上，手心朝上，希望她或許會握住──只是一廂情願的奢望。舞台上，那位紳士訪客出現了，我希望會是圓滿的結局。我錯了；一切分崩離析。弄了半天，這位紳士訪客早就有了未婚妻。舞台上爆發出憤怒和指責，蘿拉退回她的小玻璃動物玩偶的世界中，她的動物園。

飾演湯姆的演員走到舞台前方，把水手短大衣的領子向上拉，點燃一根菸，告訴觀眾他是如何離開聖路易的，丟下了他的母親和姊姊。我覺得喉嚨和胸口收縮，呼吸不暢，眼淚漸漸湧現。他們只是在演戲，我告訴自己。只是一個傢伙在說他背下的台詞。如此而已。湯姆哀嘆他仍能聽見蘿拉的聲音，仍能在彩色玻璃香水瓶上看見她的臉。他說話時，我能看見上次我開車離去時傑若米從前窗望著我，文風不動，沒有揮手道別，眼神指責著我，懇求我不要走。

然後舞台上那個王八蛋直接看著我，說：「蘿拉，我想把妳拋在腦後，可是我沒想到我這麼的忠貞。」

我沒辦法阻止滴落下來的眼淚，我沒抬手去擦，怕會吸引注意。所以我任由眼淚落下，不管不顧。就在這時我感覺到莉拉的手輕輕包住了我的手。我沒看她，我沒辦法。她也沒看我。她只是握著我的手，直到舞台上的那人不再說話，我胸口的痛苦也漸漸和緩。

27

看完舞台劇後，莉拉跟我散步到「七轉角」，那是校園西岸的餐飲中心，取這個名字是因為這裡有特別複雜的十字路口。途中我跟她說了我去奧斯丁的事，說到把傑若米丟給我母親跟賴瑞，以及傑若米背上的傷和賴瑞流血的鼻子。我覺得我需要解釋為什麼這齣戲讓我那麼有感。

莉拉說：「你覺得傑若米安全嗎？」

「不知道，」我說。可是我以為我知道。問題就在這裡。所以戲的最後一幕才會讓我那麼激動。「我離開家是錯了嗎？」我問。「我來念書是錯了嗎？」

莉拉沒回答。

「我是說，我不能一輩子待在家裡，誰也不能要求我那麼做。我有權過自己的生活，不是嗎？」

「你是他哥哥，」她說。「無論你喜不喜歡，那都是抹煞不了的。」

我不想聽這個。「難道是要我放棄大學以及我想要的一切？」

「我們都有自己的包袱，」她說。「誰也不能毫髮無傷地走過生命。」

「妳說得倒容易。」我說。

她停下腳步，直盯著我，激烈的眼神一般是保留給情人吵架用的。「我不是說得容易，」她說。「根本就不是那回事。」她一轉身又邁開了步子，臉頰被十一月的寒冷凍成玫瑰紅。冷鋒要來了——為冬天的零下氣溫打頭陣。我們默默行進了一會兒，然後她挽著我的胳臂，捏了捏我的肉。我想那是她在告訴我她想要改變話題，我沒有異議。

我們找到了一家還有空位、音樂不會大過說話聲的酒吧。我掃瞄了室內，尋找最安靜的一張桌子，找到了一個遠離噪音的雅座。坐定之後，我忙著找話題閒聊。

「那妳是三年級啊？」我問。

「不是，我是二年級。」她說。

「可是妳二十一了對嗎？」

「我在上大學之前休了一年。」她說。

女侍過來了，我點了威士忌可樂，莉拉要七喜汽水。「喔，妳反對烈酒啊？」

「我不喝酒，」她說。「我以前喝，現在戒了。」

「我覺得滿奇怪的，一個人喝酒。」

「我不是禁酒派的，」她說。「我不反對喝酒，我只是選擇不喝。」

女侍把我們的飲料放到桌上，酒吧一角傳來震天吼聲，一桌酒鬼在吵足球，嗓門一個比一個大。女侍翻個白眼，我扭頭看到一群傢伙玩鬧地推來搡去，不過通常在喝太多之後，這類推擠最後就會變成全武行。門口的保鑣也在注意他們。我放心地回頭坐好。

女侍離開後，莉拉跟我討論起了話劇，主要是莉拉在說話。她是田納西．威廉斯的劇迷。我輕啜飲料，聽著莉拉又說又笑。我從沒見她這麼活潑、對什麼事這麼熱衷過。她的語聲上揚，耍了個花腔，再添上爵士節拍。我都不知道我有多沉迷其中，還是莉拉話說到一半突然打住，眼睛盯著我左肩後的什麼，我才回過神來。無論她看的是什麼，都害她愣然不語。

「我的天啊，」我後面有人說。「那是花痴納許。」

我轉頭去看幾呎外那張很吵鬧的桌子，有個傢伙左手握著啤酒，身形搖晃，另一隻手比著莉拉，用雷鳴似的聲音喊她。

「花痴納許。我真他媽的不敢相信。還記得我嗎？」

莉拉的臉色倏地變白，呼吸淺促，瞪著手裡的杯子，手指微微發抖。

「嗄？忘了？那這個也許能幫忙。」他一手指著他的鼠蹊，手心向上，好像是在捧著一個保齡球，然後他開始推送臀部。他皺起五官，咬著下唇，頭向後仰。「喔！喔！再騷一點。」

莉拉全身都抖了起來——出於憤怒或是畏懼，我看不出來。

「妳看我們要不要重溫舊夢啊？」那個混蛋說，同時看著我微笑。「我不介意分享，不信問她。」

莉拉站起來就跑出了酒吧。我不知道是去追還是給她一點空間。就在這時那個混蛋又說話了，這一次是衝我說的。「你最好上她，老兄。她可風騷了。」我覺得右手握成了拳頭，然後又放開了。

我剛開始在皮德蒙特酒吧工作的時候，有個也是保鑣的同事教了我一招，他叫朗尼．甘特，所以他管這一招叫「朗尼的欺敵術」，也就是說就像魔術師的幻術，靠的是誤導。我站了起來，看著那個混蛋，露出衷心的笑容。他離我只有三步。我走向他，很輕鬆地跨了三步，就像是要跟人打招呼，我伸開了手臂，態度友善。他也回以笑容，好像我們兩個聽懂了一個別人不懂的笑話。讓他放下戒心。

我第二步時對他豎拇指，陪著他一起笑，我的笑容讓他放下了戒備，分散了心神。他比我高個三、四吋，大概也比我重個四十磅，主要都囤積在他的大肚腩上。我讓他的視線一直集中在我的臉上，他灌滿了啤酒的腦袋瓜聚焦在我們表面上的相同點上。他沒看到我的右手往腰間縮，手肘向上拐。

第三步我就走進了他的個人空間裡，我右腳穩穩插入他的雙腳間，左手架住了那個混蛋的右腋窩，揪住他肩胛骨後的襯衫，右臂向後擺，使出全力對準他的肚子就是一拳。這一拳打中了肋骨正下方那塊柔軟的部位，力道之大，我都能感覺到他的肋骨包住了我的指關節。他胸腔裡的空氣急噴而出，他的肺像氣球一樣爆炸。他想彎腰，但是我左手緊揪住他的襯衫和肩胛骨，把他往我面前拉。他的膝蓋變軟了，我能聽見他的肺掙扎著要呼吸，吱吱嘎嘎地響。

「朗尼的欺敵術」關鍵就在於要玩陰的。我要是打他的下巴，他會向後倒，那就會一發不可收拾。他同桌的那些傢伙會一齊撲過來打我。他的兩個朋友已經一直在盯著我了。可是在外人看來，我就像個好心人在扶一個喝醉的傢伙坐好。我架著那個混蛋到我和莉拉剛才坐的雅座，把他重重放下，正好來得及看他嘔吐。

他的兩個朋友作勢要朝他們的好哥們過來，保鑣也注意到我了。我做出喝太多的國際通用手勢：拇指和小指伸出，代表啤酒杯的把手，拇指靠近嘴唇上下搖動。保鑣點頭，走過來要處理這個嘔吐的酒鬼。我把汗濕的掌心在褲子上擦拭，走出酒吧，泰然自若，好像我是覺得無聊，不想喝了。

一到外面，我就拔腳狂奔。那個混蛋很快就能喘氣，會告訴朋友發生了什麼事，而他們絕對會出來追我，以眾欺寡。我朝華盛頓大道陸橋跑，那條橋連接校園的西岸和東岸。我還沒能轉彎，兩個傢伙就衝出了酒吧，看見了我。我大約領先一個街區，其中一個的身材就像是足球擒抱員，孔武有力，卻慢得像泥巴。可是他的朋友卻腳力不錯，中學時可能是邊鋒或線衛。他可能就比較麻煩。他吼了幾句，風聲呼嘯又加上我的耳朵裡熱血轟鳴，我沒聽懂。

我一眼就看出我沒辦法跑過橋，那個邊鋒絕對能在這條直線距離趕上我。況且，莉拉現在一定也在陸橋上。要是他們在酒吧裡看見了她，他們可能會認得她，去找她麻煩。我跑向威爾遜圖書館附近的建築群，接近了第一棟建築，亨弗利中心，我和那個邊鋒之間只有兩百呎了。我並沒有盡全力奔跑，我讓他以為我只能跑這麼快。等我轉過第一個彎，這才使出全力，在每一棟建築間繞來繞去：繞過海勒樓，再來是布雷根樓，再繞過社會科學大樓和威爾遜圖書館。等我第二次繞過社會科學大樓時，我就再也看不到那個邊鋒或是聽到他的腳步聲了。

我找到一處停車場，躲在一輛皮卡後面等，胸膛上下起伏，肺部像著火，大口吸進氧氣。我躺在柏油路面上呼吸，恢復體力，一面從皮卡底下注視著大體上空蕩無人的停車場，留意追逐我的人。十分鐘後，我看見那個邊鋒在一個街區外，走向十九大道，轉回七轉角和酒吧。他走了之後，我做個深呼吸，站起來撣掉塵土和砂礫，朝陸橋和莉拉的公寓前進，心裡抱持著她會等著我的願望。

28

我在接近公寓樓房時能看到莉拉的公寓裡傳出昏暗的燈光。我停在大門台階上收拾情緒，穩住小跑步回來的呼吸，這才走上窄樓梯，到走廊盡頭去輕敲莉拉的房門。沒人回應。「莉拉，」我隔著門喊。「是我，喬。」還是一樣。

我又敲了一次門，這一次聽見了門栓拉開的聲音。我耐心地等了等，門卻沒打開，我就自行去把門打開了幾吋，看到莉拉側身坐在沙發上，背對著我，膝蓋收在胸口。她脫掉了毛衣和裙子，換上了灰色運動衫和同色的運動褲。我走進她的公寓，小心地關上了門。

「妳沒事吧？」我問。她沒回答。我走向沙發，坐在她後面，一手按著沙發背，另一隻手輕碰她的肩膀。她輕輕打了個哆嗦。

「記不記得我跟你說我在上大學之前休息了一年？」她做個深呼吸先穩住自己再往下說。「我那年很倒楣。中學時發生了一些事，讓我羞於啟齒的事。」

「妳不必——」

「我在中學有點……放縱。我總是在派對上喝醉，做出蠢事。我真希望我能跟你說是因為我交上了損友，但是那不是實話。起先只是像爬到桌子上跳舞或是坐在男人大腿上那種蠢事，就是——賣弄風騷。我想我大概是喜歡他們盯著我看吧。」她停下來鼓足勇氣，吸了口氣，吐出時顫巍巍的。「後來……就不僅僅是賣弄風騷那麼簡單了。等我十一年級時，我把第一次給了一個說我美麗的男人。然後他逢人就說我很容易到手。之後就是更多男的，更多故事。」

她的顫抖變得無法控制。我摟住了她，把她拉進懷裡。她沒有抗議，卻把臉埋進我的袖子裡，嚎啕大哭。我拿臉頰貼著她的頭髮，抱著她讓她哭。過了一會兒，她的顫抖減輕了，她又做了個深呼吸。

「等我十二年級時，他們開始叫我花痴納許，不是當著我的面叫，可是我聽見了。而最可悲的是……我並沒有因此而收斂。我還是去派對，喝個大醉，跟某個男的上床，或是在什麼破爛車子的後座親熱。等他們完事以後，他就把我踢到人行道上。」她揉搓上臂，像傑若米難過的時候揉指關節一樣。她停住，讓發抖的聲音穩定下來，然後接著說。她再度停頓下來鎮定顫巍巍的聲音。

「後來，我畢業的那晚，我在派對裡被惡整。有人在我的飲料裡摻了東西，隔天早晨我在我的車子後座醒來，車子停在一片豌豆田中央。我什麼也不記得，一點記憶都沒有。我全身都痛，我知道我被強暴了，可是我不知道是誰做的，有幾個人。警察在我的身體裡查出一種叫『羅眠樂』的約會強姦藥，服了藥的人沒有辦法抵抗，也完全沒有記憶。別人也都不記得什麼，派對上的人說不出來我是怎麼離開的，跟誰一起走的。我說我被強暴了，可是我覺得他們都不相信。

「一個星期之後，有人用假電郵帳號寄了一張照片給我。」莉拉又開始發抖，呼吸變得短促，抓緊了我的手臂，像是在找依靠。「是我的照片……和兩個人……他們的臉被加了亂碼……

他們……他們……」她語不成聲，大哭了起來。

我想說什麼來驅逐她的痛苦，但是我知道我做不到。「妳不用再說了，」我說。「我不介意。」

她用衣袖擦掉眼淚，說：「我要給你看一樣東西。」她緊張地伸手，揪住過大的運動衫衣領，往下拉，露出了六條細細的傷疤——用刮鬍刀割的線條——橫過她的肩膀。她用指尖拂過，吸引我的注意。然後她低頭靠著沙發背，好像是盡可能別開臉躲著我。「上大學之前我休息的一年都花在治療上。看吧，喬，」她說，嘴唇向上扭，露出害怕的笑容。「我有問題。」

我用臉頰拂過她柔軟的頭髮，然後一臂環住她的腰，另一臂勾住她縮起的膝蓋，把她從沙發上抬起來。我抱著她走向臥室，把她放在床上，拉高棉被一直蓋到她的肩膀，再彎下腰吻她的臉頰，她的臉頰有著淡淡的笑紋。

「我不怕問題。」我說，讓我的話飄落在她心裡，這才站起來要離開——雖然離開是我不願意做的事。就在這時我聽見她說話，聲音小得我幾乎聽不見。「我不想一個人。」

我嚥下驚訝，遲疑了一下才繞到床鋪另一邊，脫掉鞋子，躺在床上，一條胳臂輕輕摟住莉拉。她捏了捏我的手，拉到她的胸口，像抱泰迪熊一樣抱著。我躺在她背後，吸入她的芳香，沉浸在指尖下她微微的心跳中，彎起身體抱著她。即使我會在她床上是因為她的痛苦和傷心，卻讓我的胸臆間充滿了一種奇異的幸福感，一種歸屬感，一種我從未有過的感覺，那麼的細膩，竟讓人覺得痛。我陶醉在那種感覺中，直到睡著。

29

隔天我被莉拉浴室裡的吹風機聲音叫醒，我仍躺在她床上，仍穿著卡其褲和襯衫，仍不確定我們之間有什麼進展。我坐起來，檢查嘴角有沒有口水，翻身下床，循著現煮咖啡的味道而去。我到她的廚房之前，在一幀加框海報之前暫停，利用它的玻璃來整理儀容。我的頭髮一束束倒豎，活像是被一頭喝醉的小母牛舔過。我到廚房去往我的亂髮上潑了些水，稍微撫順一下頭髮，莉拉也正好走出了浴室。

「對不起，」她說。「我吵醒你了嗎？」她又換了另一件過大運動衣，一條粉紅色的絲質睡褲。

「沒有，」我說。「妳睡得還好嗎？」

「我睡得很好，」她說。走向我，一手貼著我的臉頰，踮起腳尖，吻了我的唇，一記輕柔、慵懶、溫暖的吻，溫柔得令人心痛。然後，她退開兩步，直視我的眼睛，說：「謝謝你。」

我還沒能說話，她就轉身走向櫥櫃，像沒事人一樣拿出兩只咖啡杯，給了我一只，拿手指勾著她的杯子，跟我一塊等著咖啡機完成它的魔法。她看得出她的吻仍殘留在我的唇上，被她摸到的臉頰麻麻的，她皮膚的香氣像重力一樣拉扯著我嗎？讓我動彈不得的那股暗潮對她似乎沒有影響。

咖啡機傳出完成的音樂，我先幫她倒，再倒我自己的。「那，早餐吃什麼？」我說。

「啊，早餐，」她說。「在莉拉小館我們有很棒的早餐菜單。本日特餐是脆穀樂，不然我也可以叫主廚弄個香脆麥米片。」

「嗄，沒有煎餅？」我問。

「你的脆穀樂要加牛奶的話，你得跑去商店買。」

「妳有蛋嗎？」我問。

「有兩個，可是沒有培根或是香腸。」

「把妳的蛋拿到我那兒，」我說。「我來弄點煎餅。」

莉拉拿出冰箱裡的蛋，跟著我到我的公寓。我從櫥櫃裡拿出攪拌碗和佐料，她就走到咖啡桌那兒，卡爾．艾佛森的資料分門別類擺在桌上。

「那我們接下來要找誰？」莉拉說，一面翻閱資料，並沒有特別要找什麼。

「我覺得我們應該去把那個壞蛋揪出來。」我說。

「那會是誰呢？」

「我不知道，」我說，把煎餅粉舀進碗裡。「我一看那堆東西就頭痛。」

「嗯，我們知道克莉絲朵是在她跟安德魯．費雪離開學校到消防隊抵達之間死的。我們也知道日記寫的是偷車而不是卡爾看見克莉絲朵和安迪．費雪在巷子裡。所以無論是誰在威脅克莉絲朵都知道他們撞壞了那輛龐帝克。」

「那人一定不會很多。」

「安德魯知道，那是一定的。」她說。

「對，可是他如果就是日記裡說的那個人，他就不會把事情告訴我們了。再說了，日記裡暗示有什麼人猜出了這件事情。」

「車行是繼父道格拉斯開的，」她說。「說不定他不相信車子被偷了那套說詞。」

「也有可能是安德魯跟誰吹牛，不小心說溜了嘴，說是他和克莉絲朵撞上那輛警車的。我是說要是我表演了那種特技，我一定巴不得跟我的好哥們說，那他在學校裡連走路都有風。」

「不，我不信是巧合。」

「我也不信。」我說。

「這堆東西裡面一定有可以指點方向的線索。」

「是有。」我說。

「是有？」她朝沙發傾身。

「對，我們得把密碼搞定。」

「真好笑。」她說。

敲門聲打斷了我們的交談，我把火轉小。我的第一個想法是昨晚的那個傢伙，或是他的朋友，追查出我了。我從廚房抽屜拿出一支手電筒，右手握住，一腳抵在後門，只讓門開了六吋寬。莉拉看著我，好像我是失心瘋了。我沒跟她說在酒吧修理了那傢伙的事，也沒說他的兩個朋友跑出來追我。我打開門就看見是傑若米。

「嘿，小弟，怎……」我把門拉開，看到我母親站在旁邊。「媽？」

「嗨，喬伊，」她說，輕輕把傑若米推進來。「我需要你看著傑若米兩天。」她稍微動了動，像是要走，看到莉拉坐在我的沙發上，身上的衣服像睡衣，就又停了下來。

「媽！妳不能就這樣子跑來——」

「喔，我懂了，」她說。「原來是這麼回事。」莉拉站起來跟我母親打招呼。「你在跟這個小姐風流快活，把你弟跟我丟在那裡自生自滅。」莉拉頹然坐回沙發上。我一把抓住我母親，把她進來一半的身體推出去，強迫她站到走廊上，然後我關上了門。

「妳以為妳——」我開口說。

「我是你母親。」

「那妳也無權侮辱我的朋友。」

「朋友？現在都這麼叫了嗎？」

「她住隔壁，而且……我不需要跟妳解釋。」

「好，」她聳聳肩。「你愛怎麼樣隨便你，不過我需要你看著傑若米。」

「妳不能就這樣跑過來把他丟在這裡，他不是妳可以隨便亂丟的舊鞋子。」

「誰叫你不接我的電話。」她說，轉身要走。

「妳要去哪裡？」

「我們要去金銀島賭場。」她說。

「我們？」

她猶豫了一下。「賴瑞跟我。」她趁我臭罵她還跟那個混蛋在一起之前就朝樓梯間走了。

「我星期天回來，」她扭頭大喊。我深吸一口氣，冷靜下來，這才掛著笑臉回到公寓——為了傑若米。

我為我們三個人做好了煎餅，我們在客廳吃。莉拉跟傑若米開玩笑，在我幫他們上早餐時叫我「老管家」。雖然我母親連通知一聲都沒有就把傑若米丟過來害我氣得冒煙，可是我不能否認有他在這裡很好玩，我們三個坐在這裡，尤其是在那齣舞台劇給我的罪惡感之後。有人跟我說他們想家的話，我老是翻白眼。想念我母親那間髒亂的公寓就跟為了好玩拿釘子釘腳踝一樣，簡直是荒唐透頂。可是這天早晨，我看著傑若米和莉拉一起笑，叫我老管家，吃我做的煎餅，我才明白我有很大一部分是想家的，不是想念那間公寓，而是我弟弟。

早餐後，莉拉回公寓去把筆電拿來做功課。我沒有影碟，連棋盤也沒有，所以傑若米跟我就用一副湊合的牌玩釣魚。坐在沙發上，用我們之間的椅墊當桌子。

玩著玩著，莉拉用鋼琴演奏家的速度在敲鍵盤，傑若米停下來看著她，似乎被飛快的鍵盤聲迷住了。幾分鐘後，莉拉抬起頭來，停手不敲了。

「也許我覺得妳打字很厲害，莉拉。」他說。

莉拉對傑若米微笑。「咦，謝謝啊。你這麼說真客氣。你會打字嗎？」

「也許我跟華納老師上過打字課。」傑若米說。

「你喜歡打字嗎？」她問。

「我覺得華納老師很好玩。」傑若米露出大大的笑容。「也許華納老師叫我打『那隻敏捷的褐色狐狸跳過那隻懶惰狗』。」傑若米哈哈笑，莉拉也哈哈笑，看得我也笑了起來。

「沒錯，」莉拉說。「就是得打這句。那隻敏捷的狐狸跳過那隻懶惰狗。」傑若米聽莉拉這麼說笑得更大聲。

莉拉回頭去敲筆電，傑若米回頭跟我玩釣魚，一次又一次要同一張牌，非逼著我從那副牌裡抽出來不可。然後他才移向下一張牌，又是重複要同一張牌。

幾分鐘後，莉拉不打字了，猛地抬起了頭，像是被蟲子咬了，或是瞬間茅塞頓開。「裡面有二十六個字母裡的每一個。」她說。

「什麼跟什麼啊？」我說。

「那隻敏捷的褐色狐狸跳過那隻懶惰狗。他們用這個句子在打字課上練習，因為二十六個字母都會用到。」

「所以呢？」我說。

「克莉絲朵．海根是在一九八〇年九月開始用密碼的……她中學的第一年……那時她跟安迪．費雪一起上打字課。」

「妳不會是覺得……」我說。

莉拉拿出筆記本，寫下了那個句子，劃掉出現第二次的同一個字母。然後她把阿拉伯數字寫在每個字母下。

那隻敏捷的褐色狐狸跳過那隻懶惰狗。

（The quick brown fox jumps over the lazy dog.）

1	T
2	H
3	E
4	Q
5	U
6	I
7	C
8	K
9	B
10	R
11	O
12	W
13	N
14	F
	x
15	X

16	J
	x
17	M
18	P
19	S
	x
20	V
	x
	x
	x
	x
	x
21	L
22	A
23	Z
24	Y
25	D
	x
26	G

我找出了克莉絲朵的日記，把第一頁的密碼遞給莉拉，九月二十八日的。莉拉開始用字母替換數字。D-J-F-O……我聳聳肩；又一條死路，我心裡想。U-N-D-M……我稍微坐直了一點，至少看出了一個完整的字……Y-G-L-A-S-S-E-S。

「DJ找到了我的眼鏡！」她大喊，把筆記本往我面前塞。「上面說DJ找到了我的眼鏡。我們解開了——是傑若米解開的。傑若米，你解開了密碼。」她一躍而起，攫住傑若米的雙手，把他從沙發上拉起來。「你破解了密碼，傑若米！」她跳上跳下，傑若米也跟著跳上跳下，歡聲大笑，完全不知道為什麼要這麼高興。

「DJ是誰呢？」我說。

莉拉不跳了，我們倆同時伸手到檔案箱裡，拉出了庭訊筆錄。她抓出來的是道格拉斯·拉克伍德的證詞，我抓的是丹尼的。兩人的證詞的開頭都必須說出全名、出生日期，以及姓氏的拼法。我發瘋似地翻著筆錄，找到了丹尼的直接詰問。

「丹尼爾·威廉·拉克伍德，」我讀道。我合上了檔案，看著莉拉。「他的中間名是威廉。不是丹尼。」我說。

「道格拉斯·喬瑟夫·拉克伍德，」她說，一臉燦爛，幾乎壓抑不住她的興奮。我們面面相覷，努力想消化我們的新發現有何其重大的分量。克莉絲朵·海根的繼父的縮寫名是DJ；DJ是那個發現克莉絲朵·海根眼鏡的人；而發現了克莉絲朵的眼鏡的人逼她性交；而逼她性交的人就是殺死她的人。這是簡單的歸納法。我們揪出兇手了。

30

因為我跟莉拉需要照顧傑若米，所以我們一直等到星期一才去找警察；在那之前，我們三個慶祝我們自己的小感恩節，吃馬鈴薯泥、蔓越梅、南瓜派和可尼西雞，我們跟傑若米說那是迷你火雞。這大概是他或我過過的最美好的感恩節了。到星期天晚上，我媽在賭場輸光了，回來帶傑若米。我看得出來他不想走。他坐在我的沙發上，不理睬我們的母親，最後她只好用嚴厲的語氣命令他站起來。他們離開後，莉拉跟我把日記的筆記和庭審紀錄整理好，準備隔天下課後帶到警察局。我們興奮得幾乎按捺不住。

明尼亞波里警局的兇案組在明尼亞波里市政府派駐了一名警員。市政廳座落在市中心，像一幢老城堡，華麗的拱門讓建築的入口有一種古典理查森羅馬式復興風格的味道，進去後的走廊卻比較像是羅馬澡堂而不是羅馬復興風格。所有的牆面都是五呎高的大理石，頂上的泥灰塗的顏色像是混合了紫紅色和番茄湯。走道有一整個街區那麼長，向左轉，再延伸個半條街，這才會經過一〇八室，兇案組的辦公室。

莉拉跟我向坐在防彈玻璃後的接待員報上姓名，就坐下來等待。大約二十分後，有個男的走進了等候區，右腰上掛著葛拉克九毫米手槍，左邊皮帶上別著警徽。他個子高，胸膛厚實，二頭肌像是在監獄院子裡舉重鍛鍊出來的。但是他的眼神溫潤，讓他的硬漢外表沒那麼嚇人，而且他的聲音溫和，比我預想的還要再柔和個一兩分。等待區裡只有莉拉跟我兩個人。「喬？莉拉？」他問，伸出了手。

我們輪流跟他握手。「是的，警官。」我說。

「我是邁克思·魯柏特刑警，」他說。「我聽說你們有一樁命案的線索？」

「是的，警官，」我說。「是克莉絲朵·海根命案。」

魯柏特刑警別開臉，彷彿是在腦海中的名單上找名字。「我沒印象。」

「她是在一九八〇年被殺的。」莉拉說。

魯柏特用力眨了兩次眼睛，歪著頭像一隻狗在聽意想不到的聲響。「妳說一九八〇年？」

「我知道你可能以為我們是兩個瘋子，可是請給我們兩分鐘說明。如果兩分鐘之後你還是覺得我們是胡說八道，那我們就走。可是如果我們說的有道理，甚至只是一點點的道理，那就有可能有個殺人兇手還在逍遙法外。」

魯柏特看了看手錶，嘆口氣，手指彈了一下，要我們跟著他走。我們穿過了一間滿是隔間的房間，進了一個只有一張金屬桌和四張木椅的房間。莉拉和我坐在桌子的同一側，打開了我們以紅繩繫住的檔案夾。

「這是克莉絲朵的日記，」莉拉說，一手放在紙張上。「檢察官用了裡面的幾則文字來暗示卡爾·艾佛森在跟蹤克莉絲朵，強迫她性交。他利用這些段落來給艾佛森定罪。可是日記裡頭還有用密碼寫的東西。」莉拉把日記打開到第一則密碼段落。

「你們是從哪裡拿到的？」魯柏特拿起了日記翻閱。「看到這些數字了嗎？」他指著每一頁的底部蓋的數字章。「這些是貝茨編號，」他說。「這是案子的證物。」

「我們說的就是這個啊，」我說。「我們是從艾佛森的律師那裡拿到的，這些是他的庭審的東西。」

「看這個密碼，」莉拉說，把有密碼的幾頁指給魯柏特看。「一九八〇年九月克莉絲朵開始用密碼寫日記。不很多，只是偶爾會出現。他們從來沒有為了開庭破解過密碼。」

魯柏特讀了一點，徘徊在有密碼的那幾頁上。「好……所以呢？」他說。

「所以……」我看著莉拉。「我們破解了密碼。其實，是她解開的。」我指著莉拉，她從她的檔案夾裡抽出一張紙，那份檔案夾裡放著所有的密碼日記段落以及解密後的文本。她把紙滑給魯柏特刑警。

九月二十一日——今天太恐怖了。7，22，13，1，14，6，13，25，17，24，18，11，1。我嚇死了。非常非常糟糕。

九月二十一日——今天太恐怖了——我找不到我的眼鏡。我嚇死了。非常非常糟糕。

九月二十八日——25，16，14，11，5，13，25，17，24，26，21，22，19，19，3，19，

26，21，22，19，19，3，19。要是我不照他說的話做，他會告訴大家。他會毀了我的一生。

九月二十八日——DJ找到了我的眼鏡。要是我不照他說的話做，他會告訴大家。他會毀了我的一生。

九月三十日——6，25，6，25，25，16，12，6，1，2，17，24，2，22，13，23。我恨他。我覺得想吐。

九月三十日——我用手幫DJ做。我恨他，我覺得想吐。

十月八日——25，16，12，11，13，1，26，6，20，3，17，3，17，3，17，24，26，21，22，19，19，3，19，9，22，7，8。他一直威脅我。2，3，12，22，23，1，19，17，3，1，11，5，19，3，17，24，17，11，5，1，2。

十月八日——DJ不肯把眼鏡還我。他一直威脅我。他要我用我的嘴巴。

十月九日——6，26，22，20，3，25，16，12，2，22，1，2，3，12，22，13，1，

3，25。他強迫我。我想自殺。我想殺了他。

十月九日——我照DJ的要求做了。他強迫我。我想自殺。我想殺了他。

十月十七日——5，16，17，22，25，3，17，3，25，11，6，1，22，26，22，6，13，2，3，12，22，19，10，11，5，26，2，6，1，2，5，10，1。

十月十七日——DJ又逼我做了一次。他很粗魯。好痛。

十月二十九日——6，1，19，10，22，18，3，25，16，19，10，22，18，6，13，26，17，3。泰特太太這麼說的，她說年齡差異表示他一定會坐牢。今天就會停止，我太開心了。

十月二十九日——是強暴。DJ是在強暴我。泰特太太這麼說的，她說年齡差異表示他一定會坐牢。今天就會停止，我太開心了。

「弄丟眼鏡是怎麼回事？」魯柏特說。

我說明了我們和安德魯．費雪的談話，說他和克莉絲朵偷竊汽車，撞壞了，克莉絲朵的眼鏡鏡片掉了，留下了證據。「所以，」我說，「無論是誰找到眼鏡的一定都知道偷車和鏡片的事。他知道他抓住了她的小辮子，可以逼迫她……就範，順從。」

魯柏特向後靠著椅子，抬眼望著天花板。「那這個叫卡爾的傢伙被定罪的部分原因就是這本日記？」

「對，」我說。「檢察官跟陪審團說艾佛森在對克莉絲朵不利的情況下逮到她，就利用這個把柄來脅迫克莉絲朵跟他性交。」

莉拉補充說：「密碼沒破解就絕不可能肯定地說是誰強暴她。」

「你們知道DJ是誰嗎？」他問。

「是她的繼父，」莉拉說。「他的全名是道格拉斯．喬瑟夫．拉克伍德。」

「只因為他叫作道格拉斯．喬瑟夫，你們就認為是他？」魯柏特說。

「這一點，」我說，「再加上克莉絲朵撞壞的車子是從他的中古車行裡偷來的。調查偷車案的警察在他們到中古車行的時候一定提到過。」

「我們還有這些照片。」莉拉說，拿出了火警前後的照片：一張是百葉窗合上的，一張是有人從屋子裡偷看的。

魯柏特研究照片，從抽屜裡拿出放大鏡，仔細比對。然後他把照片放回桌上，十指指尖相觸，一邊說話一邊輕點。「你們知道艾佛森在哪間監獄嗎？」他問。

「他不在監獄裡，」我說。「他得了癌症快死了，所以他們就讓他假釋，住進瑞奇菲爾一間護理之家裡。」

「所以你們不是想要把這個傢伙救出監獄？」

「魯柏特先生，」我說，「卡爾．艾佛森已經活不過幾個星期了，我想在他死前為他洗雪冤情。」

「事情不是這樣辦的，」魯柏特說。「我不認識你們，我也不熟悉這件案子。你們帶著這個日記和密碼的故事走進來，就要我給這個叫艾佛森的傢伙赦罪。我不是教宗。得要有人把我們的卷宗從地下室裡挖出來，翻閱一遍，證實你們說的話確實有一點真實性。然後，即使是真的，誰又能判斷你們說的這個DJ的事是真的。我完全不知道另一方的證據可能是什麼。也許日記根本無關緊要，也許這張照片有合理的解釋。你們是要求我重新調查一件三十年前的案子，而犯人已被陪審團定罪，排除了合理懷疑。不僅如此，這個傢伙現在也沒坐牢了，他住在護理之家裡。」

「可如果我們是對的，」我說，「就有個殺人兇手三十年前逃過了制裁。」

「你有在看報嗎？」魯柏特問。「你知道今年發生了多少命案嗎？」

我搖頭。

「目前是三十七件。今年發生了三十七起命案。去年是十九件。我們的人力不足，連三十天前發生的命案都破不了，更別提三十年前的了。」

「可是我們已經破案了啊，」我說。「你們只需要查證就好了。」

「沒有這麼簡單。」魯柏特開始把紙張都收拾成一疊，好像是在暗示我們的會面結束了。

「證據必須非常牢靠才能說服我的上司重啟調查。然後我的上司又得要讓郡檢察官相信他們三十年前搞砸了一件案子，把一個無辜的人送去坐冤獄。之後，你得上法庭去說服法官，讓他撤銷判決。你說這個叫艾佛森的人沒幾個星期好活了。就算我相信你們——我沒說我信——也不可能在他死前還他清白的。」

我不敢相信我聽到的話。莉拉跟我在解開密碼時是那麼的興奮。真相從紙面上躍出來，對著我們大叫。我們知道卡爾是無辜的。我覺得魯柏特刑警也知道，因此他的「我們太忙」藉口更難讓人信服。我對卡爾的案子夠熟，知道他們在認為卡爾有罪時投入了多少的人力物力。可現在——現在我們能夠證實他的清白了——整個司法系統卻生鏽了。感覺太不公平了。魯柏特把那疊紙張還給我。

「這樣不對，」我說。「我不是什麼瘋子跑進來說他是無辜的只因為我在麥片碗裡看到了異象，或是有隻狗告訴我的。我們帶了證據來了。而你卻什麼也不打算做，只因為你們的人手不足？放屁。」

「嘿，慢著——」

「不，你才慢著，」我說。「要是你覺得我滿嘴屁話，把我轟出去，那我能了解。可是你不肯調查只是因為太麻煩了？」

「我並沒有這麼說——」

「那你是要調查嘍？」

魯柏特舉高一隻手阻止我說下去。他估量著我面前的檔案，隨即放下了手，俯身向桌子。「這麼辦吧，」他說。「我有個朋友在『清白專案』做事。」魯柏特伸手到口袋裡，掏出了名片，在背面寫了一個名字。「他叫鮑迪．桑登，是哈姆萊法學院的教授。」魯柏特把名片拿給我。「我會去挖我們儲存的舊案卷，希望還在；你們去跟鮑迪聯絡，也許他能幫得上忙。我這邊能做到哪裡我就會做到哪裡，不過可別抱什麼希望。要是你們的人是清白的，鮑迪可以幫忙把證據弄回法庭上。」

我看著名片，一邊是魯柏特的名字，另一邊是桑登教授的名字。「叫鮑迪打電話給我，」魯柏特說。「我可以告訴他我們這裡的案卷有什麼，只要還在。」

莉拉跟我起身要走。

「還有喬，」魯柏特說，「如果是白費力氣，我會讓你知道。我不喜歡死纏爛打。聽清楚了嗎？」

「清楚得很。」我說。

31

卡爾不知道我這天會來。

在和魯柏特刑警見過面之後，我把莉拉送回公寓，就再開車到山景莊去告訴卡爾這個好消息。我以為卡爾會坐在窗前，結果並沒有。他一整天都沒有下床；他沒辦法。他的癌症讓他虛弱到必須插管。

隆恩格連太太起初並不情願讓我去見卡爾，可是在我告訴了她我們的突破之後她就讓步了。我甚至讓她看了密碼日記以及解讀的文本。我向她說明了卡爾是被冤枉之後，她就變得悶悶不樂。「恐怕我一直不是一個非常好的基督徒。」她說。

她叫珍妮特去查看卡爾的狀況，看他是否願意見我。一分鐘後，她們帶我到他的房前。卡爾的房間裡有一張床，一個床頭几，一張木椅，一個內建梳妝台的衣櫃，一扇小小的窗子，完全看不到風景。房間青苔色的牆壁什麼裝飾也沒有，只有一張要求整潔衛生的佈告。卡爾躺在床上，一根塑膠管輸送氧氣到他的鼻子裡，手臂上吊著點滴。

「對不起不請自來，」我說，「可是我找到了線索，你應該看看。」

「喬，」他說，「看到你真好。你覺得今天會下雪嗎？」

「我想不會，」我說，從窗戶往外看著擋住視線的凌亂丁香花叢的枯枝。「我今天去找警察了。」

「真希望會下雪，」他說。「在我死前下場大雪。」

「我知道是誰殺了克莉絲朵・海根。」我說。

卡爾不說話了，看著我的樣子像是他在努力改換思路。「我不懂。」他說。

「記得那本日記嗎，檢察官用來定你罪的那本？」

「喔，對，」他說，鬱鬱一笑。「日記，我老覺得她是一個漂亮孩子，在後院練習啦啦隊的動作；而她卻一直覺得我是變態——一個性侵孩子的人。對，我記得那本日記。」

「那你記不記得有地方是用數字寫的？密碼？我解開了——嗯，是我們解開的——我弟、我，跟一個叫莉拉的女生。」

「哎呀呀。」卡爾微笑。「你們還真聰明啊。上頭寫什麼？」

「她寫的那些，什麼被迫性交、被威脅的，她說的根本就不是你。她說的是一個叫DJ的人。」

「DJ？」他說。

「道格拉斯・喬瑟夫……拉克伍德，」我說。「她說的是她的繼父，不是你。」

「她的繼父。可憐的孩子。」

「要是我能讓警察重啟這件案子，我就可以幫你平反，」我說。「要是他們不肯去調查真相——那我就自己去調查。」

卡爾嘆口氣，頭更往枕頭上沉，轉而注意小窗和丁香枯枝。「不要，」他說。「我不要你為了我冒險。更何況我一直都知道我沒有殺她。而現在你也知道了，對我就夠了。」

他的反應出乎我的意外。我不敢相信他居然能這麼平靜。換作是我就會穿著睡衣狂呼猛叫，跳上跳下。「你不想讓大家知道你沒殺她？」我說。「討回自己的清白？讓大家都知道檢察官害你坐了冤獄？」

他的笑容很溫暖。「記不記得我跟你說過我的生命可以用小時來計算了？」他說。「那我應該花多少小時來擔心三十年前的舊事呢？」

「可是你為了你沒犯過的罪坐了一輩子的牢，」我說。「那樣根本就不對。」

卡爾轉向我，蒼白的舌頭舔著皸裂的嘴唇，目光落在我身上。「我不能後悔被捕，被送進監獄。要是他們那晚沒有逮捕我，我現在已經不在了。」

「什麼意思？」我問。

「你知道我在克莉絲朵被殺那天買了槍，我買槍是要用在我自己身上的，而不是拿來殺死那個可憐的女孩子的。」

「用在你自己身上？」

他的聲音變得細薄，他先清喉嚨才往下說：「我那晚並沒打算要醉死過去，那是意外。我用槍抵著太陽穴兩三次，卻沒膽子扣扳機。我從櫃子裡拿了一瓶威士忌，我只打算喝一點點再開槍——只是一兩口來壯膽。可是我喝太多了。我大概是沒想到我需要更多的勇氣。我醉死過去了。等我醒來，兩個大塊頭警察正把我從屋子裡往外抬。要不是他們逮捕了我，我是會自殺的。」

「你在越南不想自殺因為你不想下地獄。記得嗎？」

「在我去買槍之前，上帝跟我就已經在冷戰了。我已經在地獄裡了。我再也不在乎了。無所謂。我受不了我做過的事，我沒辦法再多活一天了。」

「只因為你在越南沒救下那個女生？」

卡爾轉過去不看我。我能看出他的胸膛起伏得很淺促，他又用乾涸的舌頭舔嘴唇，停下來整理思緒，說：「不完全是。沒錯，那是事情的起點，不過並不是故事的最後。」

我沒吭聲。我默默看著他，等著他解釋。他要我幫他倒些水，我把杯子端給他，讓他輕啜一口濕潤嘴唇。

「我要告訴你一件事，」他說，聲音輕柔平板。「我從來沒有跟別人說過，連維吉爾都不知道。我要告訴你是因為我答應過會跟你實話實說。我說過我什麼也不會隱瞞。」他躺回枕頭上，瞪著天花板。我看著一個長著利牙的恐怖回憶掠過他的臉。部分的我想要省掉他的痛苦——跟他說他可以留著這個秘密——但是我沒辦法。我想要聽。我需要聽。

他凝聚勇氣，接著說：「在那次的戰役之後，我跟維吉爾都受傷的那次，他們就把維吉爾送回國了，而我則在峴港養傷，一個月後才又回單位。有維吉爾和土豆陪著我，越南還能忍受，可沒了他們……唉，我想不出能用什麼話來形容我的心情。後來，就在我以為最壞也不過如此的時候，更壞的事又來了。」

他的眼睛失去了焦點，又一次回到越南。「一九六八年七月我們去執行例行的搜索殲滅任務，掃蕩某個無名的村莊，尋找食物和彈藥：就跟平常一樣。那天實在是熱，大概熱到了人類的極限，蚊子大得像蜻蜓，好像會把你的血吸乾。讓你奇怪怎麼會有人住在這麼個鳥不生蛋的地方，或是為什麼會有人為這種地方打仗。我們正在掃蕩這個村子的時候，我看到一個女孩子從一條小徑跑進了一棟茅屋裡，然後我看到吉布斯盯著她看，跟著她，一個人朝那邊去了。又是牛軛事件重演。」

卡爾的嘴唇輕顫，又喝了一口水才往下說：「那一刻，我四周的戰火好像都消失了。那些狗屁，慘叫，高熱，誰對誰錯——全都融化了，只剩下我和吉布斯。唯一對我最重要的事就是阻止吉布斯，我不能讓牛軛事件重演。我走向小茅屋，吉布斯的褲子已經脫下來了。他把那個女孩子打得頭破血流，拿刀抵著她的喉嚨。我用步槍指著他，就瞄準他的雙眼之間。他看著我，把菸草汁吐在我的靴子上，說他等一會兒再來處理我。我叫他住手，他不聽。『開槍打我啊，你他媽的孬種，』他這麼跟我說。『開槍打死我，然後他們就會槍斃你。』

「他說得對。我是準備要死在越南——沒錯——可是不能這麼死。我放下了步槍，吉布斯譏笑我，不過他也只神氣到看見我拔出了刀子。我揮刀刺中他，直接刺穿了他的心臟，他的眼睛瞪得像雞蛋那麼大，我看著他流血至死。他的表情好驚訝，完全不敢相信。」卡爾的聲音平平淡淡的，流暢鎮定得就像是飛機脫離了暴風雨。「知道嗎，喬，我謀殺了吉布斯中士，冷血地殺死了他。」

我不知該說什麼。卡爾也不再說話了。他的故事說完了。他把真相告訴了我。隨之而來的沉默擠壓著我的胸膛，我還以為我的心臟會停掉，但是我等著卡爾說下去。

「我幫那個女孩把衣服穿回去，把她推出門外，叫她快跑，跑進叢林裡。然後我等了一會兒，朝空中開了幾槍，叫援兵來。我告訴他們我看到有人朝叢林裡跑了。」他又打住，然後看著我。「所以看吧，喬，我是一個謀殺犯。」

「可是你救了那個女生的命。」我說。

「我沒有權利奪走吉布斯的命，」卡爾說。「他還有太太和兩個孩子留在國內，而我謀殺了他。我在越南殺了很多人……非常非常多，可他們是軍人。他們是敵人。我是在盡我的責任。我殺害了吉布斯，而且在我心裡我也殺害了牛軛的那個女孩子。不是我拿刀割開她的喉嚨的，可是我還是殺害了她。他們為了克莉絲朵·海根逮捕我的時候……唉，我想部分的我是覺得該是我血債血還的時候了。在我坐牢以前，我總是每天晚上會在夢裡看到那個可憐的越南女孩的臉，我會看到她的手在哀求我過去，去救她。無論我灌了多少威士忌，我都沒辦法淹沒那段記憶。」卡爾閉上眼睛，搖搖頭，回想起過往。「唉，我把酒當水喝。我只想要那種痛苦停止。」

我從卡爾的臉上看得出他說話時精力衰竭，一句話不連接，從嘴裡溜出來。他又喝了一口水，等著呼吸不再顫抖。「我以為去坐牢就可能讓鬼魂消失——埋葬掉我那部分的生命，我在越南做過的事。可是到頭來，沒有一個洞夠深。」他抬頭看我。「無論你多努力，有些事你就是逃不掉的。」

他的眼神告訴我他能看到我自己的罪惡枷鎖。我在椅子上不安地欠動，讓卡爾的短暫沉默在我四周移動。然後卡爾閉上眼睛，緊抓著胃，痛得瑟縮。「天啊，癌症這玩意痛起來真是要人命。」

「要我去叫人嗎？」我問。

「不用，」他說，咬著牙擠出話來。「會過去的。」卡爾雙手握成球，直挺挺躺著，直到呼吸恢復成平穩、淺短的韻律。「你想知道最諷刺的是什麼嗎？」他說。

「想。」我說。

「我一直想死，想辦法找死，結果卻是坐牢讓我想要活下去。」

「你喜歡監獄？」我說。

「當然不是，」他雖然痛還是咯咯笑。「不會有人喜歡監獄。可是我開始看書，開始思考，想要了解我自己和我的人生。後來有一天，我躺在床上，思索著帕斯卡的賭注。」

「帕斯卡的賭注？」

「這是一位叫布萊茲．帕斯卡的哲學家發明的定律，他說如果你可以選擇相信上帝或是不相信上帝，選擇相信比較划算。因為如果你相信上帝，而你錯了——那，什麼事也不會發生。你只是會死，進入虛無的宇宙。可如果你不相信上帝而你錯了，那你就會下地獄，至少對某些人來說。」

「算不上是什麼信仰宗教的理由。」我說。

「一點也沒錯，」他說。「我的四周有幾百個等著生命終結的人，等著死後會有什麼比較好的事來臨。我也有一樣的感覺。我想要相信在死後有比較美好的境界。我在監獄裡殺時間，等著那個交叉點。就在這時，帕斯卡的賭注跳進了我的腦海，只是稍微有點變化。萬一我錯了呢？萬一沒有死後的世界呢？萬一，在無垠的永恆裡，這一個是我唯一會活著的時間呢？是這樣的話，我要怎麼活？聽懂我的意思嗎？萬一就是這樣子呢？」

「嗯，那我想就會有一大堆失望的死掉神父了。」我說。

卡爾輕笑。「說得對，」他說。「不過也意味著這是我們的天堂。我們每天都被生命的奇蹟包圍住，我們不了解這些奇蹟，所以只覺得理所當然。我那天就決定了我要活著——不是只過日子而已。要是我死了，在死後發現了天堂，那，好極了。可如果我不像已經身在天堂那樣活著，結果我死了卻只找到虛無，唉……我就浪費了我的人生了。我就會浪費掉我能活著的唯一機會。」

卡爾的聲音漸漸變小，眼睛鎖住了窗外枯枝上跳動的一隻山雀。我們看著那隻鳥幾分鐘，直到牠飛走，卡爾的注意力才轉回來。「對不起，」卡爾說。「我只要想起那段過去，就會變得太哲學味。」

他又抓住胃，口中發出輕微的痛苦呻吟，緊閉著眼睛，咬緊牙根。這次的痛非但沒有過去，反而更為強烈。他以前也會發作，可我沒見過這麼糟的。我等了幾秒鐘，希望疼痛會過去，卡爾的五官扭曲，鼻孔變大，努力呼吸著。最後就會這樣結束嗎？他現在要死了嗎？我跑到走廊上去喊護士。她帶著針管跑進他的房間，清潔了靜脈注射端口，幫他打了嗎啡，幾秒鐘後他的肌肉就開始放鬆，下巴也鬆開了，向後仰頭躺回枕頭上。他現在只是個軀殼，力氣完全放盡。他只有三分生氣。他想醒著，卻沒辦法。

我在旁邊看著他睡，不曉得他還剩幾天好活——還剩幾小時。我不曉得我還有多少時間能做我需要做的事情。

32

我回到家後就從皮夾裡抽出了邁克思．魯柏特的名片，寫著鮑迪．桑登教授的那張，撥了電話。桑登教授聽起來像個好人，還挪出時間跟我約好隔天下午四點見。那個星期二我的最後一堂課是經濟學，我一直到三點半才下課。要是我知道那天的課只是照本宣科，我就會蹺課，早一點去哈姆萊大學。等我在聖保羅下了公車，我還有九條街要走，時間卻只剩下六分鐘。前面的七條街我用跑的，最後兩條街用走的，我的外套敞開了，讓冬天的冷風吹散我的汗。我準時抵達桑登教授的辦公室。

我以為這位法學教授是個老人，灰髮倒退，繫著蝴蝶結，穿一件駱駝毛外套；結果在辦公室門口迎接我的桑登教授卻穿著木匠藍牛仔褲、法蘭絨襯衫和平底便鞋。他留著稀疏的鬍子，一頭褐髮，只在兩鬢處有些灰白，而且他跟我握手的手勁就像個建築工。

我把那堆資料全都帶來了——就是我拿給魯柏特刑警看的那份檔案。桑登教授在他凌亂的辦公桌上清出空位來，請我喝咖啡。我一眼就喜歡上他。我沒跟桑登教授說卡爾假釋出獄了，想起了這個消息像一盆冷水澆熄了邁克思．魯柏特的熱忱。我不想讓桑登教授輕視我的論點，只因為卡爾已經沒有坐牢了。我用拉克伍德家的窗戶的相片開始我的陳述。「有意思。」他說。

「還有更好的。」我說，抽出日記的那幾頁，攤開在他的面前，帶著他逐條細看，說明檢察官是如何利用這個來描畫一張虛假的圖畫，定了卡爾．艾佛森的罪。然後我讓他看解開密碼後的日記文本，揭開真兇姓名的那份。他看到DJ，歪著頭微笑。

「DJ：道格拉斯．喬瑟夫。這說得通，」他說。「你是怎麼破解密碼的？」

「我的自閉症弟弟。」我說。

「他是學者？」桑登教授問。

「不是，」我說。「純粹是運氣好。克莉絲朵．海根那年秋天在上打字課，她是用那個句子來創造密碼的……就是那個每個字母都會用到的句子。」

桑登教授搜索記憶。「什麼懶惰狗的，對吧？」

「就是那個，」我說。「那就是她的密碼：她的恩尼格密碼機。我們一發現了破解關鍵，答案就顯而易見了。按照我們的推論，道格拉斯要丹尼也跟著他說謊，說他們是在中古車行裡。丹尼討厭他的繼母，我們也知道他們的婚姻並不美滿。也許道格拉斯是跟丹尼說他是幫忙遮蓋別件事情。」

「比方說呢？」桑登問。

「根據安德魯．費雪的說法，他是克莉絲朵當時的男朋友，拉克伍德先生背著他老婆去脫衣舞俱樂部，」我說。「可能道格拉斯讓丹尼跟著說謊是因為丹尼以為他爸惹的是那種麻煩。而且，沒有人懷疑道格拉斯。警察立刻就鎖定了卡爾．艾佛森。每一個人都認為是卡爾做的。」

「是繼父的推論說得通。」他說。

「為什麼？」

「他跟她很接近——住在同一棟屋子裡。兩人沒有血緣關係，所以他可以把衝動發洩到她身上。他利用他發現的秘密來得到權勢，控制他的被害人。戀童癖要得逞的一個關鍵就是要把被害人孤立起來，讓她覺得她不能告訴別人。讓她相信會毀了她和她的家人，相信每個人都會責怪她。而他就是這麼做的。他用眼鏡當籌碼，威脅要揭發她來取得優勢，逼她來碰觸他。然後他要她做更多，每一小步都跨越一個新的界線。悲哀的是克莉絲朵的解脫之路，她知道了她可以扭轉情勢，卻引她走上了死亡。他是不可能讓她有那種力量的。」

「那我們要怎麼抓到這個傢伙？」我問。

「證據上有任何體液嗎？血液、唾液、精液？」

「驗屍官作證她被強暴了，他們在她的體內找到殘留的精液。」

「如果證物裡還有採樣，我們也許能取得DNA。唯一的問題是，那是三十年之前。當時還沒有DNA證據。他們可能沒有保留樣本，就算保留了，也損毀嚴重，我們無法使用了。潮濕的樣本不易保存。要是有乾的血漬，那DNA就可以保留個幾十年。」桑登教授按了揚聲電話鍵，撥了一個號碼。「我們先打給邁克思，看他那邊找到了什麼。」

「鮑迪！」邁克思．魯柏特的聲音很響亮。「好嗎？」

「你也知道的，邁克思，還在為正義而戰。你呢？」

「要是我再接到命案，我也要殺人了。」他說，一面哈哈笑。

「邁克思，我開擴音器。我跟一個叫喬．塔伯特的孩子在一起。」

「嗨，喬。」擴音器冒出兩個字來，活像我們是老朋友。

「嗨……刑警先生。」

「我在看喬的證據，」桑登教授說，「我覺得他不是無的放矢。」

「你哪次不是，鮑迪，」魯柏特說。「我從地下室把案卷挖出來了，看了一遍。」

「有體液嗎？」桑登問。

「那個女孩的屍體被放到工具棚或是車庫裡焚燒了，兩腿大致都燒毀了，身上的體液都蒸發了。實驗室可以證實有精液，但是樣本不能用了，沒辦法再證實別的。兇手是個非分泌者⑩，所以精液中沒有血液。據我所知，也沒有切片保留下來。我打給了BCA，他們也是什麼都沒有。」

「BCA？」我問。

「刑事拘捕局，」桑登教授說。「把它想成我們的犯罪現場調查。」他回頭講電話。「沒有血跡？唾液？」

「她身上的衣服全都被燒掉了。」邁克思說。

「那指甲呢？」我說。

「指甲？」桑登教授在椅子上坐直了。「什麼指甲？」

我突然感覺到我好像也是對談的一分子。「那個女生的假指甲。他們在卡爾．艾佛森的後門廊上發現了一片。一定是道格拉斯放到那兒誣陷卡爾的。」

「如果被害人在掙扎中弄掉了一片指甲，裡面可能會有皮膚細胞。」桑登說。

「案卷裡沒有指甲。」魯柏特說。

「會在B庫裡。」桑登說。

「B庫？」我問。

「那是法庭儲存呈堂證物的地方，」桑登說。「這是樁命案，所以他們會保存。我們會叫人去採艾佛森的樣本，聲請法庭命令去檢驗指甲。如果指甲上有DNA，那不是坐實了艾佛森的罪，就是給了我們重啟調查的火藥。」

「我會把證物列表傳真過去。」魯柏特說。

「我很感激你的協助，邁克思。」桑登說。

「小意思，鮑迪，」邁克思說。「我會準備好。」

「星期五打牌？」桑登說。

「好，到時見。」

桑登教授掛斷了電話。我覺得我明白接下來是哪一步，可是我想再確認。「那，桑登教授——」

「請叫我鮑迪。」

---

❿非分泌者指的是體液中不存在水溶性ABO血型抗原。

「好，鮑迪，要是這片指甲上面有皮膚細胞——他們就能取得DNA？」

「沒錯，有可能還有血液。聽起來證物保持得很乾燥。我不能保證他們能取得DNA，可如果拿到了——而且不是卡爾．艾佛森的——有了日記跟你發現的線索，我們應該有足夠的立場能夠重啟調查，也許還能撤銷他的判決。」

「我們多快能知道？」

「拿到DNA檢驗結果大概是四個月，然後再兩個月送進法院。」

我的心一沉，低下了頭。「他沒有那麼多時間了，」我說。「他得了癌症快死了。他可能連一個月都活不到，更別說四個月了。我需要在他死前還給他一個公道。」

「他是你的親戚？」

「不是。只是我認識的人。可是我需要這麼做。」自從莉拉破解了密碼之後，我外公摔進河裡的記憶就一直侵入我的夢中，每次我讓思緒平定，它就會再揚起風塵。我知道無論我做什麼都改變不了過去，卻是沒關係，我需要做這一件事。為了卡爾？為了我外公？為了我自己？我不知道。我就是需要這麼做。

「那就麻煩了。」桑登教授一面思考一面在桌上輕敲手指。「我們可以找一家私人的檢驗所，可能會比BCA快，但即使如此，也不是萬無一失的。」他又敲了敲。「我可以去找人討人情，可是別抱太大希望。」他朝我皺眉，聳了聳肩。「我想我只能說我會盡力。」

「除了DNA檢驗之外，我們還能做什麼嗎，只憑日記？」我問。

「日記很夠力，」他說，「可是還不行。要是這個姓拉克伍德的傢伙跑進法庭裡坦承犯罪，我們的動作是可以加快，除此之外，我們就只能等待DNA的結果了。」

「認罪，」我小小聲自言自語，有個想法成形，一種莽撞的想法，它會跟著我回家，像鬧脾氣的孩子一樣不停地戳刺我。我站起來，越過桌面和鮑迪握手。「我實在是感激萬分。」

「別謝得太早了，」他說。「這件事要能成功，還得要諸多因素配合呢。」

接下來的一兩天，我忙著補上其他科的作業，腦袋裡一直有兩個想法在翻騰，像硬幣一樣翻過來翻過去。一方面，我可以等。桑登教授讓卡爾的案子動起來了，一切都順利進行。那片假指甲會送去檢驗DNA。如果克莉絲朵抵抗過加害者，那DNA就會是道格拉斯・拉克伍德的，而這份證據，加上日記，就能夠還卡爾清白。但是這條路需要時間——而卡爾・艾佛森沒有時間。我看得出桑登教授的努力還得要靠上天眷顧。要是他沒辦法及時取得DNA鑑定結果，卡爾就會以殺人犯的身分死去——而我也就失敗了。

而另一方面則是一個草率的點子。為了讓卡爾・艾佛森在世人的眼中是以清白之身死去的，我需要知道我已經盡了最大的努力。我不能兩手一甩，看著他揹著殺人的罪名死去，而心裡明明知道我也許能改變這一點。這已經無關作業要拿A的事了，甚至無關我天真的信念，以為到頭來黑白是非應該要平衡。這件事不知怎地變成了跟我有關，跟我十一歲時眼睜睜看著外公溺死的事有關。我是能做些什麼的，但是我沒有。我至少應該試一試。如今，面臨著行動或等待的抉擇，我覺得我只有一種選擇。我必須行動。更何況，萬一那片指甲上沒有DNA呢？那所有等待的時間就等於白搭。

一個像草莓種子一樣小的想法在我的心裡漸漸萌芽，那是桑登教授無心播撒下的。要是我能讓拉克伍德認罪呢？

我轉向筆電，在網路上搜尋道格拉斯．喬瑟夫．拉克伍德，找到了警方的逮捕紀錄簿，說他因為酒駕被捕，另一個網站詳細記載了某個郡政委員會的會議紀錄，通告一個叫道格拉斯．喬瑟夫．拉克伍德的人妨礙公眾安寧，因為他把舊車堆棄在他的土地上。兩個網站寫的地址都一樣，在奇薩戈郡，明尼蘇達的北部。逮捕紀錄上寫了他的年齡，正吻合。我抄下了地址，放在廚房流理台上。三天了，我看著它像跳動的心臟一樣搏動，而我不斷說服自己去追查道格拉斯．拉克伍德。最後，竟是氣象播報員幫我做了決定。

我寫作業時打開了新聞，只是想有點背景聲音，然後我聽到氣象播報員說有一場破紀錄的大雪即將凍破我們的屁股——是我說的，不是他的原話——積雪將厚達二十吋。說到下雪就讓我想起了卡爾，他是那麼渴望能在死前看到一場大雪。我想去看他，想在他盯著雪花時看見他眼中的喜悅。我決定在我去看卡爾之前，我要去找道格拉斯．拉克伍德，試試能不能讓他認罪。

33

我執行跟道格拉斯・拉克伍德見面的計畫就跟要接近一頭睡著的公牛一樣膽顫心驚。我來回踱步，左思右想，想鼓起勇氣。我那天上課時兩腿抽動，心不在焉，沒辦法專心聽課。下課後我到莉拉的公寓去，把我決定要去突襲拉克伍德的事告訴她，說不定還能給她機會勸我打消念頭。她不在家。我出發之前的最後一個舉動是打電話給魯柏特刑警，電話轉入了語音信箱，我掛斷了，把手機放進背包裡。我跟自己說我會直接開車到拉克伍德家——開車經過，看他是否仍住在那裡。然後我會向魯柏特回報，雖然我強烈懷疑魯柏特對這件案子的關心還不足以根據我聽到的事情採取行動。他會想要等DNA鑑定結果。他會照規矩辦事，一直等到卡爾・艾佛森死去仍一事無成。所以，我帶上了數位錄音機、我的背包，而且連個計畫都沒有，就踏上北上的路了。

路上我把音樂開得很大聲，讓歌曲淹沒我的疑慮。我盡量不去想我是在做什麼；六線道的柏油路面變成了四線道，然後是雙線道，最後我開上了一條碎石路，前往道格拉斯・拉克伍德家。三十分鐘的車程中，我經過了摩天大廈和水泥建築，再到農地和樹林。黃昏的天空掛著零零落落的灰雲，微弱的十二月太陽已經開始向西墜了。毛毛細雨變成了霰，氣溫急遽下降，北風預告著冬季暴雪來臨。

我經過拉克伍德家時放慢了車速，那是棟老舊的農家房屋，因歲月風霜而歪斜，木板牆從地基以上腐朽。前院的草皮整個夏天都沒有除草，更像是休耕的農田而不是草皮，碎石車道上停著一輛老福特金牛座，後擋風玻璃沒了，只裝了一片塑膠板。

我在通過房子不久後的一處農地入口掉頭折回。接近他的車道時，我看到有人在窗後移動。我的背脊冒出一股涼意。那個殺了克莉絲朵．海根的人在窗子後面自由自在地活動。我一想到拉克伍德犯的罪卻玷污了卡爾的名字，一陣怒氣就衝上腦門。我一而再再而三告訴自己我只是開車到鄉間一趟，是執行偵查任務，目的是找出那棟房子。但內心深處，我始終知道沒有這麼簡單。

我用龜速開進拉克伍德的車道，輪胎輾壓著碎石子，我緊抓著方向盤的掌心出汗。我把車停在鏽蝕的福特後面，關掉了引擎。門廊一片漆黑。屋子內部好像也是一片昏暗，唯一的光線來自屋子深處。我打開了數位錄音機，放進襯衫口袋裡，走向門廊去敲門。

起先我沒看到動靜，也沒聽到足聲。我再敲一次，這一次有道人影從裡面有燈的房間走出來，打開了門廊燈，再打開前門。

「道格拉斯．拉克伍德嗎？」我問。

「對，就是我，」他說，上下打量我，好像我跨過了什麼禁止入內的警戒線似的。他的身高大約有六呎二（約一八八公分），脖子、下巴、臉頰被三天沒刮的鬍碴遮住。他渾身散發出菸酒味和陳年不洗的汗臭味。

我清清喉嚨。「我叫喬．塔伯特，」我說。「我在寫一篇故事，是你的繼女的命案。可以的話，我想跟你談一談。」

他的眼睛瞪大了一下子，立刻又瞇起來。「那個……那個已經處理完了，」他說。「你想幹什麼？」

「我在寫克莉絲朵．海根的故事，」我重複一遍，「還有卡爾．艾佛森，以及一九八〇年那時發生的事。」

「你是記者？」

「你知道卡爾．艾佛森假釋出獄了嗎？」我問，想要分散他的心神，讓它聽起來像是我關切的是卡爾居然提早出獄。

「他什麼？」

「我想跟你談談這件事。只需要幾分鐘。」

道格拉斯扭頭看著破家具和覆蓋牆壁的污漬。「我沒想到有客人。」他說。

「我只問幾個問題。」我說。

他低聲嘟囔了幾句，走進屋裡，沒把門帶上。我跨過門檻，看到客廳亂七八糟，衣服、食物空盒及膝深，還有一大堆在破爛大拍賣會上會有的東西。我們只走進屋子幾步，他就突然停下來轉向我。「這裡不是穀倉。」他說，低頭看著我弄濕的鞋子。我看著堆在門口的那堆垃圾，真想跟他辯，不過我只是脫掉了鞋子，跟著他走進廚房，走向一張桌子，桌上覆滿了舊報紙、要債的郵件，以及大約積了一個星期的盤子。桌子正中央有一瓶空了一半的「傑克丹尼爾」威士忌，非常醒目，簡直就像是過節的裝飾。拉克伍德在桌子的一頭坐下，我脫掉外套——小心不讓拉克伍德看到我襯衫口袋裡的錄音機——披在椅背上，這才坐下來。

「你太太在嗎？」我問。

他看我的樣子像是我朝他的臉上吐了口水。「丹妮兒？那個婊子？她二十五年前就不是我老婆了。她跟我離了。」

「很遺憾。」

「我不會，」他說。「寧可住在曠野，不與爭吵使氣的婦人同住。箴言二十一章十九條。」

「對……言之有理吧，」我說，想找個法子繞回我的主題。「好，我記得，丹妮兒作證時說克莉絲朵遇害的那晚她在上班。是這樣的嗎？」

「對……這跟艾佛森出獄了有什麼關係？」

「而你說你在你的車行裡加班是嗎？」

他抿緊了嘴唇，端詳我。「你打的是什麼鬼主意？」

「我只是想要了解。」

「了解啥？」

差不多就是在這個時候我缺乏計畫的罩門出現了，鋼琴只要缺少一個鍵就會毀了整首曲子。我不想明著來，我想要聰明狡黠，我想設個陷阱，讓拉克伍德在不知不覺之間掉進去，坦承他的罪行。結果我只是用力吞嚥，像推鉛球一樣直接就拋了出來。「我是想了解你為什麼要對你繼女發生的事說謊。」

「什麼玩意？」他說。「你是哪棵蔥——」

「我知道真相！」我大聲喊。我想要在話語在他的喉嚨裡成形之前就阻止他的抗議。我要他知道都結束了。「我知道克莉絲朵真正發生了什麼事。」

「你……」拉克伍德咬牙切齒，在椅子上身體前傾。「克莉絲朵發生的事是上帝之怒，是她自找的。」他一掌拍在桌上。「『在她額上有名寫著說：奧秘哉！大巴比倫，做世上的淫婦和一切可憎之物的母。』」

我想要回嗆他，可是他引用的聖經經文卻讓我迷惑。他脫口而出的話可能是他多年來一直告訴自己的話，可以減輕他的罪惡感。在我能修正做法之前，他就轉向我，兩眼冒火，說：「你是誰？」

我伸手到後口袋裡掏出日記影本，放在道格拉斯．拉克伍德的面前，有密碼的那頁擺在第一張。「他們給卡爾．艾佛森定罪是因為他們以為克莉絲朵在這些日記裡寫的是他。你記得那個密碼嗎，她用在日記裡的阿拉伯數字？」他看著面前的日記影本，再看著我，再回頭去看影本。然後我拿破解後的文本給拉克伍德看，那上頭指名是他強迫克莉絲朵性交。他一邊讀，兩手就抖了起來。我盯著他看，看到他的臉色轉白，眼珠凸出，眼皮抽動。

「你是從哪裡拿到的？」他問。

「我破解了密碼，」我說。「我知道她寫的是你。你是那個逼迫她做那些事的人。是你強暴了你的繼女，我知道是你。我只是想在我去報警之前給你一個解釋的機會。」

他像是靈光一閃，用混合著恐懼和理解的神情看著我。「不……你根本不懂……」他伸手到桌子中央，拿起酒瓶。我緊張了起來，等著他用酒瓶打我，準備好要阻擋反擊。但是他只旋開了蓋子，喝了一口威士忌，用衣袖擦嘴，手在發抖。

我擊中他的痛處了。我說的話讓他招架不住，所以我決定再追擊。「你把DNA留在她的指甲上了。」我說。

「你不懂。」他又說。

「我想要懂，」我說。「所以我才會來這裡。告訴我是為什麼。」

他又喝了一大口酒，擦掉嘴角的唾沫星子，低頭看著日記。接著用低沉顫抖的聲音說話，話聲單調，像在背書，彷彿是在說出他只想要自己一個人知道的想法。「聖經上說了，」他說，「親子之間的愛。而你來這裡，經過了這麼久……」他按摩太陽穴，用力施壓，似乎是想把那些在他的腦子裡來回撞擊的想法和聲音都揉搓出來。

「該是把事情做對的時候了，」我說。我給他敲邊鼓，就像莉拉哄勸安德魯．費雪說出真相時一樣。「我懂。我真的懂。你不是禽獸。只是情況失去了控制。」

「大家都不懂什麼是愛，」他說，好像我不在房間裡了。「他們不懂孩子是上帝給男人的獎賞。」他看著我，搜尋我的眼睛，在找諒解——卻沒找到。他又喝了一口酒，呼吸變得沉重，不停抽搐的眼皮底下眼珠向上翻。我以為他可能會昏死過去，但接著他就閉上眼睛，再次開口，這一次，是從身體深處的一個幽深的洞穴裡把話挖出來。他的話汩汩而出，又黏又重，像古老的岩漿。「我自己都不了解我自己的作為，」他低聲說。「因為我做的不是我想做的事……我做的是我最痛恨的事。」他熱淚盈眶，指關節變白，死命攥著酒瓶，像抓著救生圈。

他就要認罪了，我能感覺得到。我謹慎地瞄了一眼襯衫口袋裡的錄音機，確定沒有東西遮住迷你麥克風。我需要拉克伍德親口說出他做的事。

我抬頭看，正好看到威士忌酒瓶砸向我的太陽穴，這一擊把我打出了椅子，我的頭撞上了牆壁。直覺叫我往門口衝，但是拉克伍德家的地板開始像開瓶器一樣旋轉。我的平衡感被打壞了，害我向左偏，直直撞向電視機。我能看到眼前有一條漫長的黑暗隧道，而大門就在隧道的盡頭。我拚命想在天旋地轉的房間裡趕到門口。

拉克伍德不知是拿煎鍋還是椅子從後面打我——反正就是很硬的東西——把我打倒在地板上，距大門只有一點點。我使出全力最後一撲，感覺到手裡碰到了門把，我把門拉開了。這時又一擊打中我的後腦勺。我跌出門口，落在及膝深的草叢裡，黑暗在吞噬我，我彷彿是跌進了井裡。我在黑暗中漂浮，看到我的上方有一小圈光。我朝那道光游去，抗拒著把我往下拖的深淵，硬逼著自己要恢復意識。等我接近了那道光，寒冷的十二月空氣又填滿了我的肺，我能感覺到結霜的草抵著我的臉頰。我在呼吸。後腦勺的痛直接穿刺我的眼睛，一道細細的溫熱血流滴到我的頸子上。

拉克伍德呢？

我的胳臂像石頭：使不上力的四肢不自然地撐在一側。我把全部的心神和力氣都集中在移動手指頭上，命令指頭扭動，然後是我的手腕，再來是手肘和肩膀。我把雙手放到身下，掌心按住冰冷的地面，把臉和胸從雜草叢中抬起來。我聽到後方和四周有聲響，是草葉摩擦丹寧布的聲音，但是迷迷糊糊中我什麼也看不到。

我感覺到一條繩子，像是帆布腰帶，纏住了我的喉嚨，用力收緊，切斷了我的呼吸。我努力想從地面上撐起來，想跪起來，可是頭上的傷不知損害了哪裡。我的身體不理會我的命令。我伸手到後面，摸到他的指關節因為出死力而收緊，他使勁拉扯腰帶的兩端。我沒辦法呼吸，僅餘的力氣也從身體流失了。我覺得我又落回了井裡，落回了無盡的黑暗之中。

我的身體虛軟，心裡閃過一波的厭惡，厭惡我自己的天真，厭惡沒看出那人抓著酒瓶的力道，厭惡我的一生會無聲無息地結束，死得一點尊嚴也沒有，面朝下躺在結霜的草地裡。我讓這個老傢伙——這個泡在威士忌酒缸裡的性侵兒童犯——打敗了我。

34

我是從夢裡回魂的。

我獨自站在一片荒蕪的豌豆田中央，冷風鞭笞著我的身體。頭頂上黑雲滾滾，殺氣騰騰，扭絞成一道龍捲風，預備要直撲而下，把我捲走。我穩穩地面對著威脅，烏雲散開，一片片墜落，碎片衝著我飛來，越來越大，長出了翅膀、尖喙和眼睛，變成了黑鳥，不懷好意地胡亂往下撲，落在我身體的左側，啄我的胳臂、我的髖部、我的大腿，以及我的左臉。我亂拍亂揮，拔腿跑過田地，可是什麼也阻擋不了黑鳥的攻擊，牠們啄得我皮開肉綻。

就在這時我感覺到土地顛簸。黑鳥不見了，田地消失了。我努力要認清新的現實，眼睛只看到黑暗，耳朵聽到汽車馬達的嗡嗡聲以及輪胎輾在路面上的低鳴聲。我的頭一陣陣的痛，整個身體左側都像著火一樣，好像有人把我當條魚似的刮了鱗片。我的喉嚨裡像是被一把鈍銼刀銼過。

疼痛加劇，我的記憶也回來了，我想起了威士忌酒瓶砸中我的一邊腦袋，腰帶圈住了我的脖子，還有他的臭味充斥了我的鼻孔。我被彎成胎兒的姿勢，塞進了一個冰冷、黝黑、嘈雜的地方。我的左臂被壓在我的身下，但是我可以扭動右手的手指，感覺到摩擦著我的牛仔褲。我摸到了大腿，然後又摸過臀部，劃過覆蓋著我胸膛的薄襯衫，找我的錄音機。不見了。我伸手到底下的地板，碰到一片地毯，潮濕冰冷，侵蝕著我左側身體的皮膚：就是我夢裡的黑鳥。我知道這張毯子，是覆蓋我的汽車後車廂地板的毯子，因為後車廂和方向盤之間的車頂生鏽破洞，一直在漏水，所以永遠是濕的。

天啊，我心裡想。我是在自己的後車廂裡——沒有外套，沒有鞋子，牛仔褲左側和襯衫被冰天雪地的馬路上濺起的水花浸濕了——而且車速超快。怎麼回事？我開始不由自主發抖，下巴肌肉繃得太緊，牙齒都快咬碎了。我想翻身，讓左邊身體能稍微輕鬆一點，卻沒辦法。有東西堵著我的膝蓋。我小心地往下摸，我發抖脆弱的手指在黑暗中探索，摸到了抵著我的膝蓋的一塊煤渣。我再往下摸，摸到另一塊，用鐵鍊跟這一塊綁住。我順著鐵鍊摸，發現它纏住我的小腿，再在我的腳踝處纏了兩圈，勾得很牢。

煤渣塊是鍊在我的腳踝上的。沒道理啊，一開始沒有。我愣了愣才想通。我的雙手沒有被綁住，嘴巴上也沒有貼膠帶，但是我的腳踝卻被鍊在煤渣塊上。他一定是以為我死了，只有這樣才說得通。他要把我帶到某處去棄屍，有水的地方，一座湖或是一條河。

無可名喻的驚恐攫住了我，扼殺了我的思維。我的身體因為恐懼和寒冷而顫抖。他打算殺了我。他相信他已經殺了我了。我的心裡冒出了一小簇頓悟的火焰，安定了我發抖的身體。他以為我死了。死人是不會反抗的，跑不了，也打亂不了周詳計畫過的人和老鼠的命運。但是這是我的車子。拉克伍德犯了個錯，他不該走進我的主場：我閉著眼睛也知道我的後車廂裡有什麼。

我記得那幾片小塑膠板，有平裝小說那麼大，覆蓋住後車廂內側的車尾燈。去年我換過兩邊的方向燈。我在黑暗中摸索了一兩秒，找到了那個小門鎖，讓我可以掰開蓋住方向燈的塑膠板。

用力一扭，我就把燈泡扭掉了，整個後車廂變得一片光明。

我兩手包住燈泡，用它的熱力來烘暖我冰冷的指關節。然後我扭動身軀，去搆左邊的車尾燈，動作不敢太突然，或是弄出聲響，生怕會讓道格拉斯．拉克伍德驚覺他載的貨是活的。我拔掉了左邊的鑲板和燈泡，讓車子沒了車尾燈，後車廂裡反倒像是大白天。

我腳踝上的鐵鍊只用一個鉤子固定住。拉克伍德一定是使盡了吃奶的力氣才能勾得這麼緊。我努力去解開，冰凍的手指卻像患了關節炎一樣自動蜷曲，大拇指像花瓣一樣柔弱無用。我又一次握緊了燈泡，緊緊握在手裡，感覺到它燙手，白熱的燈泡貼著我冰凍的皮膚冒蒸氣。我再去解鐵鍊，一試再試，卻解不開。我需要工具。

我沒有多少工具，但是我有一輛一天到晚拋錨的爛車，所以我那些少得可憐的工具全都被放在後車廂裡：兩支螺絲起子，一把扳手，一支鉗子，一捲膠帶，一罐防鏽潤滑劑，全都包在一條油膩的毛巾裡。我用脆弱的右手去抓住螺絲起子，塞進鉤子和鐵鍊之間，左扭右絞，又推又擠，一毫米一毫米地塞。等我感覺到螺絲起子插得夠深了，我就把把手往上扳，想讓鉤子鬆動。鐵鍊落下，聲音大得似乎連小小的後車廂裡都有回音。我咬住嘴唇，讓血液衝回我凍壞的雙腳，痛得我好想尖叫。我憋氣幾秒，等著看拉克伍德有什麼反應。我聽到收音機傳來輕微的樂聲，拉克伍德仍繼續開車。

從我拔掉第一顆後車燈泡至少過了十分鐘，要是附近有警察，也該把我的車攔下來了。我們繞過的轉角和彎路比高速公路的要窄，而從路面偶爾的顛簸也能猜出我們是在某條偏遠的郡道上，車輛不多，尤其是在風雪大作的時候。

我在腦海中篩揀各種辦法。我可以等到警察要我們停車，不過天時地利都不對。我可以等拉克伍德抵達目的地，打開後車廂發現我沒死並且火冒三丈，不過我也可能會因為失溫而已經凍死了。不然就是我自己脫困出去。就在這時我靈機一動，想到了後車廂的設計是不讓人從外面打開的，不是用來關人的。我查看了後車廂蓋，找到三個小小的六角螺母，是用來固定車廂鎖的。我雖然冷得咬緊牙關，還是笑了。

我去挖我的工具，抓住扳手，冰凍的把手像乾冰一樣燒著我的手。我拿那條油膩的毛巾把它包住，調整扳手上的防鬆螺帽。我的手指不肯聽話。我把右大拇指塞進嘴裡，讓指關節變暖，左手拿著燈泡，一起暖手。

車速放慢了，漸漸停下。我右手抓緊了扳手，準備要衝出後車廂。我會攻拉克伍德一個出其不意，殺了他。但是雅哥又動了起來，向右轉，加速，像在飆車。

我又去轉扳手上的防鬆螺帽，它動了，最後扳手終於緊緊夾住了第一顆六角螺母。我用雙手夾著扳手，手指蜷曲，被低溫凍得虛弱無力。我必須專心，像小孩嘗試遠超過自己能力範圍的恐怖行為，我的胳臂抖得太厲害，光是拿扳手夾住螺帽就好像花了一輩子。

等我取下第三顆螺母時，我的身體已經不發抖了。這份鎮定是來自於我專心一志要完成任務，或是進入了另一階段的失溫，我不知道。最後一顆螺母掉下來，後車廂也打開了一條縫。現在，唯一阻撓我打開後車廂的東西就是一條電線，它連接到駕駛座旁邊的開啟後車廂桿，不過這條電線我只需要用鉗子一夾就可以夾斷。

我把後車廂蓋推高了幾吋，後車廂內的照明燈亮了起來。我趕緊把蓋子關上。我都忘了這個照明燈了。我等待著，豎起耳朵聽我的失誤是否引起拉克伍德注意，但是車速沒有變化。我摘掉了燈泡，遮蓋住其他的車尾燈電燈泡，又打開了後車廂。路面大約是以六十哩（約九十七公里）的時速從我的下方掠過，消失在黑暗之中，而且看不到其他車輛的燈光，也沒有房屋的燈火，沒有城市的燈光。我想爬出車廂，可是我不想在這樣的高速中去撞路面。

我的顫抖又回來了，撕扯著我的小腿、手臂、背部的肌肉。我需要快點行動，不然我會冷到什麼也不能做——或是凍死。我把那條油膩的毛巾撕成三等份，把兩條折成長方形，大約和我的腳等長，仔細地拿膠帶把毛巾纏在我的腳上，纏了一圈又一圈，充當鞋子。接著我用第三條毛巾包住扳手的把手，讓它厚到可以塞住排氣管吐出的廢氣。我再悄悄撕下約莫三呎長的膠帶，綁住撬開後車廂蓋上的鎖留下的洞。我把車尾燈燈泡換到別的地方，以免在我打開車蓋後漏出光線。接著我才用鉗子把電線夾斷，靠膠帶拉住後車廂蓋。我測試我的逃生口，用單手推開了幾吋，另一手抓著膠帶再把門拉下來。該是逃脫的時候了。

我放鬆了夠多的膠帶，讓後車廂打開了一呎左右，足以讓我的肩膀穿過去，但希望也不會引起拉克伍德的注意。我的頭先滑動，穿過了汽車的後座，右手抓著膠帶，讓後車廂蓋抵著我的背，左手拿著包著毛巾的扳手。冰冷的空氣害我喘不過氣來。

我用盡全力把扳手塞進排氣管，破布堵住了廢氣排出，一氧化碳在歧管和汽缸蓋累積。我一直堵著排氣管，直到汽車發出怪聲，咳了兩次，接著熄火，默默滑向路肩。等車速放慢到牛速，我就從後車廂跳出去，使出吃奶的力氣，用纏著膠帶的腳跑向路邊的樹林裡。

我剛跑到林線，就聽見車門砰的關上。我一直跑。樹枝鞭打著我的胳臂。我一直跑。再幾步就聽見拉克伍德吼叫，我沒聽懂他在吼什麼，但是我聽懂了他的憤怒。我一直跑。再幾步我就聽到了槍聲。

35

從來就沒有人對我開槍過。而今晚我已經這麼倒楣了——被勒昏，被鍊上了煤渣塊，還差一點凍死在後車廂裡——我壓根就沒想到居然還會更倒楣。我放低了頭，開始蛇行，盲目地衝過樹林。第一顆子彈射中我後面十碼的一株短葉松，再兩顆掠過我頭頂上方。我扭頭一看，只見道格拉斯．拉克伍德立在車尾燈的光芒中，伸長右臂，拿槍對準了我的方向。我還沒能擔心子彈會打到我，腳下的地面倏地下陷，我摔進了一條水溝裡。枯枝和灌木叢戳刺著我受凍的皮膚。我跳了起來，抓住一段樺樹嫩枝保持平衡，伸長耳朵聽見另一顆子彈飛過了我的頭頂。

接著是一片寂靜。

我挺直身，可以看到水溝的坡口外。我的車子停在五十碼外，遠光燈朝公路上投射出圓錐光束。拉克伍德瞄準了我摔落的地方，不確定我在哪裡。他再等著另一個聲響，踩斷樹枝或是踩中枯葉的聲音，以便瞄準開槍。我豎著耳朵聽，但是我文風不動，身體猛烈顫抖，因為停下來不跑就冷得受不了。拉克伍德看著我的汽車車尾，彎下腰來，把扳手從排氣管拉出來，丟進樹林裡。

他朝駕駛座而去。排氣管的堵塞物拿掉了，汽車就能發動了。他有大燈可以照亮四周。我手腳並用爬出水溝，往樹林深處跑，躲避能躲掉的東西，還是被我看不到的樹枝擦傷抽打。等他把汽車掉過頭來，我已經拉開了一百碼的距離了。汽車的大燈也幾乎照射不進密林裡。我滑下了一個小山坡，大燈消失在地平線後。

他會搜索樹林——是我的話就會。他不能讓我活著，他不能讓我回到文明世界去說出我知道的事。我一直跑，每一步都會讓腳趾上的痛向上竄；我的眼睛適應了黑暗，可以避開倒木和樹枝了。我停下來喘息，豎著耳朵聽腳步聲，什麼也沒聽見。他一定在這裡，在某處。我伸長耳朵聽，卻變得暈眩，腦袋打結。不對勁。我想去抓著小樹苗穩住身形，手卻不聽使喚。我跌倒了。

我的皮膚好燙。我在學校學過。是什麼來著？對了。失溫的人在瀕臨死亡時會覺得熱，就會脫掉衣服。我要死了嗎？我需要移動，需要不停地動，讓血液流通。我需要站起來。我用手肘撐著地面，跪了起來。我感覺不到膝蓋了。我的皮膚再也感覺不到冷冽的土地了。我要死了嗎？不，我不能死。

我的兩腿軟得像剛出生的小馬，但我總算站了起來。我該往哪個方向跑？我記不得了。每個方向好像都一樣陌生，一樣可怕。我一定得動——不然就會死。之前風是吹在我的背上的，對吧？我選了一個方向，邁開步子——冷風推著我前進。我只知道我可能是回頭走向拉克伍德。無所謂。被槍打死可能比失溫而死要好得多。

我沒看到地面又下陷，結果從一道陡坡摔了下去，像裝滿了馬鈴薯的麻袋一樣又蹦又跳，落在一條產業道路上，兩道平行的車轍被輪胎壓得光禿禿的。看到路讓我浮升出堅毅之心來。我爬起來，朝著我面對的方向就走，兩隻膝蓋互撞，抖個不停，隨時都可能會害我再摔倒。我正覺得我的身體已經來到極限了，我現在除了向前仆倒之外不能再做什麼了，忽然就看到了幾呎外有一道反射的光。我眨眨眼調整視線，相信是我變糊的腦袋在向我投來最後的一次嘲弄。但確實是真的。一抹月光穿透了雲層，像一支精準的箭射向大地，折射在一棟獵屋的骯髒玻璃窗上：許諾著遮蔽，或許還有毛毯，或是——更棒——爐子。

我也不知道是哪兒來的力氣，是生命最後的一口氣吧。我拖著腳沿著小路前進。木屋的門是金屬的，鎖住了，可是門邊的窗戶輕易就能打破。我找到了一塊石頭，可是手指卻像是長在手臂末端的肉瘤，根本沒辦法把石頭撿起來，所以我用手腕和小臂夾住。我身體貼著玻璃，丟出石頭，打破了一小角。我把手臂伸進破洞裡，伸長手臂想要抓住門把，手卻無力地滑過。我就快得救了，可如果我進不去，就等於白費力氣。

暈眩又淹沒了我，我的右腿一個不支，我就貼著木屋摔倒了，只剩左腿拚命想挺直。我把頭向後仰，再用力拿額頭去撞玻璃，玻璃碎片像雨點一樣落在地板上。我用兩隻手肘去敲碎剩餘的玻璃，從窗框爬進去，落在地板上，玻璃碎片割傷了我的肚子。

我膝蓋和手肘並用，爬過了地板，就著淡淡的月光打量新的環境：一個水槽，一張牌桌加四張椅子，一張沙發，以及一個燒柴的爐子。萬歲！獵人在爐子附近留下了一小堆的短葉松木頭，而且我還在那堆木頭旁找到了一張舊報紙和一個汽水罐大小的咖啡罐，裡頭裝著兩根長柄火柴。我用僵硬的指頭夾住一根火柴，往鑄鐵爐側面劃。我抖得太厲害，火柴被我折成了兩半，火柴頭掉進了黑暗中。

「ㄍㄧㄍㄧ幹！」這是我從被威士忌酒瓶打中頭之後說的第一句話。話聲用力刮擦著我疼痛的喉嚨。

我把第二根火柴塞進左手裡，手腕用力抵著肚子，穩穩支撐住。再拿火柴頭去碰金屬爐子，再抖動身體，讓火柴頭能夠用力敲打金屬爐卻不至於折斷。我把火柴轉過來，看著火花變大。我點燃了一角報紙，火花燒著了乾報紙，迅速燒向我的手，火焰的熱滋養了我，我像餓鬼一樣大口吞嚥。

報紙燃燒的火光照亮了小房間，我找到了柴堆旁邊的松樹皮。我把樹皮橫架在報紙上，看著它著火，很快就有了一堆像樣的火種。樹皮引燃小樹枝，小樹枝引燃木頭，幾分鐘之內，我就蹲坐在熊熊火焰前，轉動身體取暖，一次烘烤四分之一的身體，讓每一側都烘到快燙傷的程度才換邊。

我在想像中的烤肉架上融解，我的皮膚退冰，感官恢復了生氣，身體上的許許多多傷口也尖聲喊起痛來。我的胳臂和兩腳上覆滿了割傷，我從肚皮上拔下玻璃碎片。我的肩上有一道特別大的擦傷，松針都還插在裡頭。我脖子上被拉克伍德的腰帶磨破的皮膚痛得要命，讓我想起了我差點就進了鬼門關。我解開了腳上的膠帶，血液慢慢流回到腳趾的毛細管和皺痕裡，兩隻腳像著火一樣。我按摩著小腿、胸口和下巴肌肉，這些地方因為發抖而抽筋，仍痛得像有針在扎我。

一等我的關節解凍得差不多可以站起來了，我就走向窗戶，手裡抓著撥火棒，盯著外頭尋找拉克伍德的蹤影。我在樹林裡逃命時風一直吹在我的背上，現在變得更強了，撕扯著格紋窗帘，呼嘯著掠過外頭的松林。聲音很不吉利，卻是老天保佑，因為它把燒柴的煙吹走了，追殺我的人聞不到。我看不到拉克伍德的人影，聽不到腳步聲。他有槍，可是他找不到靶子就不能開槍。我把窗帘塞進窗櫺裡，盡量讓它遮住每一吋窗戶，以免爐火的火光會洩漏到屋外。我傾聽等待。如果拉克伍德想殺我，我會逼他走進小屋來。現在我有了準備了，他可別想輕易就能得逞。

我在窗邊蹲了起碼一個小時，全神貫注，等著有腳步聲，或是槍管從窗帘伸進來。一個小時之後，我開始相信他不會找到我躲在小獵屋裡了。我伸頭去看外面，看到了氣象預報的暴雪來了。棉花球一樣大的雪花被風吹得側飄，能見度幾乎是零。拉克伍德現在是絕對找不到我的，他不會瘋狂到冒著暴雪待在樹林裡。我拿個沙發墊塞進窗框裡，把破洞封嚴，不再站崗了。

我環顧小屋，這時被美妙的火焰照亮了，我看到只有一個房間，大概是一節貨運火車大小，沒有浴室，沒有電，沒有電話。水槽旁的牆上鉤子上掛著一件及胸高的青蛙裝。我走過碎玻璃，脫下又濕又冰的牛仔褲，套上了青蛙裝，把牛仔褲吊在掃把柄上，用爐子烘烤。我從櫥櫃裡找到了兩條大毛巾和一把片魚刀。我脫掉襯衫，跟牛仔褲掛在一起，把毛巾披在肩上，像披肩一樣。我拿起刀子，以大拇指碰了碰刀刃，握在手中，向陰影突刺，在心裡一遍又一遍殺死拉克伍德。我有衣服、有火、有沙發，還有一片屋頂。我覺得像國王。我相信我逃脫成功了。我相信我徹底甩開了那個對著我引述聖經，然後就動手要殺我的瘋子。然而，我躺在沙發上，一手卻緊抓著刀子，另一手緊抓著撥火棍，等著再打一架。

36

那晚我睡得像個站在窗台上的人。爐火的每一聲嗶剝都會把我從不安的睡眠中驚醒，讓我走到窗邊去掃瞄樹林，尋找拉克伍德的蹤跡。拂曉之後，暴雪仍在肆虐，狂風吹打著雪花，築起了一道白茫茫的牆，連雪橇狗都會卻步。第一道天光乍現，我就出去找水源，一腳踩進十二吋深的雪地裡。小屋裡有水槽，有排水管，卻沒有水龍頭。我沒找到水泵，就用鍋子裝了雪，放到爐子上融化。我的木柴還能支撐個兩天，而只要有火，我就不會死。

我換回了牛仔褲和襯衫，烘了一夜都乾了。我趁著早晨有日光，好好地檢查了小屋一遍。獵人儲存的食物很少，我找到了一罐燉牛肉，早就過期了，一包義大利麵，還有一點香料——夠我吃到暴雪過去。

到樹林裡我需要大衣，所以我把能找到的補給品全都收集起來，開始做裁縫。我把兩條毛巾做成袖子，捲成筒狀，再拿釣魚線當縫線，一支捶平的魚鉤當縫衣針。毛巾袖從我的手腕一路覆住胸口，我把兩隻縫在一起，留下一個像領口的洞。我再把青蛙裝套上，把吊帶套在毛巾袖上固定住。然後我在屋子大步走動，伸展測試我的女紅成品，對自己的創意還滿得意的。我的大衣第一步完成了。

早晨大概過了一半，我煮了半包義大利麵，加上了咖哩、紅椒粉和鹽，配著溫水吃掉。我記不起何時吃過這麼棒的一餐了。午餐之後，我開始縫製大衣的其他部分。小屋唯一的窗子是用格紋窗帘遮蓋的，鮮紅色的棋盤花紋讓我想起了餐廳的桌巾。我在窗帘的正中央割了一個洞，把它變成了斗篷。接著我抽出了沙發臂的泡棉墊，當作帽子。等時候到了，我會用沙發裡的泡棉來塞滿我的青蛙裝，給身體保暖，再拿窗帘繩綁住帽子和斗篷。這天天黑前，我已經有了一件冬大衣，連唐納大隊[11]都會羡慕不已。

太陽開始下山了，我又查看了一次天氣。雖然還在下雪，卻沒那麼大了。我一跨出門雪就埋到了我的膝蓋，我這才發覺我需要雪靴。我在煮晚餐的時候一邊思索。我用片魚刀打開了牛肉罐頭，放到爐子上煮到冒泡。

吃過晚餐之後，我坐在火光中，用我從牆上掰下來的兩片一乘八吋的松木護壁板製作雪靴。我用沙發鑲邊的尼龍繩來把木板和青蛙裝的靴子綁在一起。做完之後，我滿意地笑了，蜷縮在剩餘的沙發上，度過在小屋的第二晚。

早晨我把剩下的麵條都煮了，把沙發墊切成條塞進青蛙裝裡，再披上格紋斗篷，戴上帽子。我用雪把爐火撲熄，然後在離開之前從爐子裡拿了一段焦木，給屋主在牌桌上留了言。

抱歉弄得一團糟。小屋救了我的命。我會賠償損失。喬・塔伯特留。

[11] 唐納大隊（the Donner Party）是一八四六年春天一支由美國東岸出發前往西岸加州的移民隊伍。由於資訊錯誤，他們受困在內華達山區度過寒冬。

我的最後一步是把片魚刀綁在胯部上。我沒辦法相信拉克伍德仍然在樹林裡追殺我，但是我也沒看見威士忌酒瓶朝我揮來啊。他要我死。他要我死。光憑他想要殺了我，我就能讓他去坐牢——就算不是為了殺害克莉絲朵・海根。要是他的想法跟我一樣，他就還會在樹林裡，像獵人一樣隱藏起來——手裡握著槍——等著我走進十字準線。

37

雖然我是在明尼蘇達長大的，走在雪地上的時間就跟走在草地或是水泥地上一樣多，可我卻從來沒有穿雪靴走過。而且我也絕對沒有穿用護壁板做的雪靴走過路。練習了一陣子之後我才走得順暢了，儘管每一步都直往下陷，雪埋到我的小腿，但是也絕對比沒穿雪靴在及膝深的雪地裡跋涉要強太多了。我折了兩根枯樹枝來當滑雪杖，保持平衡。每一步都需要專心，才能讓重量轉移得協調。二十分鐘後，我已經走了四分之一哩了，但是吃力的跋涉並不讓我擔心。我身體暖和，天氣穩定，樹林也似乎沒有道格拉斯．拉克伍德的蹤影。而儘管死亡的威脅讓我的心情沉重，白雪皚皚的森林卻美得令人屏息。

小溪會流進河裡，我知道那條小產業路也會匯入馬路，走向文明世界。走了一個小時之後，我走的距離遠不如我的希望，但是我看見了一條馬路。其實只能算是樹林裡的一條縫隙——狹窄、蜿蜒、還沒有修整過——可能是一條碎石礦用通路。一枚黃澄澄的太陽從我左肩上方的雲層裡灑下日光，告訴我這條路是東西走向的。因為在我逃命時西北風吹在我的背上，我估計往西走會把我帶回到柏油路上。

小徑緩緩爬升，往一座山丘的頂峰而去。我大步向前走，腦子裡唱著一首歌——《綠野仙蹤》裡壞女巫的警衛向她的城堡行軍時唱的：「喔－咿－呀，咿－喔－啊。」我不時會停下來休息、喘氣，尋找人跡，同時把美景收入眼簾：這是道格拉斯．拉克伍德想要奪走的一天。在我後面，大地一點一點朝遠處的河流下降，一條滿大的河，但是我不知道是哪一條。可能是密西西比河、聖克羅伊河、明尼蘇達河，或是紅河，端賴我在後車廂裡躺了多久，我們是朝哪個方向走的。

我爬上山頂，看到了兩天來的第一個文明痕跡：一條柏油路，翻修得很平整，向地平線伸展。前方三、四哩處有一戶農家，銀色的穀倉屋頂反射著日光，從樹林中穿出來，樹林旁是個大庫房：就算是奧茲國的翡翠城也比不上這裡的風光。農場還有好長的一段路，我知道我大概還得走個一小時。我也知道我吃得不夠多，而跑步會害我虛脫；話雖然這麼說，我還是用跑的。

我看過一段慢動作的影片，拍一隻信天翁想從沙丘上起飛，牠有蹼的腳拍打著地面，身軀左搖右擺，竭力保持挺直，笨拙的翅膀張開來抵銷軀體的東倒西歪。我覺得我在及膝深的雪地裡跑下坡差不多就跟那隻鳥一樣——我的腳綁著松木板，踩出的路徑像之字形。我的每一步都是弓步蹲，抓著兩支樹枝的手臂伸得老長，在空中亂揮，為了保持平衡。等我走到了柏油路上，我向後跌進了雪地裡，筋疲力盡，哈哈大笑，享受著臉上出汗被冬風吹乾的感覺。

我拆掉了腳上的木板，從柏油路走向那戶農家，大半的路是用小跑的，只在需要休息時才走路。我從太陽在空中的位置判斷我會在正午過後才會抵達那戶農家。

我接近房屋時，一隻狗從狗門裡伸出頭來，開始大聲吠叫。牠一點也沒有往前衝的意思，這倒是讓我意外，因為我的外表：綠色青蛙裝，泡棉外露像稻草人，手臂包著毛巾，肩上披著紅色格紋窗帘，腰上也綁著。換作我是狗，我也會對我吠叫。

我接近門廊和那條狗了，門打開來，一個老人端著獵槍走出來。

「真的假的？」我說，掩飾不住氣惱。「你一定是開玩笑。」

「你是誰？」老人問。他的語氣溫和，比較像是好奇而不是生氣。他的槍管比著我們之間的土地。

「我叫喬．塔伯特，」我說。「我被綁架了，可是我逃出來了。你可以幫我報警嗎？我可以在外面等。」

狗退進了屋子裡，一名老婦人站在門口，她的髖部就佔了大半個門口。她一手按住老人的肩，示意他應該讓開，他也讓開了。

「你被綁架了？」她說。

「是的，女士，」我說。「兩天前從一輛汽車跳出來，就在暴雪開始以前。一直躲在樹林的小木屋裡。」我拿大拇指比著肩後。「妳能告訴我這裡是哪裡嗎？」

「你在明尼蘇達的北枝鎮外七哩的地方。」她說。

「那後面的那條河——是哪一條？」我問。

「聖克羅伊。」她說。

如果我對於雙腳被捆上煤渣塊的猜測沒錯，那麼拉克伍德是打算要把我淹死在聖克羅伊河裡。一想到他就差那麼一點就完成他的任務了，我忍不住打了個冷顫。那我就會漂浮在冰層下，我的肌肉慢慢從骨頭上腐化，被吃腐肉的魚吃掉，直到最後水流切斷了鐵鍊，骨頭在腳踝處折斷；我會隨著水流起伏，撞到岩石和枯木，碎成好幾段，河水帶著我的殘骸散佈在這裡和紐奧良之間。

「你餓了嗎？」老婦人問。

「很餓。」

老婦人把老人推開，他走進了屋子裡，不過始終沒有放開槍。她把我帶進屋去，餵我玉米麵包和牛奶，陪著我等警長到達。

38

警長是條大漢，禿頭，留著又密又黑的山羊鬍。他客氣地請我坐在警車後座，但是我知道他的要求是不容我拒絕的。我把事情經過從頭到尾都告訴了他。等我說完，他就用對講機叫人查證我的姓名，看我是不是通緝犯。我不是。可是我也不是失蹤人口。我沒跟莉拉說我的去向，她大概以為我得去奧斯丁處理傑若米和我媽的事。

「我們要去哪裡？」我在他發動引擎駛出圓環時問。

「我要把你帶到中央市的司法中心。」他說。

「你要送我去坐牢？」

「我不確定該拿你怎麼辦。我猜我可以因為闖進獵屋逮捕你。那是三級竊盜罪。」

「竊盜罪？」我說，因為憤怒而拉高了嗓門。「拉克伍德想殺我，我闖進去是逼不得已。」

「那是你說的，」他說。「可是我又不認識你。我也沒聽過這個叫拉克伍德的傢伙。沒有人通報你失蹤，在我查清楚之前，我要把你帶到一個我可以看著你的地方。」

「喔，拜託！」我沮喪地雙臂交抱。

「要是你的說法屬實，我就不會拘留你，可是我不能在事情還沒弄清楚之前讓你走。」

起碼他沒給我上手銬，我心裡想。在密閉的後座裡我能聞到毛巾、沙發泡棉和青蛙裝的臭味：我之前都沒注意到。我思忖著我的味道，忽然想到了一個主意。我知道有誰可以跟警長證實我說的是實話。

「打給邁克思．魯柏特。」我說。

「誰？」

「邁克思．魯柏特刑警。他是明尼亞波里市兇案組的，他知道拉克伍德跟我的事。他會替我作證。」

警長打開對講機請調度中心聯絡明尼亞波里市的邁克思．魯柏特。車行了一陣子我們都沒說話，警長在前座吹口哨，而我心急如焚地等著調度中心證實我不是瘋子或竊賊。警長駛入了中央市的監獄入口，女調度員的聲音從收音機傳出來，跟警長說邁克思．魯柏特今天不值勤，但是他們在設法找到他。我認命地低下了頭。

「抱歉，」警長說，「可是我得把你關一陣子。」他停好車，打開我的車門，把我的手反翦上銬，把我帶到登記室，一名獄警叫我換上橘色的囚犯服。他把拘留室的門關上時，我覺得出奇的心滿意足。我暖和，我安全，而且我還活著。

一個小時之後有位護士來幫我清理傷口，給比較深的傷上繃帶，其他的則塗抹殺菌乳膏。我的腳趾尖和手指尖因為凍傷仍然沒有感覺，不過她說大概不是永久性的。她離開後，我躺在小床上休息，我不記得我睡著了。

後來我被低語聲吵醒了。「他的樣子好安詳，我幾乎不忍心吵醒他。」說話的聲音我隱約認得。

「我們非常樂意多留他幾天。」另一人說，我知道是警長。我坐了起來，揉掉眼睛的睡意，看見邁克思．魯柏特站在我的牢房門口。

「嘿，睡美人，」他說。「他們跟我說你可能需要這些。」他拋給我一件運動衫、一件大衣和一雙冬天的靴子，卻足足大出三號。

「你怎麼會來？」我問。

「來載你回家，」他說。「我們還有些情況要了解。」他轉身跟警長一起走向調度室，而我則趕緊換上衣服。十分鐘後我就坐進了魯柏特的無標誌警車裡——這一次是坐前座——離開了中央市，前往明尼亞波里市。太陽已經下山了，但是餘暉仍照亮著西方的地平線。我把經過情形告訴了魯柏特，他耐心聽著，不過我確定警長已經跟他說過了。

「我覺得他是要把我丟到河裡。」我說。

「是有很高的可能，」魯柏特說。「我一聽說你像個精神錯亂的山民從樹林裡晃出來，聲稱拉克伍德綁架了你，我就去查了一些事情。調了你的車輛資料。你的車昨天被開了罰單，被拖吊了。停在明尼亞波里的一條大雪避車道上。我來這兒之前先拐去了扣押場一趟。」他伸手到後座去抓起我的車鑰匙和背包，我的手機就在裡頭。「這些東西放在你的車子裡。」

「你不會剛好找到皮夾或是數位錄音機吧？」

魯柏特搖頭。「但是我們在後座找到了一把手持冰鑽和一把長柄大錘。我敢賭不是你的。」

「對。」我說。

「他八成是想鑿開聖克羅伊河上的冰，讓你從洞裡沉下去，我們就永遠也找不到你了。」

「我覺得他是以為我死了。」

「一定是，」魯柏特說。「勒住一個人的喉嚨時，他很容易會昏過去，因為通往頭部的血液被阻斷了，可是人還沒死。天氣太冷讓你的體溫下降，我相信他是以為你只是一具屍體。」

「我差點就是了，」我說。「你說他們在避車道上找到了我的車？」

「對，停在公車停車場一條街外，」魯柏特說。「拉克伍德可能搭上了公車。」

「他在逃亡？」

「有可能。也可能是他想讓我們以為他逃走了。我們查了他名下的信用卡，看是否有交易紀錄，卻沒查到。不過他也可能用現金買了票。我也叫兩名警官去查公車停車場的監視紀錄，目前他們還沒看到拉克伍德。我們對他發布了BOLO。」

「BOLO？」

「搜尋令。」

「那你是相信我了？」我問。「他就是殺了克莉絲朵．海根的兇手？」

「看起來是這個樣子沒錯，」他說。「他綁架了你就讓我有足夠的罪名逮捕他，就能拿到他的DNA……等我們找到他之後。」

「我們可以去他家，」我說。「他拿著一瓶威士忌酒在喝，上頭會有他的DNA，不然我們也可以拿他的牙刷。」

魯柏特抿緊了唇，嘆口氣。「我已經派一支小隊去拉克伍德的屋子了，」他說。「他們趕到的時候，消防隊已經在收拾了。那地方被夷為平地。消防官很肯定是縱火。」

「他把自己家燒光了？」

「他是想掩飾罪證——把所有可能指向他的蛛絲馬跡都清理乾淨。我們連個菸蒂或是啤酒瓶都找不到——沒有可能有他的DNA在上頭的東西。」

「那我們接下來要怎麼辦？」我問。

「沒有什麼『我們』了，」魯柏特嚴厲地說。「你不准再插手了。我不要你到處刺探，去找道格拉斯．拉克伍德。聽清楚了沒有？我們在調查了，找到他只是遲早的事。」

「可是問題的關鍵就在時間啊——」

「那個人差點就殺了你，」魯柏特說。「我知道你想在艾佛森死前辦好這件事。我也想，可是該是你收手的時候了。」

「他現在不會來追殺我了——現在你們出面了。」我說。

「你是在假設拉克伍德還有理性，不是那種為了要報復就來殺你的人，」魯柏特說。「你見過他。你會說他是個理性的人嗎？」

「呃，我想想，」我帶著一絲譏誚說。「我跟道格拉斯．拉克伍德見面的短暫時間裡，他一把鼻涕一把淚，動不動就引用聖經的話，拿威士忌酒瓶打我，勒昏我，把我塞進行李廂裡，還想要射殺我。我覺得我們可以排除理性這個條件了。」

「正是我的意思，」魯柏特說。「你需要處處小心。如果他還在附近，他很可能會來追殺你。他會把你當作他所有問題的根本。我猜他知道你的名字和住址，就在你的皮夾裡，對吧？」

「可惡。」

「你有地方可以住一陣子嗎，一個他不會去找——你父母家呢？」

「我可以住在莉拉那裡，」我立刻就說。「你見過她。」我沒說莉拉就跟我住在同一條走廊上。我才不要回奧斯丁呢。

魯柏特伸手到我們之間的中控台，又抽了張名片給我。「只是以防他萬一出現。我把私人的手機電話寫在上面了——你如果要找我，隨時都可以。」

魯柏特叫我不要插手讓我的心裡很不舒服。這是我的作業，是我把它從灰塵中挖出來的，是我把案子帶去給他的，而他還不想辦呢。現在就快結案了，現在拉克伍德已經在我們的指尖上了，他卻想打發我走。他說：「我們在調查了。」可是我聽見的是：「我們會把這件案子放到那一大摞正在調查的案子裡，如果拉克伍德現身，我們會逮捕他。」我閉上了眼睛，一個畫面侵入我的思緒。我看見卡爾在河裡載浮載沉，沒入水下，我外公的救生衣在雙臂間扭絞。畫面中，我緊攥著繫著船錨的那條繩索——不放手，不救他的命。不會有第二次了，我告訴自己。我的這份作業還沒作完。我會想個辦法來幫忙，我會做需要做的事來讓調查快點進行，好讓拉克伍德在卡爾去世之前關進牢裡。

39

我打給莉拉請她來市政廳載我。警方把我的車當證物扣留了，準備採指紋之類的。我在電話中告訴了莉拉部分經過，在她開車載我回公寓的路上把剩下的故事說完了。她摸了摸我的頭，就是被威士忌酒瓶割傷的地方，然後手往下滑到他用腰帶勒住我喉嚨的摩擦傷。她要我重複拉克伍德在讀過日記之後說的話。我用心回憶。

「我想他是罵克莉絲朵巴比倫妓女，」我說。「他胡說八道什麼我不懂他對她的愛……說是聖經上說的，她是……什麼來著……什麼孩子是上帝給男人的獎賞。然後他說他做了他痛恨的事情，然後他就拿酒瓶打我。」

「他好像是瘋了。」她說。

「我同意。」

回家途中我一直在留意，仔細審查每一張經過我們的男性臉孔。在公寓停下車後，我東張西望，查看汽車擋風玻璃，尋找是否有人躲在駕駛座上，或是從儀表板上偷看。街尾的一盞街燈閃爍，陰影也隨之晃動。有那麼一秒我以為我看見了道格拉斯．拉克伍德下垂的肩膀就躲在垃圾車後面，結果卻是一只舊輪胎。我沒跟莉拉說我為什麼會變得疑神疑鬼，但是我覺得她懂。

我一直到攀爬上公寓的窄梯時才徹底了解我的身體受了多少罪，太多地方在痛：小腿、肩膀、背部，感覺一起肌肉痙攣，因為我的抽搐發抖而肌肉打結。我的胸口、胳臂和大腿佈滿了割傷刮傷，活像我是在跟一頭長滿了尖刀的野豬搏鬥。我在樓梯轉彎處停下來，默默記下每一處痛的部位，這才繼續走。

這晚我不需要問莉拉能不能住在她的公寓裡——她自動提議了。她也提議要幫我弄雞湯麵。我全都接受了。然後她帶我到她的浴室，幫我放熱水後才離開。熱水泡著我的肌膚，感覺好舒服，鬆弛了我糾結的肌肉，洗去我頭髮裡乾掉的血液，洗去我傷口中的泥土。我泡在浴缸裡的時間比平常久，要不是知道莉拉在幫我煮雞湯麵，我還真不想出來呢。我把身體拍乾，小心翼翼不去把割傷和擦傷再弄破。我走出浴缸後，發現我自己的乾淨衣服整齊地折放在馬桶蓋上。莉拉從我的長褲口袋裡找到我的公寓鑰匙，到隔壁去拿來了乾淨的四角褲、一件T恤，和我的浴袍。她也幫我拿了刮鬍刀和牙刷，讓我能好好刷刷三天沒清潔的牙齒。

等我走出浴室，莉拉已經把湯倒進碗裡了。她換上了她喜歡的特大號雙城隊球衣，下身是粉紅色睡褲和同色的拖鞋。我喜歡她的雙城隊球衣。

「你的樣子好像很痛。」莉拉說。

「對，我有點痠痛。」我說。

「去躺下，」她說，指著她的臥室。「我幫你把湯端進去。」

「如果妳讓我睡在沙發上，我會比較好過一點。」我說。

「不要爭，」她說，指著臥室門。「你吃了很多苦。你睡在床上。就這樣。」

我沒再爭，我一直想要睡在床上，有枕頭、有床單、有暖和的棉被。我把一個枕頭立在床頭板上，爬上了床，閉上眼睛幾秒，享受著她柔軟的床鋪。莉拉端了雞湯進來，外加一些蘇打餅乾和一杯牛奶。她坐在床沿，我們又談了一些我的遭遇。我跟她說到在小屋生火，設計我穿著逃命的服裝，格紋外套等等的。喝完湯後，莉拉拿走了我的碗盤杯子，我聽著她把東西放在洗碗槽裡。然後屋裡一片靜默，一會兒之後莉拉走進了臥室。

她一走進來——我一看到她——我的呼吸就停了。莉拉的球衣幾乎只在肚臍的地方還扣著鈕釦，她的胸部曲線從布料後露出來，球衣的下襬拂過她絲緞一般的光裸大腿。

我的心臟跳得好厲害，我很確定她看得見。我想說話，卻找不到話說。我只是看著她，掬飲她的美。

她慢慢地、優雅地舉起一隻手橫過胸前，脫掉了右肩的球衣，衣服落到她的手肘處，露出了她的右乳。接著她再脫掉左肩的衣服，讓球衣落在地板上，身上只有一件黑色蕾絲內褲。

她把被子往下拉，睡到我身邊，吻我胸前的刮傷、我手臂的割傷，然後是我的脖子。她溫柔地沿著我的身體往下移動，吻我的傷口，愛撫我緊繃的肌肉，那份溫柔，我從沒有領略過。她吻上了我的嘴唇，我們接吻，輕輕的、柔柔的，我的手指插入她的短髮中，她的身體緊緊貼著我。我用另一隻手撫過她的背、她的臀，用手指來閱讀她的曼妙胴體。

我們這晚做愛了——不是肇因於酒精和荷爾蒙，汗流浹背、笨手笨腳、從這面牆撞到那面牆的那種，而是細水長流，像週日早晨的那種。她像微風一般吹過我，她的輕盈結實的身體在我懷裡跟羽毛一樣輕。我們擁抱依偎，翩翩起舞，最後她跨坐在我身上，緩緩蠕動搖擺。一道月光從窗帘縫隙溜進來，斜射在她背上，她拱起了背，雙手捧住我的大腿，頭向後仰，閉著眼睛。我敬畏地瞪著看，把她收入眼底，把這一幕鎖進內心某處，跟那些永遠不會忘的記憶藏在一起。

40

我在天亮之前就醒了，莉拉仍在我懷裡，背貼著我的胸口，臀腿貼著我。我吻了她的後頸，讓她動了動，但是沒吵醒她。我輕輕吸入她的體香，閉上眼睛重溫昨晚，讓回憶像一瓶上好醇酒一樣讓我醺然醉去，然後我又睡著了。我一直到八點半手機響了才醒。我愣了愣才發現我的長褲是在莉拉的浴室裡，我下床去把手機從口袋裡挖出來。

「喂？」我說，走回床鋪。

「喬．塔伯特？」

「對，我是。」我說，一面揉眼睛。

「我是清白專案的鮑迪．桑登。我沒吵醒你吧？」他說。

「沒有，」我說謊。「有什麼事嗎？」

「你不會相信我們的運氣有多好。」

「嗄？」

「你有沒有看過蘭姆西郡罪證化驗室的新聞？」

「沒聽過。」我說。

「聖保羅有自己的犯罪檢驗室，不隸屬於BAC——蘭姆西郡罪證化驗室。兩個月前他們有三位科學家出庭作證說他們有許多程序都沒有白紙黑字的規定，那地區的辯方律師氣瘋了，拿這件事大作文章。所以郡府不再讓他們化驗了，要等到他們把標準程序的問題解決。」

「那跟我們有什麼關係？」我說。

「嗯，我忽然想到他們現在不做DNA檢驗了，因為沒有制定標準程序，隨便一個平庸的辯護律師也能讓證據被排除。可是以你的案子，要求檢驗的是被告。檢察官絕不會挑戰化驗的公信度，因為這麼一來他們就不得不主張他們使用多年的證據是不可信的。」

「不好意思，我沒聽懂。」

「我們有個實驗室，裡頭的科學家因為行政問題目前一點工作也沒有。我那裡有朋友，我請她趕緊幫我們檢驗那片指甲。她起初拒絕，可是我向她說明了艾佛森先生只剩下最後一口氣了，她就同意了。」

「你把DNA鑑定搞定了？」

「我把DNA鑑定搞定了。結果就在我這裡。」

我沒辦法呼吸。我覺得桑登故意不告訴我結果只是為了要讓我充滿期待。最後我說：「結果呢？」

「他們在指甲上找到了兩種皮膚細胞和血液——男性和女性的DNA都有。我們可以假設女性DNA是克莉絲朵的。」

「那男性DNA呢？」我問。

「男性DNA不是卡爾．艾佛森的。不是他的皮膚，也不是他的血液。」

「我就知道，」我說。「我就知道不會是卡爾。」我朝空中揮拳，發洩勝利的能量。

「現在我們只需要拿到拉克伍德的DNA抹片了。」桑登說。只這麼一句話，我的欣喜就像氣球一樣破了。「你還沒跟邁克思．魯柏特聯絡過吧？」

「魯柏特？沒有。怎麼？」

「拉克伍德逃走了，」我說。「他把他家燒了個精光，跑路去了。魯柏特說他毀了他所有的痕跡。」我沒跟桑登教授說明拉克伍德為什麼在逃亡。我沒跟他說我跑到他家去，說我被綁架的事。我知道我的行動無論立意有多良善，我都打草驚蛇，適得其反。我覺得想吐。

莉拉在床上坐起來，對我的電話感到興趣。我開了擴音，讓她也能聽。

「那，」桑登說，「我們有日記，有照片，拉克伍德又逃亡了，還把自己的屋子燒掉——這些或許就足以讓我們再上法院了。」

「這樣夠讓卡爾洗清冤枉嗎？」我問。

「我不知道。」桑登教授好像是在自言自語，在腦袋裡互相辯論。「我們先假設DNA是拉克伍德的，他也可以說他那天早上跟克莉絲朵起了爭執，被她抓傷了。他們畢竟是住在同一個屋簷下。有可能DNA就是那麼來了，而他並沒有殺死她。」

莉拉說話了。「他說他在她死前一直都沒有回家去。等等。」莉拉翻身下床，披上她的雙城隊球衣，跑出了房間。

「那是誰？」桑登問。

「是我女朋友莉拉，」我說。這麼說的感覺真好。我能聽到她光著腳跑向我的公寓。幾秒之後她就回來了，手上翻開了一本庭訊紀錄，快速掃瞄。「我記得丹妮兒……克莉絲朵的母親作證說……」她又翻了一頁，一根手指在紙頁上劃。「有了。克莉絲朵的母親作證說克莉絲朵一直很沮喪，所以她讓克莉絲朵一整個早上都在睡覺。等道格拉斯和丹尼出門之後，她才把克莉絲朵叫起來……」她默讀了幾秒鐘後才大聲唸出來。「『我叫醒克莉絲朵，叫她去洗澡，因為她每次上學都慢吞吞的。』」

「她在道格拉斯出門之後才洗澡的？」我說。

「一點也沒錯。」莉拉合上了筆錄。「道格拉斯．拉克伍德的DNA要能留在指甲上，唯一的可能就是他在放學以後見過她。」

「如果是拉克伍德的DNA的話。」桑登說。

「要不要打賭？」我問。

桑登想了一下就說：「我會賭指甲上的DNA是道格拉斯．拉克伍德的。」他說。

「那我又要問我最初的問題了，」我說。「少了DNA，證據夠洗清卡爾．艾佛森的冤情了嗎？」

鮑迪對著電話嘆氣。「也許吧，」他說。「我有夠多的證據可以聲請聽證了。要是我們能鎖定DNA是誰的……我是說她可能抓傷她的男朋友或是學校裡的別的男生。少了比對，迴旋餘地就太多了。」

「所以我們需要道格拉斯的DNA，不然我們就完了。」我說。

「也許我們能在聽證日之前找到他。」桑登說。

我又垂下了頭。「嗯，」我說，「也許。」

41

這天莉拉跟我去看卡爾。我需要告訴他DNA跟拉克伍德是逃犯的事。我省略了拉克伍德綁架我，想要殺死我的部分。我也省略了拉克伍德可能還是想殺掉我，而我每次經過一道影子都會嚇得心臟快要蹦出來。我們走入山景莊，經過時向珍妮特和隆恩格連太太點頭，再從走廊步向卡爾的房間。

「等等，喬，」隆恩格連太太喊。「他不在裡面了。」

我的一顆心掉到腳下。「什麼？出了什麼事？」

「沒出事，」她說。「我們給他換了房間。」

我拍了胸口一掌。「妳差點害我心臟病發作。」

「對不起，」隆恩格連太太說。「我不是故意要嚇你的。」她帶著我們到轉角的一個房間，一個很不錯的房間，卡爾躺在床上，面對著一大扇窗，窗外有一株松樹被白雪壓得彎了腰。他們用松枝做了花環，高高掛在牆上，百葉窗上吊著聖誕裝飾，牆上也貼了。四張聖誕卡片立著，半開半合，裝飾地排列在他床邊的桌上。我瞧了瞧卡片，看到有一張是珍妮特送的，另一張是隆恩格連太太送的。即使聖誕節還是兩星期之後的事，我進房時還是喊：「聖誕快樂，卡爾。」

「喬，」卡爾微笑，喘著氣喃喃說話。他插了鼻管，輸送氧氣。他的胸膛起伏得很吃力，肺部虛弱得無法積聚空氣。「這是莉拉嗎？幸會啊。」他伸出顫抖的手，莉拉用兩手緊緊包住。

「終於見到你了。」莉拉說。

卡爾看著我，朝我的臉點頭。「怎麼了？」他問。

「喔，這個啊，」我說，摸了摸被酒瓶砸到後留下的傷口。「昨晚我得把一個大老粗從莫麗的店裡請出去。」

卡爾瞇著眼睛看我，彷彿能看穿我的謊言。我趕緊換話題。「我們拿到鑑定結果了，」我說。「克莉絲朵的指甲上不是你的DNA。」

「我早就……知道了，」他說，眨了眨眼。「你不也是嗎？」

「桑登教授，那位『清白專案』的負責人，說可以讓你的案子重新調查了。」

卡爾想了幾秒鐘，彷彿是需要時間讓語言穿透三十年來他築起的厚牆。然後他微笑，閉上眼睛，把頭埋進枕頭裡。「他們會撤銷……我的罪名。」

聽見這句話，我知道儘管他矢口否認他在意，其實他是在乎有沒有洗清罪名的。為自己洗雪對他來說很重要，只是他不允許別人看出來，說不定他自己都不明白他有那麼在意。我漸漸覺得有個重擔壓了下來，壓得我的肩膀挺不直。「他們在想辦法，」我說，瞥了莉拉一眼。「他們在想辦法聲請聽證會，現在只是時間問題。」我這句話說得完全沒用腦子。卡爾虛弱地咯咯笑，看著我。「那個……卻是……我沒有的。」然後他就回頭去看窗外。「你看到……雪了嗎？」

「看到了，」我微笑著說。雪對卡爾是充滿了祥和與美麗，卻差點要了我的命。「好大的暴雪。」我說。

「美極了。」他說。

我們待了將近一個小時，聊著下雪、小鳥、彎曲的松樹。我們聽著卡爾說他祖父在愛達湖的木屋，我們聊著大千世界的所有事情——就是不聊他的案子。那就像是談論太陽系卻不提太陽。房間裡的三個人都知道卡爾的清白要等到他死後很久才會還給他。我忽然又覺得是那個十一歲大的小孩子，看著我外公在河裡掙扎。

卡爾的力氣越來越小，我們就道別了，不知道是否能在他死前再見到他。我跟卡爾握手時使盡了全力才壓抑住我的傷心。他笑得非常真誠，我卻不懂。我發現自己在希望將來我到了他這一刻，我也會像他一樣對自己的生命那麼接受、那麼篤定。

我們先拐到隆恩格連太太的辦公室，感謝她為卡爾換了比較漂亮的房間。她從桌上盒子裡拿了薄荷枴杖糖，給了我們一人一支，示意我們坐下來。「我忍不住偷聽了你們說的DNA的事，」她說。

「那個死掉的女孩在掙扎的時候折斷了一片假指甲，」我說。「上頭還有兇手的DNA。他們鑑定過了，不是卡爾的。」

「太好了，」她說。「他們知道是誰的嗎？」

「是屬於……我是說應該是那個女孩的繼父的，可是我們還不確定。目前我們只知道有可能是除了卡爾．艾佛森之外的任何男性。」

「他死了嗎？」她問。

「誰？」

「那個繼父。」

我聳聳肩。「他很可能死了，」我說。「他失蹤了，所以我們才拿不到他的DNA樣本。」

「他有兒子嗎？」她問。

「有啊。怎麼？」

「難道你們不知道y染色體？」隆恩格連太太說。

「我知道有這個東西，可是我不太懂妳的意思。」

她向桌子俯身，雙手合十，像校長要教訓某個倒楣的學生。「只有男性有y染色體，」她說。「父親會把他的基因密碼透過y染色體傳給兒子，這些基因幾乎是一模一樣的。父親的DNA跟兒子的DNA是極少會有變化的。如果你們能拿到兒子的DNA，就能排除掉不是這個兒子的直系男性親屬的人了。」

我瞪著她看，下巴因為驚異而往下掉。「妳是什麼DNA專家嗎？」

「我的確是有護理方面的學位，」她說。「而要拿到這種學位是得要了解生物學的。不過……」她給了我們一個羞怯的笑容，「我是看電視上的《鑑識檔案》才知道y染色體的。這些節目能學到的知識真是令人驚嘆。」

我說：「那我們就需要去拿到一名男性親屬的DNA就行了？」

「沒那麼簡單，」隆恩格連太太說。「你們得拿到三十年前還活著的每一位男性親屬的DNA：兒子、兄弟、祖父。就算是拿到了，你們也只是提高了繼父是兇手的可能。」

「這個主意太好了，」我說。「我們可以用削去法來證明是道格拉斯的DNA。」

莉拉說：「邁克思．魯柏特不是叫你不要插手嗎？」

「理論上他是叫我別去找道格拉斯．拉克伍德，」我向莉拉笑著說。「我又沒有要去找道格拉斯．拉克伍德，我是去找除了他以外的人。」

等我們離開隆恩格連的辦公室時，我覺得像個得到一雙全新運動鞋的小孩子，急著想試穿。莉拉跟我開車回公寓時，我幾乎控制不住腦子裡川流不息的點子。回去之後，我們拿出電腦，她搜尋隆恩格連太太提起的y染色體方面的資料，我則上網搜尋是否有拉克伍德家族譜的線索。莉拉找到了一些很棒的DNA網站，證實了隆恩格連太太的說法。她也查到了沃爾瑪販售親子DNA檢測劑，包含抹片和消毒包——我們可以用來蒐集口腔內的皮膚細胞。

可我這方面就沒什麼斬獲了。我找到了一個叫丹．拉克伍德的人，出生日期吻合，住在愛荷華州梅森市，在一家商城當警衛。一定就是克莉絲朵的繼兄丹尼。我追查了他的臉書和其他我能想到的社群媒體，卻找不出他有男性親屬，甚至是父親的證據。我倒是不意外。我要是丹尼，我也會盡全力否認有那種滿嘴聖經屁話的變態存在。我關掉電腦後信心高漲，我們不必去追查太多的拉克伍德男性就能咬定是道格拉斯。

「那我要怎麼說動丹尼讓他給我他的DNA？」我問莉拉。

「你可以直接開口要。」她說。

「直接開口要？」我說。「不好意思，拉克伍德先生，我能刮一點你口裡的皮膚細胞嗎，這是要用來證明你的父親殺死你的繼妹的。」

「如果他拒絕，那你也只是回到現在這個情況，」她說。「要是那個辦法行不通……」她沒把話說完，好似在擬定什麼計畫。

「怎樣？」我問。

「我們只需要他的口水，」她說，「像是咖啡杯或是菸屁股上的。我看到一篇報導，一個加州人叫蓋勒果的，警察一直跟著他，直到他丟了一根菸屁股，被他們撿了起來，上頭有他的DNA，結果他就去坐牢了。萬一別的辦法都行不通，我們就跟著丹尼，直到他丟掉香菸或是把咖啡杯扔進垃圾桶裡。」

「我們？這個『我們』是在說誰啊？」我說。

「你沒車，」莉拉說。「你的車還被扣留著，記得嗎？」她俯身過來吻我。「再說了，我可不要讓你一個人做完這件事。得有人看著你，免得你又被威士忌酒瓶砸了腦袋。」

42

丹・拉克伍德住在梅森市比較老舊的藍領區，在鐵路以北一條街上，屋子和左右鄰居的完全一樣。我們開車經過了兩次，檢查了兩次我們上網查到的門牌號碼。第二次經過時，我們穿過了他家後方的巷子，路面坑坑窪窪的，還得避開雪堆，一面尋找人跡。我們看到屋子後門邊有個垃圾桶，白色垃圾袋已經滿出來了。我們也看到某人從及膝深的雪地裡清出了一條從屋子到後巷的路徑。我們默默記下來，又繼續行駛了幾條街，這才停車，再一次討論我們的計畫。

我們在來的途中到沃爾瑪買了親子鑑定檢測套組，裡頭有三片棉拭片、一個樣本信封袋，以及如何從口腔內壁刮取皮膚細胞的說明書。莉拉把東西裝在皮包裡。我們決定明著來。我們會去丹的屋子，問他一九八〇年時有沒有男性親屬在世，然後請他讓我們採樣。要是行不通，我們就實施B計畫——如影隨形跟著他，直到他吐出口香糖之類的東西。

「準備好了嗎？」我問。

「我們去見見丹・拉克伍德吧。」她說，換檔前進。

我們停在屋子的正前方，一同走上屋前的人行道，按了門鈴。一名中年婦女來應門，她因為抽菸而老得早，濃濃的菸味就像一隻手套一樣打上我們的臉。她穿著青綠色運動衣和藍色拖鞋，頭髮像是燒壞的銅線。

「我們可以和丹．拉克伍德說句話嗎？」我問。

「他出城去了，」她說，聲音低沉濃濁，好像需要清喉嚨。「我是他太太。有什麼事嗎？」

「呃，」我說，「我們真的需要跟拉克伍德先生談一談。我們可以再來——」

「是跟他的老頭子有關嗎？」她說。我們已經轉身要走了，卻聞言停步。

「妳說的是道格拉斯．拉克伍德嗎？」我說，盡量說得像是辦公事的樣子。

「對，他的老頭子，失蹤的那個。」她說。

「其實呢，」莉拉說，「這就是我們來的原因。我們是希望能跟拉克伍德先生談一談。他幾時會回來？」

「他應該滿快就會回來的，」她說。「他現在就在從明尼蘇達回來的路上。你們願意的話，可以進來等。」她轉身走進屋子，指著一張褐色的塑膠沙發。「坐。」

咖啡桌上一個菸灰缸裝滿了菸蒂，一些是萬寶路，大多數是維珍妮。「原來妳愛抽萬寶路啊？」我說。

「那是丹抽的，」她說。「我抽維珍妮。」莉拉和我互望了一眼。要是拉克伍德太太離開個一秒鐘，我們就能拿到我們的DNA樣本了。

「妳說拉克伍德先生去明尼蘇達了？」我說。

「你們兩個當警察還真是年輕。」她說。

「呃……我們不是警察，」莉拉說。「我們是不同機關的。」

「妳是說社福部之類的嗎？」拉克伍德說。

「丹是去明尼蘇達找他父親嗎？」我問。

「對，」她說。「他一聽說他爸失蹤了就北上了。他在大風雪那天出門的。」

我看著莉拉，被拉克伍德太太說的話弄得一頭霧水。「丹是在大風雪之前或是之後去明尼蘇達的？」

「星期五，就在大風雪來襲之前。他被困在那裡了。幾個小時前才打電話回來說他在回家的路上了。」

我在心裡計算。道格拉斯．拉克伍德在星期五綁架我，我躲在獵人小屋的那天晚上風雪增強。星期六一整天我在小屋裡躲避風雪，星期日我走路到那戶農家。根據明尼蘇達警方的說法，道格拉斯．拉克伍德是在星期日失蹤的。

「我再請教一遍，」我說。「他跟妳說他爸失蹤了，然後才北上的？」

「不是，」她說。「他星期五接到電話，大概是……嗯，幾點來著？下午很晚了——我不記得究竟是幾點。他整個人都嚇壞了，說他得去老頭子家。他就只說了這樣，然後就出門了。」

「妳怎麼知道道格拉斯．拉克伍德那時就失蹤了？」莉拉問。

「星期天我接到了警察的電話，想找丹。我跟他說丹不在家，所以他就問我是誰，我最近有沒有見過丹的老頭子。我跟他說沒有。」

「那個警察是姓魯柏特嗎？」我問。

「我不確定，」她說。「大概是。可是後來他那個賤後母打電話來。」她說，抿緊了嘴唇。

「後母？是丹妮兒．海根嗎？」我問。

「對。她好幾年都不跟丹說話了，就算丹快渴死了，她大概也不會吐一口口水救他。她星期日打電話來狠狠罵了丹一頓。」

「她都說了什麼？」我說。

「我沒跟她說話，」她說。「我覺得可能又是那個警察，所以我就讓答錄機接了。」

「那留言呢？」莉拉問。

「喔，我看看……她說的好像是……DJ，我是丹妮兒．海根。我只是要告訴你警察今天來了，在找你那個混蛋父親。我告訴他們他死了最好。我希望——」

「等等，」我說，打斷了她。「妳大概是弄反了。妳是說她打電話來跟妳說DJ失蹤了。」

「DJ沒有失蹤，是他的老頭子失蹤。道格拉斯失蹤了。」

「可、可……」我結結巴巴。

莉拉幫我說完。「可是道格拉斯才是DJ啊，」她說。「道格拉斯．喬瑟夫，縮寫名是DJ。」

「不對，DJ是丹。」拉克伍德太太看著我們，活像我們是想要讓她相信白晝是黑夜。

「丹的中間名是威廉。」我說。

「對，可是他爸在丹很小的時候就娶了那個八婆丹妮兒，她喜歡人家叫她丹妮，以為會讓她像個男人婆。可是家裡不能有兩個丹尼，她就要大家都叫她丹妮，叫他丹尼二世（Danny

Junior）。叫久了就變成DJ了。」

我的腦袋開始天旋地轉，我一直都搞錯了。莉拉看著我，臉頰蒼白，眼睛說著我已經知道的事——我們正坐在殺死克莉絲朵・海根的兇手的客廳裡。

「喔，丹尼回來了。」拉克伍德太太說，指著駛入車道的一輛皮卡。

43

我腦筋飛轉，想要想出個計畫來，可是我只聽到自己罵自己的聲音。皮卡經過了窗前，在屋旁車道上慢慢停住。駕駛座的門打開了，夕陽的光線足以讓我看出一個穿著和身材都像伐木工的人，髮型像軍人一樣短。我看著莉拉，以眼神向她示意，希望她能想出逃脫之計來。

莉拉倏地站了起來，活像是屁股底下有電流。「表格，」她說。「我們忘了把表格拿進來了。」

「表格。」我跟著說。

「我們把表格忘在車子裡了。」她說，朝前門歪歪頭。

我也跟著站起來。「對了，」我說，莉拉跟我同時朝門口退。「可以等我們一下嗎？我們……呃……得去車子裡拿表格。」

那人繞過了屋角，踏上了人行道，朝前門廊走來。莉拉走出了門，跨下三級台階，差一點撞上了丹．拉克伍德。拉克伍德停在台階底，驚訝地五官凍結，等著某人說明我們為什麼會從他的家裡走出來。莉拉一聲不吭，不打招呼，也不解釋，逕自走過去，沒有眼神接觸。我跟著她，想照她一樣，但是我忍不住看了他。他有他父親的臉——長形、蒼白、粗獷。他細細的眼睛盯著我，瞇起來看著我頭上的繃帶，接著又看我脖子上的擦傷。

我們加快了腳步，往莉拉的車子走去。

「嘿！」他在我們後面吆喝。

我們一直走。

「嘿，你們兩個！」他又喊。

莉拉坐進了駕駛座，我跳上了乘客座。直到這時我才轉頭去看拉克伍德，他站在門廊底，不確定看見了什麼。道格拉斯是不是跟他說了酒瓶的事？說了腰帶？所以他才會那麼驚恐地看著我？莉拉開車離去，而我則一直盯著後面，確定拉克伍德沒有追上來。

「是丹尼殺了他妹妹，」莉拉說。「道格拉斯跟丹尼都說謊，說他們在車行裡。我還以為丹尼是為了要保護他父親才說謊的，結果是道格拉斯說謊來保護兒子。而日記上——」

「丹尼那年秋天滿十八歲，」我說。「安德魯．費雪是這麼說的。從法律上來說，丹尼是成人了。」

「他十八而克莉絲朵十四，克莉絲朵寫的強暴指的就是這個。」

「要命，道格拉斯說的就是這個，」我說，一巴掌拍上額頭。「他想殺我的那晚，他一直胡說八道，引用聖經的句子——我還以為他只是一個變態的王八蛋，招認是他性侵了克莉絲朵，結果他是在說保護他的兒子。他知道丹尼殺了克莉絲朵，他跟警察說在克莉絲朵遇害的時候丹尼跟他在車行裡。除非他知道真相，否則他不會幫他作不在場證明。這些年來他都在保護丹尼。我拿著解密的日記去道格拉斯家找他，他要殺我也是為了保護丹尼。」

「那通電話，」莉拉說，「丹尼在星期五接到的——」

「一定是道格拉斯打給丹尼的，讓他知道我的事，」我說。「道格拉斯一定是在他以為把我殺了之後打給他的——商量該拿我怎麼辦，該怎麼棄屍。」

「幕後黑手就是丹尼，」莉拉說，打了個哆嗦。「我從來沒有靠殺人犯這麼近過。」她的眼睛亮了起來，像是突然有了什麼領悟。「哎呀，我敢賭是他把道格拉斯的房子燒掉的——好毀滅道格拉斯的DNA。」

「嗄？可是——」

「你想一想嘛，」她說。「你去道格拉斯家，你相信的是道格拉斯是殺人兇手，克莉絲朵的指甲下面是道格拉斯的DNA。你逃走之後，丹尼知道你會去報警找道格拉斯，他們會從威士忌酒瓶或是別的東西上採到他的DNA。可是道格拉斯的DNA不會吻合，會很接近，所以就是道格拉斯的男性親屬。」

「王八蛋，」我說。「丹尼燒了屋子，毀了所有的東西，我們就會繼續相信兇手是道格拉斯。」我讓一片片的拼圖都嵌合起來，過了一會兒我才驚恐地醒悟到他的下一步。「可是他沒辦法把道格拉斯的DNA全都抹滅，除非——」

「除非是他擺脫了道格拉斯。」莉拉幫我說完。

「他殺死他的親生父親？他瘋了。」我說。

「或是狗急跳牆，」莉拉說。「為了不要死在牢裡，你會怎麼做？」

「可惡。」我用手指敲大腿。「我在我們離開之前應該要抓一根菸蒂的。我們那麼接近了。我應該要伸出手就抓的。」

「我也慌了手腳，」莉拉說。「我一看到皮卡開進來，我就嚇呆了。」

「妳嚇呆了？」我說。「妳在說什麼啊，是妳把我們弄出那裡的。妳太厲害了。」我掏出手機，開始掏摸口袋。

「你在幹嘛？」莉拉問。

「邁克思．魯柏特給了我他的私人電話。」我把兩手都埋進口袋裡掏，好像他的卡片可能縮小到一張郵票的大小。「靠！」

「怎麼了？」

「放在公寓的咖啡桌上。」

莉拉踩煞車，駛入支線。「我們得回去。」她說。

「妳瘋了嗎？」

莉拉停下車，轉頭看著我。「如果我們猜對了，是丹尼燒了他爸的房子，而且可能還殺死了他的父親，只為了不坐牢，那他的下一步就會是燒掉他自己的房子，消失無蹤。他會躲到墨西哥或委內瑞拉那些地方，要找到他得花上好幾年——找得到的話。要是我們能拿到他的DNA樣本，就會跟他們在指甲上找到的吻合。這件案子就是板上釘釘了。警察可能最終還是會抓到拉克伍德，可是在那之前我們可以幫卡爾平反。可是我們現在就得行動。我們得拿到他的DNA。」

「我不去，而且打死我也不會讓妳進去。」

「誰說要進去來著，」她微笑道，換檔繼續前進。「我們只需要去撿垃圾。」

44

太陽低垂在西邊的地平線上，梅森市的街道和巷子都亮起了街燈以及聖誕節的裝飾彩燈。我們的計畫很簡單：我們會開車到拉克伍德家後面的巷子裡，不開車燈，先搜尋窗戶和門，只要有一丁點的動靜，我們就往前開，回明尼蘇達，把我們的發現報告給邁克思．魯柏特。可是如果黑夜一逕寧靜，我們也看不到拉克伍德的人影，莉拉就會把車子停在隔壁鄰居的車庫後，由我溜下車，使出我最厲害的忍者隱身術，偷偷溜上小路，偷走最頂上一包垃圾。

進入巷口之後我把門鎖打開，莉拉的小車在顛簸又滑溜的路上掙扎前進。我們經過了他鄰居的車庫後面，看著拉克伍德家的後院，唯有廚房窗戶透出來的一抹微弱光線打破院裡的闇黑。我伸長脖子想藉由鄰居的聖誕彩燈外圍光芒來看清陰影中是否有動靜。

我們經過了屋子，看不出有什麼徵兆應該停止我們的愚行，莉拉就把車子停在下一戶的車庫後，以手掌遮住車子的頂部燈。我輕輕開門，溜下車，悄悄回頭走上拉克伍德太太鏟出的小路，在路口又暫停了一下，豎耳傾聽輕柔的風聲之外的聲音。

我踏上了拉克伍德的土地，腳下踩著一層薄薄的雪。我的步伐保持緩慢謹慎，活像是在走鋼索。三十呎……二十呎……十呎。我就快碰到了。沒想到，有輛汽車在大約一條街外大按喇叭，聲音劃破了寒冷的十二月空氣，嚇得我的心跳漏了一兩拍。我沒動——我動不了。我像根石柱，等著隨時有人在窗後露出臉來。我預備好要拔腳就跑，眼前浮現出跟殺人兇手賽跑的畫面。可是沒有人來，也沒有人露臉。

我鎮定下來，跨出最後一步。垃圾桶的蓋子歪斜地壓著最上面的一包垃圾。我小心掀起蓋子，放在雪地上。我頭頂上的窗戶流瀉出的光足以讓我看見垃圾袋的袋口，我緩緩把它抓了起來，像珠寶大盜在避開動作感應器，我的反射神經變得敏銳，身體穩定平衡，視力……嗯，美中不足。

我沒看見靠在最上面這包垃圾的啤酒瓶，結果我瞥見閃光時瓶子已經從上面摔了下去，它轉了一圈，砸在木門廊台階的底層，彈跳了一下，再轉幾圈，摔落在人行道上，碎成了幾千片，大聲地宣告了我的存在。

我轉身就跑，右手死命抓著那袋垃圾，袋子裡叮叮鏘鏘的，像垃圾場風鈴一樣。我跑到了小徑銜接巷子的地方，後門廊的燈光正好亮了起來。我以全速踩在冰面上，兩腳一滑，整個人就摔在巷子裡，一邊臀部和手肘痛得像爆裂了。我爬起來就跑，全速衝向汽車，手裡仍緊抓著垃圾袋。

我的屁股一沾到座椅莉拉就猛踩油門，甚至不等我把門關上。她的輪胎在冰面上滾轉，車尾來回亂甩，險些就撞到附近的垃圾桶。一道人影被拉克伍德家後門上方的燈光映照著，朝我們跑來。莉拉的輪胎抓住了一條稀疏的碎石路面，不再空轉，帶著我們衝出巷子，接上了大街，把丹．拉克伍德丟在後面。

我們兩個在超過市界之前都不說話，我一直盯著後方，等著拉克伍德的皮卡逼近，卻一直沒看到。等我們接近州際公路，轉而北上時，我才能稍微放鬆下來，打開垃圾袋。就在最上層，在一瓶番茄醬和一個油膩膩的披薩盒旁邊，起碼有二十根萬寶路菸蒂。

「我們逮到他了。」我說。

45

我們有了拉克伍德的菸屁服，他的DNA，最後一塊拼圖終於嵌上了。這些菸蒂上的DNA會和克莉絲朵．海根指甲上的吻合。一條一條的線索都漸漸接上了頭，可以證明丹尼爾．拉克伍德——丹尼二世，DJ——就是多年之前殺死了克莉絲朵．海根的兇手。一切都吻合。

我們行駛在卅五號州際公路上向北前進，準備通過愛荷華和明尼蘇達的州界，我們始終保持警戒，駛出州際公路兩次，只為了確定沒有人跟蹤。我們等著別的車輛經過，這才再回到州際公路上。沒多久我們就進入了明尼蘇達，在亞柏特李停車加油，吃點東西。我們交換座位，讓莉拉休息一會兒。回到州際公路上之後，我的手機響起了《神鬼奇航》的音樂，這是傑若米專用的手機鈴聲。這還是傑若米第一次打給我，除了我們練習的時候。我的背脊一陣涼。

「嘿，小弟，什麼事？」我說。

沒有回應。我能聽見他在另一頭呼吸，所以我又開口。

「傑若米，你沒事吧？」

「也許你記得你教我做的事？」傑若米說，比他平常還要遲疑。

「我記得，」我說，聲音降到谷底。「我教你如果有誰想要傷害你，就打給我。」我感覺到我把手機握緊了。「傑若米，怎麼回事？」

他沒回應。

「有人打你嗎？」我問。

仍然沒有回應。

「是媽嗎？」

沉默。

「賴瑞打你？」我問。

「也許……也許賴瑞打我。」

「他媽的！」我把手機從嘴邊拿開，咬著牙咒罵。「我會宰了那個王八蛋。」我深吸一口氣，再把手機拿到耳朵邊。「好，聽我說，傑若米。我要你回房間去把門鎖上。你能幫我這麼做嗎？」

「也許我可以。」他說。

「等你鎖好門之後再告訴我。」

「也許門已經鎖好了。」他說。

「好，現在把枕頭套拆下來，裝滿你的衣服。你可以幫我這麼做嗎？」

「也許我可以。」他說。

「我現在就過去。你在房間裡等我到，好嗎？」

「也許你是從學校來？」他問。

「不是，」我說。「我快到了。我隨時都會到。」

「好。」他說。

「收拾你的衣服。」

「好。」

「等會兒見。」

我掛斷手機，即時切入卅五號州際公路轉進九十的匝道。我二十分鐘就會趕到奧斯丁。

46

我在我母親的公寓外急停，莉拉的車子猛地停住，我一溜煙就下了車。街道到門廊的二十呎我五步就走完了，我撞開門，大出我母親和賴瑞的意料之外，他們正坐在沙發上握著啤酒看電視。

「你把他怎麼了？」我大吼。

賴瑞跳了起來，把啤酒罐往我的臉上摔過來，我一隻手就把它拍掉了，腳步不停。他舉起了一隻拳頭，我兩手按住他的胸口，把他舉了起來，再把他摔在沙發背上。媽開始對我叫罵，但是我從她面前走過去，走到傑若米的房間，輕輕敲門，好像我只是過來跟他說晚安。

「傑若米，是我，喬。」我說。門鎖打開了，傑若米站在他的床鋪邊，左眼又是紅又是藍又是黑，腫得幾乎張不開。他的枕頭套裡塞滿了衣服，放在床上。算賴瑞走運，這一刻沒站在我旁邊。

「嘿，傑若米，」我說，拿起了枕頭套，掂掂重量。「你做得很好。」我說，把枕頭套交給他。「你記得莉拉嗎？」

傑若米點頭。

「她現在就在外面的車子裡。」我一手按著他的背，帶他走出臥室。「把這些拿給她。你來跟我住。」

「跟你住個屁！」媽大聲尖叫。

「去吧，傑若米，」我說。「沒關係。」

傑若米走過我母親面前，看都不看她，迅速走出客廳，走出了門。

「你這是在幹什麼？」媽用最嚴厲的斥責口吻說。

「他的眼睛怎麼了，母親？」我說。

「那是……那沒什麼。」她說。

「妳的人渣男朋友打了他，那叫沒什麼；那叫傷害罪。」

「賴瑞只是心情不好，他——」

「那妳就該把賴瑞轟出去，不是嗎？」我說。

「傑若米存心招惹賴瑞。」

「傑若米有自閉症，」我大聲吼。「他不會存心招惹誰。他根本就不知道要怎麼招惹別人。」

「哼，那我是應該要怎麼辦？」她說。

「妳是應該要保護他。妳是應該要當他的母親。」

「那我就不能過自己的日子了。你是這個意思嗎？」

「這是妳自己選的，」我說。「妳選了賴瑞，所以傑若米就來跟我住。」

「你是拿不到他的補助金的。」她惡狠狠地說。

我氣得渾身發抖，握緊拳頭，等著稍微鎮定之後才再開口。「我不要他的錢。他不是什麼飯票，他是妳的兒子。」

「那你的寶貝大學呢？」她的聲音因為譏誚而拔高。

有那麼短暫的一秒鐘，我看到我的未來計畫在蔓藤上枯萎了。我深吸一口氣，再嘆氣。

「那，」我說，「我猜我也做了選擇。」

我拔腳就往門口走，卻發現賴瑞擋著我的路，兩隻拳頭舉在面前。「你現在不能玩陰的了，咱們來看看你能有多厲害。」

賴瑞側身而站，擺出一副拳擊手的架式，兩腳平行，像生了根一樣，左拳伸在面前，右拳縮在胸前，姿勢笨拙。就算是刻意為之，他也沒辦法更像個好活靶了。他的左腳斜踩，暴露出了左膝的側面，等著人攻擊。說到膝蓋，天生的結構就是用來彎曲的。要是你踢膝蓋的後側，膝蓋就會受力彎曲；如果你踢正面，膝蓋就還是會挺住。可是膝蓋側面就完全不是那回事了，膝蓋的側面就像枯枝一樣易脆。

「好吧，賴瑞，」我笑盈盈地說。「那就來吧。」

我走向他，彷彿我就要一頭撞上他的右勾拳了，但是我霍地停步，轉身，一腿向後，腳跟對準他的膝蓋側面就踹，使盡了全力。我聽到骨頭碎裂，賴瑞像爛泥一樣跌在地上，叫得像殺豬似的。

我轉身，看了我母親最後一眼，就走出了門。

47

我用額頭抵著莉拉車子的乘客座車窗，瞪著經過的加油站和市鎮燈火。我能看到我的未來在消融，我的視線被車速、被窗上的雨水、被我眼中凝聚的淚水弄得模糊了。我死也不會再回去明尼蘇達奧斯丁。從現在開始傑若米由我一個人負責。我做了什麼？我把離開我媽的公寓後就一直在碰撞我的腦袋的想法說了出來。「我下學期不能回學校了，我沒辦法一面照顧傑若米一面上課。」我擦掉眼淚才轉頭看莉拉。「我得找一份真正的工作。」

莉拉伸過手來，按摩我的拳頭背面，一直到我放開拳頭，她才握住了我的手。「可能沒有那麼糟，」她說。「我可以幫忙照顧傑若米。」

「傑若米不是妳的責任。是我做的決定。」

「他不是我的責任，」她說。「可他是我的朋友。」她轉頭看著傑若米，他蜷縮在後座上睡著了，手機仍緊緊握在雙手中。「看看他。」莉拉朝傑若米點頭。「他睡得好熟。感覺好像他有好幾天沒睡覺了，他知道他現在安全了。你應該覺得寬慰，你是個好哥哥。」

我對莉拉微笑，吻她的手背，再轉頭去看窗外，看著一哩又一哩路掠過，一面沉吟。就在這時我想起了外公跟我說過的話，就在他去世的那大，我們在河上吃三明治時他說的，這些年來一直被我封鎖在記憶中。「你是傑若米的哥哥，」他說。「你有責任要照顧他。早晚有一天我不在了，傑若米會需要你。答應我你會照顧他。」我那年十一歲，我不知道外公在說什麼。可是他知道。他算定了會有這麼一天。而想到這裡，就像有一隻安寧的手解開了我肩上的結。

靠近公寓時，從州際公路換成城市的街道，輪胎的聲響改變了，吵醒了傑若米。他坐了起來，起初不確定身在何處，東張西望看著不熟悉的建築，眉頭深鎖，用力眨眼睛。

「我們快到家了，小弟，」我說。他低眉思索。「我們要去我的公寓。記得嗎？」

「喔對。」他說，緩緩露出淡淡的笑。

「我們馬上就可以讓你躺在床上，你就可以再回去睡覺了。」

他又皺起了眉頭。「呣……也許我需要牙刷。」

「你沒帶牙刷？」我說。

「公平一點，」莉拉說，「你又沒跟他說要搬走，你只叫他收拾衣服。」我按摩太陽穴，我開始隱隱頭痛了。莉拉把車子停在公寓前。

「你可以一天晚上不刷牙嗎？」我問。

傑若米開始用大拇指揉搓指關節，咬緊牙關，下巴肌肉像青蛙一樣鼓起。「也許我需要牙刷。」他又說。

「冷鎮點，小弟，」我說。「我們會想出辦法來的。」

莉拉用溫柔安撫的聲音開口了。「傑若米，這樣子好不好，我帶你到喬的公寓，先讓你安頓下來，讓喬去幫你買新牙刷。這樣可以嗎？」

傑若米不再揉手了，緊急事件解除了。「好。」他說。

「這樣可以嗎，喬？」莉拉向我微笑，我也笑回去。

八條街外有一間小店，只是在繞路了一整天之後再多繞一次罷了。我喜歡莉拉對傑若米說話的語氣，她安撫的態度，她的真實關心。而且我也喜歡傑若米的回應，至少是他對這種感情能有的回應方式，幾乎就像是他在暗戀莉拉，但我知道這種感情是不在傑若米的能力範圍的。這讓我對於發生的事感覺舒服了一點。我不再是大學生喬．塔伯特，或是保鑣喬．塔伯特，甚至不是逃兵塔伯特了，從現在開始，我會是傑若米的哥哥喬．塔伯特。我的生活會充滿了那些我弟弟的世界中不斷出現的緊急小事，像是這把遺漏的牙刷。

莉拉帶傑若米上樓去讓他準備就寢，我跳上駕駛座開車去買牙刷。我在第一家便利商店就買到了，是綠色的，跟傑若米的舊牙刷同色，跟傑若米有過的所有牙刷同色。要是我在這家店裡找不到綠色牙刷，我就得去另一家店買。我又多買了一些日常用品，付了錢，折回公寓。

我回去時公寓安靜黑暗，唯一的光線是廚房洗碗槽上方的小燈泡。我能聽見傑若米在臥室睡覺，模糊的鼾聲訴說著他對遺漏牙刷的焦慮已經不敵他的疲憊。我把牙刷放在床頭几上，退出房間，讓他繼續睡。我決定要溜到隔壁去給莉拉一個晚安吻。我輕敲她的門，只敲了一下，然後等待著。沒人來開門。我舉手想再敲一次，卻中途打住，放下了手。今天很漫長，應該讓她好好睡一覺。

我回到公寓去坐在沙發上，在面前的咖啡桌上看到了邁克思．魯柏特的名片，有他的個人電話的。我拿了起來，思索著是否要撥給他。時鐘就快要敲十二下了，我跟莉拉蒐集到的證據——DJ真實身分的爆炸性情資——夠重要到打這通午夜電話吧。我用大拇指按了第一個鍵，隨即又拿開，決定先去問莉拉的意見。再說了，這樣還可以給我完美的藉口去她的公寓，把她吵醒。

我拿著魯柏特的名片和手機就往隔壁走。我正要敲門，手機卻響了，嚇得我跳了起來。我看著來電號碼，是五一五的區域號碼——愛荷華。我舉起了手機。「喂？」

「你有我的東西，」一個低沉沙啞的聲音喃喃說。

要命。不可能。「你是誰？」我說。

「少跟我耍把戲，喬，」聲音變大。他氣壞了。「你知道我是誰。」

「DJ。」我說，敲了莉拉的門，用手機貼著臉頰，以免他聽到我在敲門。

「我比較喜歡別人叫我丹。」他說。

我忽然警覺。「你怎麼知道我的名字？」我問。

「我知道你的名字是因為你的小女友告訴我的。」

我的胸口一陣冷一陣熱，驚慌失措。我轉動門把，莉拉的門沒鎖。我把門推開，看到她的餐桌側翻，書籍四散，她的作業紙飄落在地板上。我拚命想弄懂我看見的是什麼情況。

「我說了，喬，你有我的東西……」丹停下來，像在舔嘴唇。「而我也有你的東西。」

48

「現在是這麼回事，喬，」丹說。「你坐進車子裡，上卅五號，向北走，別忘了帶著你從我這兒偷走的垃圾袋。」

我一轉身就往樓下跑，能跑多快就跑多快，手機仍緊緊貼著我的耳朵。「你敢傷害莉拉，我就——」

「你就怎樣，喬？」他說。「說啊，我真的好想知道喔。你打算把我怎麼樣，喬？不過在你告訴我之前，我要你聽一聽。」

我聽見模糊的聲音，是個女人。我聽不出她說什麼，比較像是在悶哼。接著悶哼的聲音換成了人聲。「喬！喬，對不起——」她還想說，但是話聲卻像是被扔進一道牆後，他一定是蒙住了她的嘴。

「好了，說吧，喬，你打算——」

「你敢傷害她，我發誓我會殺了你。」我說，跳上了莉拉的車子。

「喔，喬。」一陣沉默，接著是模糊的尖叫聲。「你聽到了嗎，喬？」他說。「我才剛揍了你的漂亮小女友的臉一拳，很用力。你打斷了我的話，是你害她挨揍的。要是你再打斷我，要是你敢不聽我的指示，要是你想做什麼事來吸引警察的注意，你的小莉拉就得要承受後果。聽清楚了嗎？」

「聽清楚了。」我說。我發動了莉拉的車，喉嚨湧上一股酸味。

「很好，」他說。「我不想再傷害她。知道嗎，喬，她不想說出你的名字或是你的電話，我只好說服她要為她自己著想，她可是個潑辣的小婊子呢。」

一想到他是怎麼折磨莉拉的，我的膝蓋就發軟，胃也不舒服。我覺得全然無助。「你是怎麼找到我們的？」我不知道我為什麼要問他這個問題，他是怎麼找到我們的根本就不重要。也許我只是想要讓他注意我，跟我說話。要是他忙著對付我，就不會傷害她。

「你找到我了，喬，忘了嗎？」他說。「所以你大概知道我在一家商場當警衛，我認識警察。你們從巷子逃跑的時候我就記下了她的車牌，讓我找到了這位莉拉小姐，而她帶著我找上了你。或者我應該說，她正帶著你來找我。」

「我在路上了，」我說，再一次設法讓他注意我。「我快要上卅五了，照你說的。」

「最好不要做什麼蠢事，像是報警，你跟我一邊開車一邊聊。我再強調一遍，喬：你敢掛電話，你敢穿過無訊號區，你的電池敢沒電，只要有什麼事害電話斷線……嗯，這麼說吧，那你就得去找個新的女朋友了。」

我飛馳而下坡道，一手握方向盤，一手把手機按在耳朵上，汽車換檔，吱吱亂叫。一輛聯結車霸住車道，所以我把油門踩到底。大貨車似乎加速了，司機好像是要展現雄風，真不會挑時間。我把方向盤抓得死緊，抓得手指都痛。併入車道變窄了，我衝向迎面而來的高架路，大卡車的輪胎在我的旁邊呼嘯，只差我的車窗幾吋。我的車道轉入路肩，我的車掠過了大卡車的前保險桿，只有吋許之差。我急插到州際公路上，後保險桿險些就被大卡車追撞上，他按喇叭表達不滿。

「希望你開得很小心，喬，」丹說。「你可不想被警察攔下，那可就壞了。」

他說得對。我不能讓自己被警察攔下。我在想什麼啊？我放慢了速度，配合其他車輛，融入車流中，不引人注目。

「我要去哪裡？」我一等到脈搏稍微恢復就說。

「還記得我老頭家吧？」

我一想到就打哆嗦。「記得。」

「去那裡。」他說。

「那裡不是燒掉了？」我說。

「原來你聽說了啊。真可怕。」他說，聲音平淡，無動於衷，彷彿我是個討厭的小孩子打斷了他看報紙。

我開始在車子裡尋找武器，一把工具，任何我可以用來打傷他或是殺死他的東西。除了一支塑膠的擋風玻璃刮板之外什麼也沒有。我打開了頂部燈，再找一遍——速食垃圾，一些備用的冬季手套，莉拉某堂課的講義，丹的垃圾袋，卻沒有武器。我從拉克伍德家逃跑時聽到垃圾袋裡有酒瓶碰撞。如果沒有別的，我可以抓一只酒瓶。就在這時我看到了後座上有閃光，是個銀色的東西，半塞在後座的椅背和椅墊的接縫處。

「你好像很安靜，喬，」丹說。「我不會是害你覺得無聊吧？」

「沒有，我沒無聊，只是在想。」我說。

「你是個愛思索的人啊，喬？」

我開了擴音，把手機放在前座之間的中控台上，放大了音量。「我並沒有思索的習慣，只是三不五時會這樣。」我說。悄悄調整了椅子的位置，讓它盡可能往後仰。

「告訴我，喬，你現在在想什麼？」

「我正在想我上次去找你爸。我走的時候他好像有點不高興。」我向後滑，用指尖穩住方向盤，等著高速公路變成筆直。「他還好嗎？」我問這個問題部分是想聽他的反應，部分是想讓他一直說話，等我的筆直路段出現。

「我想你可以說沒有以前好。」丹說，聲音變得冷酷。

我放開了方向盤，用力挺腰，抓住了後座那個閃亮的金屬物品。一根手指頂住一側，另一根頂住另一側，用力拉，我的手指滑掉了。我再來一次。傑若米的手機從椅墊間掉了出來，向前旋轉，落在椅子的前緣。

「當然了，」丹接著說，「就跟俗話說的：不該叫個老酒鬼去幹男人的活。」

我坐了起來，發現車子飄離了公路，直朝路肩衝去，我慌忙抓穩方向盤，糾正方向，輪胎吱吱叫。這附近要是有警察，我早就被攔下來了。我盯著後照鏡看有沒有紅斑馬，我盯著、等著——什麼也沒有。我吁了口氣。

「可是他是好意的。」丹說完。

「他是好意的……好意要殺掉我？」我說，想讓他繼續說。我扳動調整桿，讓椅背彈回來。

「喔，喬，」丹說，「你不會跟我來天真無邪的那一套吧？」

我伸手到後面，撿起傑若米的手機，打開來。「殺我是他的主意嗎？」我說。「還是你的？」

我拱起背，伸手到口袋裡掏出邁克思．魯柏特的名片。

「拿酒瓶打你，那是他的主意。」丹說。

我把手指放在魯柏特的私人電話的第一個數字上，把手機貼著大腿遮掉聲音，再按鍵。

「你想想我有多驚訝，」他接著說，「他打給我跟我說你在克莉絲朵的日記裡找到的東西。」

我繼續按鍵。

「這麼久了，你居然猜了出來，」他說。「你的頭腦真的很好，是不是，喬？」

我最後一次查看了號碼一遍就按了撥打，把手機貼著耳朵，祈禱魯柏特會接聽。

「喂？」魯柏特的聲音傳了過來。我用大拇指摀住手機的喇叭，不讓丹．拉克伍德聽見魯柏特的聲音，但是魯柏特反而會聽見我和丹的對話。

「我沒有你說的那麼聰明，」我說，拿著傑若米的手機靠近我的手機。「我一直以為DJ是道格拉斯．喬瑟夫．拉克伍德。你可以想像一下今天你太太告訴我你才是DJ，我有多意外。我震驚極了。我是說，你的名字是丹尼爾．威廉．拉克伍德。誰會想到有人會叫你DJ呢？」

我盡量說得很明顯，給魯柏特傳線索，而不讓丹察覺。我得相信魯柏特在聽，並且了解是什麼情況，這通午夜電話並不是打錯了的。我需要纏住丹．拉克伍德，逼他說出他的秘密。

49

在我駕車北上去面對丹．拉克伍德的幾分鐘裡，腦海裡一直潛藏著一個念頭——一閃即逝，毫無章法，躲藏在我的恐懼之後。我察覺到它的存在卻沒多加留意，因為我忙著想出一個救莉拉的計畫。現在魯柏特在電話上，但願他正在聽我和丹．拉克伍德的談話，我鎮定下來了，就能讓那個念頭發聲了，讓它的音量變得清晰響亮，最後變成尖叫——丹．拉克伍德已經走投無路，只能殺了我們。

我為什麼會驚慌？我知道要面對的是哪種命運。他會把我引到他的面前，然後他會殺了我們兩個。他不會讓我們兩個活著，因為我們知道的太多。我感覺到一道安慰的波浪沖刷過我全身。我知道他的計畫，而他需要知道我都查出了什麼。

「丹，你玩過德州撲克嗎？」我問。

「好啊，我就陪你聊聊，」他說。「當然玩過，我還參加過一兩次錦標賽呢。」

「你會遇上你有兩張牌，我也有兩張牌，而發牌員翻牌。」

「對……然後呢？」

「然後我全押了。我放下我的牌，你放下你的牌。我知道你有什麼，你也知道我有什麼，現在我們就只等發牌員發牌了，看我們誰輸誰贏。沒有秘密。」

「說啊。」

「嗯，我現在全押了。」我說。

「我沒聽懂。」丹說。

「等我到你爸那裡之後會怎麼樣？」我說。「你當然想過吧。」

「我是有一兩個主意，」他說。「你倒是應該問：你想過了嗎？」

「你叫我去那裡是為了要殺掉我。你利用莉拉來當誘餌，確定我一定會去，在你殺了我之後，你會殺了莉拉。」我吸口氣。「我說得沒錯吧？」

「可你還是往這兒趕。為什麼呢？」

「照我看，」我說，「我有兩個選擇。我可以去報警，把DNA給他們，告訴他們是你殺了你妹妹——」

「繼妹！」

「繼妹。」我順著他說。

「這麼一來，」他說，「可憐的小莉拉今晚就死定了。」他的話又變得冷酷。「那你的第二個選擇呢？」

我再深呼吸一次。「我可以去那裡殺了你。」我說。

線路另一端沉默了下來。

「知道嗎，」我說，「我仍然往那兒趕是因為莉拉在你的手上。要是我趕到的時候她死了，我也沒有理由停下來了，對吧？你的手上又多了件命案，可是我會抓到你。警察會天涯海角追捕你。莉拉的仇也就報了。你會死在牢裡，而我會到你的墳墓上撒尿。」

「原來你要殺了我啊。」他說。

「你不也打算要殺了我跟莉拉嗎？」

他停頓。

「然後呢？」我說，「把我們的屍體丟進河裡，還是把我們丟在棚屋裡燒掉？」

「是穀倉。」他說。

「啊，對了，你是縱火犯。你也把你爸的屋子燒了，不是嗎？」

他再次沉默。

「我敢打賭你為了自保把老頭子也殺了。」

「宰了你我會很享受，」丹說。「我會一點一點的刮了你。」

「你老頭子來追殺我，是為了幫你收拾爛攤子，可是在過程中他讓自己成了最完美的替罪羊。他跟你說了DNA的事，說了日記，說了帶我來找他而不是去找你的證據。太完美了。所以你殺了他，把他的屍體藏到沒有人能找到的地方，再燒了他的房子，讓警察沒辦法檢驗他的DNA。我不得不誇你一句，丹，真聰明——真他媽的變態，不過真聰明。」

「喔，精采的還在後面呢，」丹說。「等他們在他屋子附近的穀倉找到你的屍體……」他等著我自己想通。

「他們會怪他，」我幫他說完。「也就是說，除非我先宰了你。」

「我們大概十分鐘以後就會知道結果了。」他說。

「十分鐘？」

「我知道多久能到那兒。你如果不在十分鐘後到，我就假設你犯了一個大錯，想把警察帶來參加我們的小派對。」

「放心好了，」我說。「我會到。要是我到的時候沒看到莉拉活生生站著，我就假設你犯了個大錯。我會繼續往下開，而且我會讓天塌下來壓死你。」

「那我們就彼此了結了。」他說。

50

十分鐘的時間內要開五分鐘的距離，我已經超前了。我努力思索還能做什麼準備。

我一直邊開車邊用大指拇摀住傑若米的手機喇叭，以免拉克伍德聽到魯柏特的聲音。郡道蜿蜒穿過幾處冰封的濕地，我放鬆了油門，讓魯柏特有機會能趕上來。我給他的線索夠嗎？丹跟我談到他父親的房子，他燒掉的那一棟，以及附近的穀倉。魯柏特知道那棟房子的地址，失火的事也是他告訴我的。他是警察，是刑警，他會想通的。

我小心舉高傑若米的手機，拿掉大拇指，把喇叭緊緊貼著耳朵諦聽。什麼也沒有。我看著手機螢幕，看著魯柏特的號碼亮著。我再聽。沉默。我用手環住手機，低聲喊「魯柏特」，一個字一個字唸得很清楚，好讓邁克思理會，回答我。

他沒回答。

我的呼吸卡住了，手在發抖。難不成我是一直在留言？「魯柏特，」我又低叫了一遍。仍然沒有人回答，我把傑若米的手機丟在乘客座後面的地板上，嘴巴突然好乾。我現在沒有計畫了——沒有辦法救莉拉。

我能聞到拉克伍德的垃圾，他的DNA，他的犯罪證據，在我的座位後腐敗。假如我是一直在魯柏特的語音信箱裡留言，那他就會得到訊息，知道是丹·拉克伍德殺了我們。我決定要把垃圾袋丟進水溝裡。萬一出了差錯，魯柏特可能會找到它，用它來給拉克伍德定罪。這種備用計畫很遜，可是我也沒別的法子了。

我伸手到後面，把垃圾袋拉起來，擺到我的大腿上，瓶瓶罐罐微微窸窣作響。我摸到了一只啤酒瓶的瓶頸壓在袋子的一側。我用指甲戳開了一個洞，把瓶子拉出來，擺到我旁邊。

「五分鐘，喬。」丹在我的手機上喊。

「讓我聽莉拉的聲音。」

「你不相信我？」

「不相信又怎麼樣？」我說，挫折的語氣掩不住，也可能是認命的語氣。「就說是最後的願望吧。」

我聽見莉拉嘴裡的布被拉開時的咕噥聲。手機會離開他的耳朵，給我機會丟垃圾袋。我放緩車速，讓風聲變得最小，我搖下了車窗，用膝蓋控制方向盤，把垃圾袋滑送出去，稍一施力，讓它落在覆滿白雪的水溝裡。

「喬？」莉拉喃喃說。

「莉拉，妳還好嗎？」

「聊夠了，」丹說。「你還有兩分鐘。我看你是趕不到了。」

我關上車窗，又加速，爬過了最後一個坡，再轉入碎石路，駛往道格拉斯．拉克伍德曾居住的地方。「你要是在你爸家，那就會看到我的車燈了。」我把車頭燈開開關關了幾次。

「啊，終於，英雄駕到，」丹說。「經過我爸家之後有一條拖拉機小路，順著開就會到穀倉。我就在那兒等。」

「讓莉拉站在我看得到的地方。」我說。

「那是當然的嘛，」他傲慢地說。「我很期待會一會你呢。」

我轉上了碎石路，眼睛搜尋著夜色，看是否有動靜。道格拉斯．拉克伍德家的煙囪孤伶伶地佇立在灰燼殘骸中，滅火留下的冰柱吊掛在下頭，像是冰凍的羽毛。

我駛過屋子，頓了頓才轉入拖拉機路。我順著丹．拉克伍德的四輪傳動皮卡留下的車轍前進。小路深入八十呎，來到一棟殘破的灰色穀倉前，穀倉的牆板腐朽了，像老馬的牙齒一樣間隔很大。我知道在我靠近穀倉之前就會陷在雪地中。

我打開了遠光燈，用力踩油門，把莉拉的小車撞入雪地。一道白牆高高炸入空中，雪花在車頭燈的光芒中閃爍。我跋涉了十呎，輪胎空轉，再也無法前進，只有引擎無力地轉動著。我放開了油門，看著最後一陣粉狀白雪被風吹散。我的心裡充滿了單一一個沉重的想法，驅之不散——怎麼辦？

51

我的車頭燈照在遍地白雪的牧場上，照亮了遠處的穀倉。莉拉站在殘破的門前，雙臂高舉過頭，兩手被繩子綁住，吊在乾草棚外的一支起重裝置上。她的模樣虛弱，但是她憑自己的力量站著。丹・拉克伍德站在她旁邊，手裡的槍比著她的頭，另一手握著手機。

我和穀倉之間隔著七十呎寬的雪地，而我們之間的雪地左邊五十呎是林線，右邊有條小溪。林線和小溪都延伸到穀倉之外的小路，兩處都能提供掩護，但是小溪也許能讓我欺近到拉克伍德三十呎之內。

我搖下了車窗，抓起手機和酒瓶，爬出了窗子——沒有開門聲來宣告我的意圖。我把手機貼著臉頰，遮掉螢幕的光，繞到車子後面，往小溪走。

「我覺得你應該要把我的垃圾拿給我。」丹說。

我需要拖延。「恐怕沒辦法，」我說，斜步走進小溪裡。車燈照著丹的眼睛，幫我掩飾了行跡。「雪太深了。」

「我受夠了在這裡乾耗了。」他大吼道。

我向穀倉靠近，腳下的冰劈啪響，我停下來注視著溪岸外，看丹是否聚焦在汽車上。雪地上結了一層薄冰，每一步都會發出輕微的剎剎聲，向寂靜的夜宣告我的到來。我趁著丹說話時加速移動，希望他自己耳朵裡的聲音會遮住我的行動。

「給我滾下車走過來。」他對著手機大吼。

「我覺得你應該自己過來拿。」我說。

「你以為你還有說話的餘地，你個小兔崽子？」他拿槍抵著莉拉的頭。「王牌在我手裡。我說話才算。」我趁他大吼時轉走為跑——我低著頭，手機仍牢牢貼著耳朵。「你給我滾過來，否則我現在就宰了她。」

我這時已經夠近了，他可能會聽見我從小溪過來而不是手機的聲音。我把音量降低到耳語，這麼一來卻讓我的話充滿了威脅的意味，出乎了我的意料。「你敢殺了她，我就離開。槍聲還沒消散，警察就會找上你了。」

「好，」他說。「我不會殺她。」他把槍管對準她的膝蓋。「三秒鐘之內我還沒看到你，我就打碎她漂亮的膝蓋，一次打一隻。你知道子彈射中膝蓋骨有多痛嗎？」

我在小溪裡已經摸得夠近了。

「然後，」他說，「我會開始射其他的身體部位。」

要是我衝鋒，一衝進車燈下我就會被打死。要是我留在溪裡，他會用槍把莉拉肢解。從這個距離我能聽見她透過嘴上蒙的布發出痛苦的叫聲。

「一！」

我東張西望想找個比啤酒瓶更好的武器，一塊石頭或是一支棍子，什麼都好。

「二！」

對岸上突起一段倒木，枯枝就在觸手可及之處，我丟掉了酒瓶，抓住了一段像樓梯欄杆一樣粗的樹枝，使盡全身之力去掰，樹枝斷裂聲震耳欲聾。我踉蹌後退。

丹的手槍發出兩聲槍響，一顆子彈擊中了我頭頂上方的三角葉楊，另一顆逸失在黑暗中。我呻吟了一聲，假裝我被擊中，把手機當飛盤，扔在遠處溪岸的冰封水面上，螢幕光從穀倉就能看到。

我從旁邊的溪岸往上爬，藏身在三角葉楊後，握著木棍，等著丹靠近，希望他的注意力會在對岸我的手機光上。

「你還真他媽的不死心，」丹大聲吼。「算你有種。」

我舉起了木棍，靠他的聲音來衡量距離，聽著他的腳步聲漸漸接近。

他就在我的木棍可及之外停下，可能是在適應黑暗。再兩步，我在心中暗想，再兩步就好。

「行不通的，喬，」他說，朝小溪又邁了一步，槍仍對著我的手機，壓低聲音，幾乎是在我的耳邊低語。「王牌在我手上，記得嗎？」

又一步。

我從樹後的藏身處撲出來，對準他的頭就揮動棍子。他回過槍來，一面躲避我的攻擊，一面舉槍瞄準我。

我沒打中。棍子打到他的右肩而不是他的頭，但是他也失了準頭，手槍對著我的大腿擊發，而不是胸口，火熱的子彈撕裂了皮肉，嵌進骨頭裡，把我的腿變成了廢物。

我面朝下倒進及膝深的雪地裡。

52

要是我停止攻擊，我就會死——莉拉也會死。

我用胳臂把身體撐起來，卻只是又跌回雪地裡，丹．拉克伍德的全身重量都壓在我的背上。我還沒能反應過來，他就把我的右臂拉到後面，冰冷的金屬手銬扣住了我的手腕。他幹嘛不射我的腦袋？幹嘛還讓我活著？我努力把另一隻手藏住，但是他壓住我的肩胛骨和脖子，終止了我的掙扎。

他站了起來，揪住我的衣領，拖著我走過雪地，把我拎起來靠著穀倉盡頭的一根籬笆柱。他抽出長褲上的皮帶，繞過我的喉嚨，把我綁在籬笆柱子上。然後他往後站，欣賞他的手工，用覆滿了雪的靴子踹我的臉。

「因為你我爸死了，」他說。「你聽見了嗎？根本就不關你的鳥事。」

「我操。」我吐出了口裡的血。「你殺了你爸因為你是他媽的瘋子。你強姦殺害了你妹妹因為你是他媽的瘋子。看出主題了嗎？」

他用另一隻腳踢我。

「我敢說你在奇怪我為什麼不乾脆殺了你。」他說。

「我是想到過。」我嘟囔著說。我能感覺到有一顆牙齒在口腔裡滾動。我又吐了一口血。

「你要看著我，」他微笑著說。「我要強暴你的這個小女朋友，而你得看著。你得聽著她尖叫哀求，就跟其他的一樣。」

我抬起頭，我的眼花了，耳朵仍被他踢得耳鳴。「沒錯，喬，」他說，「還有其他的。」他走向莉拉，雙手仰起她的下巴。我能看到她的臉頰上有紅紫色的瘀血。她一臉虛弱。他一隻手滑下她的脖子，兩根手指夾住她的運動衣拉鍊，往下拉。

我拚命掙扎，拉扯著厚皮帶，想要把它拉長或是扯斷或是把柱子拔出來。卻一點用處也沒有。

「你掙不開的，喬。可別把自己弄傷了。」他一隻手按著她的乳房，她彷彿是從恍惚狀態中醒了過來。她想扭動閃躲，但是被綑綁的姿勢卻讓她無法反抗。她想用膝蓋頂他，身體卻太虛弱了，完全沒有效果。他用力揍了她的肚子一拳，打得她沒法呼吸。莉拉吞了一口氣，再咻咻吐出，努力呼吸。

「幾分鐘就完事了，然後妳就會在火焰的榮光中被燒個乾淨。」他舔濕嘴唇，貼著莉拉吸氣，一隻手往下伸，去解開莉拉的長褲腰帶扣，同時用手槍抵著她的身體向上移動，槍管拂過她的身體曲線，停在她的乳房上一秒。他把槍滑到她的喉嚨上，然後是她的臉頰，再舉到她的太陽穴上。

他開始把身體往她身上靠，好像是要舔她的臉或是咬她，但是他停了下來，因為單手解開她的腰帶有困難。他退後一步，仔細看清腰帶扣。這時，手槍槍管朝下了一秒鐘，離開了莉拉的頭。

冷不防間，三聲槍響從林線爆發。第一顆子彈擊中丹・拉克伍德的左耳，從頭的右側飛出，帶著一陣血霧和骨頭腦漿。第二顆子彈射穿了他的喉嚨，同樣噴出一陣血霧。第三顆子彈射穿他的側面頭骨之前，拉克伍德就已經死了。他摔在地上，只剩下一團肉和組織。

邁克思·魯柏特從林線的陰影中走出來，手槍仍指著那堆曾是丹·拉克伍德的屍骸。他走過來踢了踢屍體側面，拉克伍德的眼睛茫然瞪著天空。又有兩條人影步出陰影，是副警長，兩人都穿著褐色冬大衣，左邊翻領上別著警徽。

一個對著肩上的對講機說話，地平線亮出了紅光和藍光，彷彿是他召來了他個人的北極光。沒多久警車的璀璨燈光就照亮了黑暗，警笛聲刺破了夜空。

53

轂倉擊斃匪徒一案上了新聞，而且雪球越滾越大。媒體想知道為什麼一個來自愛荷華的人會頭上挨了三槍，又為什麼兩名本地的大學生會在現場。為了要澄清開槍以及邁克思・魯柏特執法不當的嫌疑，市府急急忙忙為我和莉拉發現的事證上增添血肉。二十四小時之內，他們不但重啟了克莉絲朵・海根的命案調查，也將它排在調查中案件的第一件。隔天早晨市府發出第一份新聞稿，證實了莉拉的密碼解讀正確，丹・拉克伍德就是克莉絲朵和其他家人在一九八〇年口中的DJ。

轂倉案的第二天，明尼蘇達州刑事拘捕局證實了在克莉絲朵・海根指甲下發現的DNA是屬於丹・拉克伍德的。不僅如此，刑事拘捕局用全國性的DNA資料庫——DNA整合索引系統——查核了拉克伍德的DNA，也找到了吻合的案子。是愛荷華州戴文波特的一名年輕女性姦殺案，她的屍體在一處焚毀的轂倉殘骸中被發現。市府召開了記者會，宣布丹・拉克伍德極可能在一九八〇年殺害了克莉絲朵・海根，而且險些就殺死了兩名大學生或其中一名，魯柏特刑警才不得不射殺他。市府和媒體聯合起來讚譽邁克思・魯柏特，封他為英雄，非但殺死了拉克伍德並且拯救了兩名身分不明的明尼蘇達大學學生的性命——沒有他，兩名大學生很可能就遇害了。

一個記者查到了我的名字，知道了我在魯柏特射殺拉克伍德時也在現場。她打到我的病房，問我問題，把我捧成了英雄，說了一堆恭維話。不過我一點也不覺得是英雄。我差點就把莉拉害死了。我跟記者說我不想跟她說話，她也不應該再打給我。

我的教授們讓我延後考期末考交報告。我接受了他們的好意——只有傳記課除外。莉拉把我的筆電帶到醫院，我坐在床上打字，一小時又一小時。莉拉也每天帶傑若米到醫院來看我。那晚她在急診室待了兩小時，接受醫生檢查，然後才帶著臉上和身上的瘀傷，以及手腕上的擦傷出院。之後她就睡在我的公寓沙發上，傑若米睡在隔壁房間裡。

醫生讓我住了四天，在聖誕節前兩週讓我出院，給了我一瓶止痛藥和一副枴杖。在他們讓我出院時，我已經把卡爾．艾佛森的傳記寫好了，頁數比指定的頁數多了一倍。我完成了作業，只剩下最後一章——卡爾的正式平反。

出院的早晨，桑登教授到醫院大廳來找我，越過大廳時他好像喘不過氣來，笑得像剛中了大樂透。「聖誕快樂。」他說。然後他交給我一份文件：是法庭命令，底下有一個浮水印。我的脈搏加速，讀起了標題的正式文字：明尼蘇達州，原告，起訴卡爾．亞柏特．艾佛森，被告。我逐行往下讀，最後還是桑登教授打斷了我，翻到最後一頁，指著一段文字：

> 本庭因此下令卡爾．亞柏特．艾佛森之一級謀殺罪之判決，裁定於一九八一年一月十五日，並於同日登錄，於此完全撤銷。該被告之公民權於本令簽署之時立即恢復。

命令是由一位地區法庭法官簽署的，日期就是今天早晨。

「我不敢相信，」我說。「你是怎麼——」

「只要政治正確，可以辦到的事情會讓人很驚訝，」桑登教授說。「射殺匪徒的新聞一旦變成了全國新聞，郡檢察官就會非常樂意加速辦理。」

「所以這個意思是……」

「卡爾．艾佛森正式恢復了清白之身。」桑登說，笑得愉快極了。

我打電話給維吉爾．格瑞，邀請他跟我們一起去見卡爾。珍妮特和隆恩格連太太也跟我們一塊到卡爾的房間。我想要給那份法庭命令裱框，又決定作罷，因為那不像是卡爾會願意要的東西。所以我只是把文件轉交給他，說明是什麼意思，說明在世人的眼中官方證實了他沒有殺害克莉絲朵．海根。卡爾以手指撫摸過第一頁下的浮水印，閉上眼睛，綻開憂鬱的笑容。一顆眼淚從他的臉頰流下，害得珍妮特和隆恩格連太太也哭了出來，害得莉拉、維吉爾跟我也哭了出來。只有傑若米的眼睛是乾的，不過傑若米就是傑若米。

卡爾掙扎著伸出手來，我握住了他的手。「謝謝你，」他低聲說。「謝謝你們……大家。」

我們都陪著卡爾，直到他再也沒辦法睜開虛弱的眼睛為止，我們祝他聖誕快樂，答應明天會再來，但是我們沒有。他當晚就過世了。隆恩格連太太說他就好像是決定時候到了，他可以不活了。他跟她見過的人一樣，走得很安詳。

54

神父不算的話，一共十三人參加了卡爾．艾佛森的喪禮：維吉爾．格瑞，莉拉，傑若米，我，桑登教授，邁克思．魯柏特，珍妮特，隆恩格連太太，兩位山景莊的員工，以及對他仍保有好感的三位死水監獄的獄警。他埋葬在斯內林堡國家公墓，和幾百位越戰老兵一起安息。神父的墳邊儀式簡短，部分因為他沒見過卡爾．艾佛森，除了例行的幾句話之外沒有別的好說的，部分原因是寒冷的十二月微風吹過寬闊的墓園。

葬禮過後，邁克思．魯柏特跟鮑迪．桑登一起離開，但在離開前先堅持要莉拉跟我稍後在附近的一間餐廳和他們喝咖啡。我看得出來他們有話想說，而且顯然是需要私下說的話。

我去向維吉爾道別，他在整個儀式中都拿著一個紙袋，緊緊抓在胸前。只剩我們兩個之後，他才打開紙袋，拿出了一個盒子——是個橡木盒，有一本字典那麼大，盒面是玻璃的，裡頭的紅氈襯墊上釘著卡爾的勛章：兩枚紫心，一枚銀星。在勛章下是臂章，表示卡爾在退伍之前晉升為下士。

「他要我把這些給你。」維吉爾說。

我說不出話來。至少一分鐘，我只能瞪著眼睛看著勛章，看著磨亮的邊緣在閃爍，看著銀紫兩種顏色從血紅色的襯墊中跳脫出來。「你是在哪裡找到的？」我終於說。

「卡爾被捕之後，我偷溜進他的屋子裡拿走的。」維吉爾聳聳肩，彷彿我可能會怪他偷竊。「卡爾沒有什麼個人財產，我覺得有一天他會想要拿回這些。這是……」維吉爾抿起嘴唇抑制哽咽。「……是他僅有的東西。」維吉爾伸出手跟我握手，然後把我拉過去擁抱。「你做得很好，」他低聲說。「謝謝你。」

我謝了維吉爾，轉身要朝車子走去．傑若米和莉拉在等我。維吉爾仍留在墓地，顯然還沒準備好離開他的朋友。

到了餐廳裡，莉拉跟我握著咖啡杯取暖，邁克思和鮑迪來了。傑若米喝著熱巧克力，喝得唏哩呼嚕的，從一層棉花糖下汲飲。我介紹了邁克思和鮑迪，傑若米按照被教導的方式禮貌地打招呼，就回頭去注意他的巧克力了。我略微說明傑若米是如何搬來和我同住的，省略了我打碎賴瑞膝蓋的那一段。

「那你上學就更困難了。」鮑迪說。

我低眉看著桌子。「我不回學校了。」

這是我第一次說出這句話，即使是說給自己聽。雖然我正式退掉了所有的春季班課程，說出來卻讓它更真實。我抬起頭，看到鮑迪和邁克思互瞄了一眼，而且——讓我詫異的是——他們還露出笑容。

「我有東西要給你看。」邁克思說，從外套口袋裡拿出一張對折的紙，交給了我。我打開來，發現是愛荷華州斯考特郡的警長寄給邁克思的一封電郵：

我在了解破解梅麗莎・本恩斯命案的賞金，雖然是一九九二年提出的，但是仍然有效。很明顯是拉克伍德殺了她。他在戴文波特這邊的商場當保全組長，一定是在梅麗莎離開商場時綁架了她。梅麗莎是這地區一位銀行家的孫女，他提供了十萬元的賞金。如果你能把塔伯特先生和納許女士的銀行帳號傳給我，我可以在我們的案子正式結案之後叫銀行把錢匯過去。

我不看了，腦袋快炸開了。「十萬元？」我說，聲音過大。「真的假的？」

鮑迪微笑說：「繼續看。」

我得知拉克伍德先生仍有兩件綁票暨謀殺案在調查中，一件在愛荷華州柯羅維爾，一件在德梅因市外。犯罪手法一致，極可能也是拉克伍德。我收到通知，兩件案子也各懸賞一萬元。你應該讓你的人知道等兩件案子結案之後，他們有資格拿到賞金。

我把信拿給莉拉。她說到賞金又讀到她的名字時倒抽了一口氣。等她看完，她抬起頭來說：「是真的嗎？」

「百分之百，」邁克思說。「錢是你們兩個的。」

我想說話，卻除了吞空氣之外什麼聲音也發不出來。最後我終於找到了聲音，我說：「那是一大筆錢呢。」

「比一般的賞金是要多，」邁克斯說。「不過也不算是天文數字——尤其是銀行家的孫女命案。如果三件命案都是拉克伍德犯下的，你們就會拿到十二萬。」

莉拉看著我。「我要你拿賞金，」她說。「全部的錢。你需要照顧傑若米。」

「絕對不行！」我說。「妳差點就死掉了。」

「我不像你一樣需要錢，」她說。「我要你收下。」

「我們平分，」我說。「不然我一分也不拿。不用再說了。」

莉拉開口想爭辯，頓了頓，說：「我們分三份。」她朝傑若米點頭。「沒有他，我們就解不開密碼。他拿一份。」

我作勢要拒絕，她卻舉起一隻手，直面看著我，嚴肅的眼神是屬於一個不會動搖的女人的。她說：「不用再說了。」

我看著傑若米，他對著我嘻嘻笑，嘴唇上有棉花糖鬍子。他沒在聽我們說話。我回以笑容，然後靠過去吻了莉拉。

外頭下起了大雪，等我們離開餐廳時，莉拉的車子已經覆上了一吋的雪了。她和傑若米坐進車子裡，我則留在外頭清理車窗上的雪。我忍不住微笑。有了這筆錢，我就可以上學同時照顧傑若米。我拂開擋風玻璃上的雪，一股難以想像的輕盈感充滿了心頭。一對情侶走進餐廳，釋放出一陣暖流，還交融著現烤麵包的香氣。香氣隨著一陣輕風飄揚，縈繞著我的頭，讓我停下來想起了什麼卡爾跟我說過的話——說天堂也可以在人間。

我抄起了一把雪，看著它在我的掌心融化。我覺得雪的冰冷抵著我溫暖的皮膚，我盯著看雪花變成水滴，從我的手腕流下，消散不見，變成了另一種存在。我閉上眼睛，聆聽著微風拂過附近的松樹，像沙沙的音樂。我吸進一口清爽的十二月空氣，站得筆直，享受著周遭世界的觸感、聲響、氣味，要是我沒見過卡爾．艾佛森，這些感覺就會無聲無息地被我忽略掉。

謝辭

我要先向我的經紀人愛咪·柯勞利表達由衷的感激，她使盡了渾身解數賦予這本書生命。我也要感謝我的編輯丹恩·梅耶以及所有在第七街圖書的人，多謝他們的協助與指導。

我也想感謝我的測試讀者給予我的幫助：南西·羅辛、蘇西·茹特、比爾·派頓、凱莉·朗格倫、凱莉·黎昂·克麗絲·凱恩，以及我在「雙子城犯罪姐妹會」的許多朋友。

特別感激明尼蘇達州「清白專案」的愛瑞卡·艾波包姆給我的建議。

把話傳出去。

我希望你們喜歡《沉默的告別》。作家的最高榮譽來自於知道讀者喜歡他的作品。如果你們喜歡《沉默的告別》，拜託請告訴別人，在臉書上按讚，因為新作家最大的支持就是你們口耳相傳的推薦。

也請注意我的其他作品，請上我的網站：http://www.alleneskens.com

Storytella 208

沉默的告別

The Life We Bury

沉默的告別/亞倫・艾斯肯作；趙丕慧譯. -- 初版. --
臺北市：春天出版國際文化有限公司, 2024.07
面；公分. -- (Storytella；208)
譯自：The Life We Bury
ISBN 978-957-741-874-6(平裝)

874.57 113006738

ISBN 978-957-741-874-6
Printed in Taiwan

作　者　亞倫・艾斯肯
譯　者　趙丕慧
總編輯　莊宜勳
主　編　鍾靈

出版者　春天出版國際文化有限公司
地　址　台北市大安區忠孝東路四段303號4樓之1
電　話　02-7733-4070
傳　眞　02-7733-4069
E－mail　bookspring@bookspring.com.tw
網　址　http://www.bookspring.com.tw
部落格　http://blog.pixnet.net/bookspring
郵政帳號　19705538
戶　名　春天出版國際文化有限公司
法律顧問　蕭顯忠律師事務所
出版日期　二〇二四年七月初版

定　價　390元

總經銷　楨德圖書事業有限公司
地　址　新北市新店區中興路二段196號8樓
電　話　02-8919-3186
傳　眞　02-8914-5524
香港總代理　一代匯集
地　址　九龍旺角塘尾道64號 龍駒企業大廈10 B&D室
電　話　852-2783-8102
傳　眞　852-2396-0050